GEORGE

ORWELL

COMO MORREM OS POBRES

E OUTRAS HISTÓRIAS

EXCELSIOR
BOOK ONE

São Paulo
2022

How the poor die (1946)
Inside the whale (1940)
Down and out in Paris and London (1933)

Tradução: **Dante Luiz**
Preparação: **Letícia Nakamura**
Revisão: **Rafael Bisoffi e Raíça Augusto**
Capa: **Renato Klisman · @rkeditorial**
Arte, projeto gráfico e diagramação: **Francine C. Silva**
Tipografia: **Adobe Caslon Pro**
Impressão: **Ipsis**

Dados Internacionais de Catalogação na Publicação (CIP)
Angélica Ilacqua CRB-8/7057

O87c Orwell, George, 1903-1950

Como morrem os pobres e outras histórias / George Orwell; tradução de Dante Luiz. – São Paulo: Excelsior, 2022.

304 p.

ISBN 978-65-87435-66-4

Títulos originais: *How the poor die*, *Inside the whale*, *Down and out in Paris*

1. Ficção inglesa I. Título II. Dante, Luiz

21-5723 CDD 824.912

SIGA NAS REDES SOCIAIS:
@editoraexcelsior
@editoraexcelsior
@edexcelsior
@editoraexcelsior

editoraexcelsior.com.br

COMO MORREM OS POBRES

No ano de 1929, passei várias semanas no Hôpital X, no décimo quinto *arrondissement*[1] de Paris. Os atendentes me fizeram passar pelo costumeiro interrogatório na recepção e, de fato, passei uns bons vinte minutos respondendo perguntas antes de me deixarem entrar. Se já teve de preencher formulários em um país de língua latina, sabe a que perguntas me refiro. Por dias, mal consegui traduzir escalas, mas sei que minha temperatura chegava quase aos quarenta graus Celsius e que, ao fim da entrevista, tinha dificuldade em me manter em pé. Atrás de mim, uma pequena fila de pacientes resignados aguardava sua vez de serem questionados, carregando trouxas feitas com lenços coloridos.

Depois do questionamento, vinha o banho — uma rotina compulsória para todos os recém-chegados, aparentemente, assim como o é em prisões e abrigos. Minhas roupas foram tiradas de mim e, depois de passar alguns minutos sentado e tremendo em doze centímetros de água morna, deram-me um camisão de linho e um roupão flanelado curto e azul — sem pantufas, pois disseram que

1 "Bairro", em francês no original. (N.E.)

não tinham nenhuma que fosse grande o suficiente para mim — e me levaram para o lado de fora. Isso aconteceu em uma noite de fevereiro e eu estava com pneumonia. A ala médica para a qual rumávamos estava a quase duzentos metros de distância e, pelo visto, era preciso atravessar o terreno do hospital para chegar lá. Alguém tropeçou diante de mim com uma lanterna. O caminho de cascalho estava congelado e o vento açoitava o camisão ao redor de minhas panturrilhas expostas. Quando chegamos à ala, notei um estranho senso de familiaridade cuja origem não consegui discernir até mais tarde, na mesma noite. Era um quarto longo e mal iluminado, um tanto baixo, cheio de vozes sussurrantes e com três fileiras de camas surpreendentemente próximas umas das outras. Tinha um cheiro fétido, fecal porém adocicado. Deitado, vi na cama em frente à minha um homem pequeno, de ombros arredondados e cabelos alourados, sentado seminu enquanto um médico e um estudante faziam algum tipo de procedimento estranho nele. Primeiro, o médico tirou de sua bolsa preta uma dezena de copinhos que pareciam taças de vinho, e então o estudante acendeu um fósforo dentro de cada copo para exaurir o ar e colocou o vidro contra as costas ou o peito do homem, e o vácuo formou uma enorme bolha amarela. Demorou alguns instantes para eu entender o que estavam fazendo. Era uma sangria feita com ventosas, um tratamento que pode ser encontrado em livros de medicina antigos e que, até então, eu achava que era o tipo de tratamento aplicado em cavalos.

Lá fora, o ar gelado devia ter baixado minha temperatura, e assisti a esse remédio bárbaro com desapego e até mesmo com um pouco de diversão. Logo depois, porém, o médico e o estudante foram até minha cama, me ergueram até que ficasse reto e, sem falar nada, começaram a aplicar as mesmas ventosas em mim, sem esterilizá-las. Os poucos protestos que consegui murmurar não foram respondidos, como se eu fosse um animal. Estava muito impressionado com a impessoalidade com a qual aqueles dois homens tinham me tratado. Nunca estivera na ala pública de um hospital antes, e era minha primeira experiência com médicos que tratam pacientes sem lhes dirigir uma única palavra ou, no sentido humano, nem sequer nos veem. Eles usaram apenas seis ventosas em meu caso, mas, depois, escarificaram as bolhas e reaplicaram as ventosas. Cada ventosa tirava agora uma colher de chá de sangue escuro. Deitei-me novamente, humilhado, enojado e assustado pelo que haviam feito comigo, e refleti que, ao menos, agora me deixariam em paz. Contudo, não foi o que aconteceu, nem de longe. Outro tratamento estava a caminho, o cataplasma de mostarda, algo que aparentava ser tão rotineiro quanto o banho quente. Duas enfermeiras desleixadas já tinham deixado o cataplasma pronto, e o amarraram ao redor de meu peito, apertado como uma camisa de força, enquanto alguns homens, que deambulavam na enfermaria em calças e camisas, cercaram minha cama com sorrisos meio solidários. Mais tarde, descobri que assistir a um paciente com o cataplasma de mostarda era um dos passatempos preferidos da enfermaria. Essas coisas geralmente são aplicadas por quinze minutos, e certamente são engraçadas, se não for você o paciente. Nos cinco primeiros minutos, a dor é intensa, mas você acha que consegue aguentar. Nos cinco minutos seguintes, essa crença se esvai, mas o cataplasma está amarrado às suas costas, e não tem como tirá-lo. Esse é o momento que os observadores mais gostam de ver. Nos últimos cinco minutos, notei, há um certo torpor. Depois que o cataplasma foi retirado, enfiaram um travesseiro sob minha cabeça, cheio de gelo e à prova d'água, e me deixaram em paz. Não dormi e, até onde sei, foi a única noite de minha vida — a única noite em que estive na cama, quero dizer — na qual não dormi absolutamente nada, nem mesmo um minuto.

Na minha primeira hora no Hôpital X, recebi uma série de tratamentos diferentes e contraditórios, mas isso é um conceito enganador, já que, de modo geral, raramente se recebe qualquer tipo de tratamento, bom ou ruim, a não ser que sua doença seja interessante ou instrutiva. Às cinco da manhã, as enfermeiras voltaram, acordaram os pacientes e mediram suas temperaturas, mas não os lavaram. Quem estava bem o suficiente se lavava sozinho, quem não estava dependia da bondade de algum paciente já de pé. Eram os pacientes, também, que carregavam as comadres, os papagaios e o terrível penico, apelidado de *la casserole*. Às oito horas, chegava o café da manhã, apelidada de *la soupe*, como no exército. Era, também, uma sopa, uma sopa de legumes rala com pedaços gosmentos de pão boiando nela. Mais tarde, o médico alto, solene e barbado fazia sua ronda, com um *interne* e uma tropa de estudantes atrás dele, mas havia sessenta pacientes na ala, e era evidente que existiam outras alas que também requeriam sua atenção. Dia após dia, ele passava por muitas camas, às vezes acompanhado de gritos suplicantes. Por outro lado, se você tivesse alguma doença que os estudantes quisessem conhecer melhor, podia receber muito de um certo tipo de atenção. Eu mesmo, como um caso excepcional de bronquite, tinha às vezes até uma dúzia de estudantes fazendo fila para auscultar meu peito. Era uma sensação muito estranha — e por "estranha" quero dizer o misto do interesse intenso em aprender a profissão com a aparente falta de percepção de que os pacientes são seres humanos. É estranho comparar, mas, às vezes, quando alguns dos jovens estudantes davam um passo à frente para sua vez de lidar com você, estavam trêmulos de empolgação, como um menino que enfim conseguiu tocar em uma peça cara de maquinaria. E, mesmo depois de orelha após orelha — orelhas de jovens, de meninas, de negros — pressionadas contra as suas costas e revezamentos de dedos cutucando-o de modo solene, porém desajeitado, nenhum deles se dignava a olhar para a sua cara ou verbalizar uma palavra sequer. Como paciente não pagante, no uniforme de camisolão, você é, em primeiro lugar, um *espécime*, algo de que eu não me ressentia, mas com o qual também nunca consegui me acostumar de verdade.

Depois de alguns dias, fiquei bom o suficiente para me sentar e analisar os pacientes à minha volta. O quarto abafado, com suas camas estreitas e tão próximas que era possível facilmente tocar a mão de seu vizinho, reunia todo tipo de doença, exceto, suponho, casos infecciosos agudos. Meu vizinho do lado direito era um sapateiro ruivo com uma perna mais curta do que a outra, que costumava anunciar a morte de qualquer paciente (isso aconteceu várias vezes, e meu vizinho era sempre o primeiro a descobrir) assobiando para mim, exclamando "*Numéro 43*!" (ou seja lá o número que fosse) e jogando o braço sobre a própria cabeça. Esse homem não tinha nada muito grave, mas na maior parte das outras camas que eu conseguia ver havia algum tipo de tragédia esquálida ou algo terrível em execução. Na cama que ficava pé a pé com a minha, estava, até morrer (não o vi morrer — eles o levaram para outra cama), um homenzinho murcho sofrendo de alguma doença que eu desconhecia, mas era algo que deixava seu corpo tão sensível que qualquer movimento de um lado ou de outro, às vezes até mesmo o peso da roupa de cama, o fazia gritar de dor. Sofria mais do que tudo ao urinar, o que fazia com grande dificuldade. Uma enfermeira trazia o urinol e ele passava um longo tempo parado ao lado da cama, assobiando, como fazem com cavalos em estábulos, até que, enfim, com um último berro agoniado de "*Je pisse*[2]*!*", ele conseguia começar. Na cama ao lado,

2 "Estou mijando", em francês no original. (N.E.)

o homem de cabelo alourado que vi passando pela sangria costumava tossir muco ensanguentado o dia inteiro. Meu vizinho do lado esquerdo era um jovem alto de aparência flácida que tinha um tubo inserido em suas costas periodicamente, que sugava quantidades impressionantes de um líquido espumante vindo de algum lugar de seu corpo. Na cama seguinte, um veterano da guerra de 1870 estava morrendo, um senhor bem-apessoado com um bigode branco imperial, cuja cama estava cercada, sempre que se permitia visitas, por quatro parentes idosas vestidas de preto, que ficavam sentadas perto dele como corvos, obviamente planejando alguma herança deplorável. Na cama oposta à minha, na fileira mais distante, jazia um velho careca com bigodes caídos, o rosto e o corpo muito inchados, que padecia de alguma doença que o fazia urinar quase o tempo todo. Um enorme recipiente de vidro estava sempre ao lado de sua cama. Um dia, a esposa e a filha o visitaram. Quando as viu, um sorriso apareceu no rosto inchado do velho, surpreendentemente doce, e a filha dele, uma moça bonita com cerca de vinte anos, se aproximou da cama, e vi que a mão dele se movia devagar por baixo do lençol. Achei que conseguia ver a cena que aconteceria a seguir — a moça se ajoelhando ao lado da cama, a mão do velho em sua testa como a última bênção antes da morte. Mas não, ele meramente entregou a garrafa cheia de urina a ela, e a moça a pegou para esvaziar o recipiente.

A uma dúzia de camas de mim, estava o *numéro 57* — acho que era esse o número —, um caso de cirrose hepática. Todos na ala o conheciam de vista porque às vezes era o assunto de palestras médicas. O médico alto e severo vinha à nossa ala duas tardes por semana a fim de palestrar para um grupo de estudantes e, em mais de uma ocasião, o velho *numéro 57* era colocado em uma espécie de carrinho no meio da enfermaria, onde o médico erguia o camisolão dele, dilatava com os dedos uma enorme protuberância flácida na barriga do homem — o fígado doente, suponho — e explicava de modo solene que se tratava de uma doença causada pelo alcoolismo, mais comum em países consumidores de vinho. Como sempre, ele não falava com o paciente nem sorria, acenava ou dava qualquer sinal de notá-lo. Enquanto falava, de maneira muito severa e empertigada, ele segurava o corpo enfraquecido com as duas mãos, às vezes girando-o de lá para cá, com a atitude de uma mulher segurando um rolo de abrir massa. Não que o *numéro 57* se importasse. Obviamente, era um paciente que estava no hospital há muito tempo, uma exibição frequente em palestras, cujo fígado estava marcado há muito tempo para ser engarrafado em um museu de patologia. Absolutamente desinteressado a respeito do que falavam dele, ele só ficava deitado com seus olhos sem cor encarando o nada, enquanto o médico o mostrava como se fosse parte de um conjunto de porcelana antiga. Deveria ter uns sessenta anos, e tinha encolhido espantosamente. O rosto dele era pálido como velino, e tinha murchado até não ser maior do quc o dc um boneco.

Certa manhã, meu vizinho sapateiro me acordou arrancando meu travesseiro antes de as enfermeiras chegarem. "*Numéro 57*!" — ele jogou os braços para cima da cabeça. Havia uma luz, o suficiente para que eu conseguisse enxergar. Pude ver o velho *numéro 57* de lado, deitado e encolhido, a cara aparecendo do outro lado da cama, em minha direção. Ele tinha morrido durante a noite, mas ninguém sabia a hora. Quando as enfermeiras vieram, receberam a notícia de sua morte com indiferença e continuaram a trabalhar. Depois de um bom tempo, uma hora ou mais, duas outras enfermeiras vieram marchando como soldados, com os tamancos holandeses batendo no chão, e amarraram o cadáver com o lençol, mas o corpo só foi removido um tempo depois. Enquanto isso, com uma iluminação melhor, pude dar uma olhada no *numéro 57*. Deitei-me de lado para vê-lo. Curiosamente, era o primeiro europeu morto que eu via. Já tinha visto homens mortos antes, mas sempre asiáticos, e geralmente pessoas que tinham morrido de um jeito violento. Os olhos de *numéro 57* permaneciam abertos, a boca estava aberta também, o rosto contorcido em uma expressão de agonia. O que mais me impressionou, porém, foi a lividez de seu rosto. Já era pálido antes, mas agora era só um pouco mais escuro do que os lençóis. Enquanto encarava o rostinho apertado, percebi que este pedaço asqueroso de refugo, esperando ser removido e jogado em uma mesa de autópsia para ser dissecado, era um exemplo de morte "natural", uma das coisas pelas quais rezamos durante a litania. *Aí está você, então*, pensei, *é isso que espera por você, daqui a vinte, trinta, quarenta anos: é assim que os sortudos morrem, aqueles que chegam à terceira idade*. Queremos viver, é claro, só ficamos vivos em virtude do medo de morrer, mas penso agora, assim como pensei naquele momento, que é melhor morrer de maneira violenta, sem ser velho demais. As pessoas falam dos horrores da guerra, mas qual arma inventada pelo homem sequer chega perto da crueldade de algumas das doenças mais comuns? A morte "natural", quase por definição, significa algo lento, dolorido e malcheiroso. Mesmo assim, faz diferença se pode alcançar essa morte em sua própria casa em vez de em uma instituição pública. Este pobre coitado que se apagou como um toco de vela não era importante o suficiente para ter alguém ao seu lado no leito de morte. Era meramente um número, um "assunto" para os bisturis dos estudantes. E a publicidade sórdida de morrer em tal lugar! No Hôpital X, as camas eram todas muito juntas e não havia telas de separação. Imagine então morrer como o homenzinho cuja cama esteve por um tempo pé a pé com a minha, o que gritava quando os lençóis o tocavam! Ouso dizer que "*Je pisse*!" foram suas últimas palavras registradas. Talvez os aflitos não se incomodem com tais coisas — ao menos essa seria a resposta padrão: porém pessoas à beira da morte costumam continuar com suas faculdades mentais até cerca de um dia antes do fim.

Nas alas públicas de um hospital, vê-se os horrores que não se costuma encontrar com pessoas que conseguem morrer nas próprias casas, como se certas doenças só atacassem as classes menos favorecidas. Mas é um fato que você não veria em hospitais ingleses algumas das coisas que vi no Hôpital X. Esse negócio de gente morrendo como animais, por exemplo, sem ninguém ao lado, sem ninguém interessado por eles, cujos falecimentos só são notados na manhã seguinte — isso aconteceu mais de uma vez. Certamente não se veria isso na Inglaterra, e menos ainda veria um cadáver exposto aos outros pacientes. Lembro que, uma vez, em um ambulatório de campo na Inglaterra, um homem morreu quando estávamos tomando chá e, apesar de só haver seis de nós na ala, as enfermeiras agiram com tanta habilidade que a morte do homem e a retirada de seu corpo ocorreram sem sequer ouvirmos a respeito até o chá ter terminado. Na Inglaterra, uma coisa que possivelmente subestimamos é a grande quantidade de enfermeiras bem treinadas e rigidamente disciplinadas. Sem dúvida, as enfermeiras inglesas são bastante burras, podem ler a sorte nas folhas de chá, vestir broches de bandeiras da União e manter fotos da Rainha acima da lareira, mas ao menos não deixam as pessoas jogadas, sujas e constipadas, em uma cama desarrumada, por pura preguiça. As enfermeiras do Hôpital X tinham em si algo de sra. Gamp e, mais tarde, nos hospitais militares da Espanha Republicana, deparei-me com enfermeiras tão ignorantes que mal conseguiam medir uma temperatura. Não se verá, também, a sujeira que existia no Hôpital X na Inglaterra. Mais tarde, quando eu estava bem o suficiente para me lavar sozinho no banheiro, descobri que lá havia um enorme engradado onde jogavam os restos de comida e os curativos sujos da enfermaria, e os lambris estavam infestados de grilos. Quando consegui minhas roupas de volta e minhas pernas ficaram fortes o suficiente, fugi do Hôpital X antes de minha estadia acabar, sem sequer esperar a alta médica. Não foi o único hospital do qual fugi, mas a decadência desnuda, o odor enjoativo e, acima de tudo, a atmosfera mental continuam em minha memória como algo excepcional. Fui levado para lá por ser o hospital de meu *arrondissement*, e só descobri depois de chegar que tinha má reputação. Um ou dois anos depois, a famosa caloteira Madame Hanaud, que ficou doente enquanto encarcerada, foi levada ao Hôpital X e, após alguns dias, conseguiu escapar dos guardas, pegou um táxi e dirigiu de volta para a prisão, explicando que estava mais confortável lá. Não tenho dúvidas de que o Hôpital X fosse um caso atípico de hospital francês, mesmo naquela época. Mas os pacientes, a maior deles operários, estavam surpreendentemente resignados. Alguns deles pareciam achar as condições quase confortáveis, já que ao menos dois deles eram indigentes fingindo estarem doentes, pois achavam que era uma boa maneira de sobreviver ao inverno. As enfermeiras eram coniventes porque os mentirosos faziam todo tipo de trabalho útil. Mas a atitude da maioria era: claro que é um lugar horrível, mas o que mais estava esperando? Não pareciam achar estranho acordar às cinco da manhã e esperar mais três horas antes de começar o dia com sopa aguada, ou que pessoas morressem sem ninguém ao lado, ou mesmo que conseguir cuidado médico dependesse de sua capacidade de prender a atenção do doutor enquanto ele passava. Segundo eles, os hospitais eram assim. Se estiver muito doente e se for pobre demais para ser tratado na própria casa, então precisa ir ao hospital, e quando estiver lá, precisa suportar a dureza e o desconforto, assim como o faria no exército. Mas, ainda por cima, eu estava interessado em encontrar alguma crença remanescente de histórias antigas que quase já sumiram do imaginário da Inglaterra — histórias, por exemplo, de médicos abrindo pacientes por pura curiosidade, ou achando graça de começar uma operação antes de o paciente estar anestesiado. Haviam contos macabros a respeito de uma salinha de operação supostamente situada abaixo do banheiro. Diziam ser possível ouvir gritos terríveis vindos desta sala. Não vi nada que confirmasse tais histórias e, sem dúvida, todas eram bobagem, mas cheguei a ver dois estudantes matarem um rapaz de dezesseis anos, ou quase matá-lo (parecia à beira da morte quando saí do hospital, mas pode ter se recuperado depois) ao fazer um experimento maldoso que provavelmente não teriam podido fazer em um paciente que pagasse para estar lá. Uma crença ainda viva na memória londrina era que, em alguns dos grandes hospitais, pacientes eram mortos para fins de dissecação. Não ouvi esta lenda no Hôpital X, mas acho que alguns desses homens teriam acreditado nela. Era um hospital onde não os métodos, mas, talvez, algo da atmosfera do século XIX sobrevivera, e nisso se encontrava seu interesse peculiar.

Nos últimos cinquenta anos, aproximadamente, houve uma grande mudança na relação entre médico e paciente. Se observar qualquer literatura antes da segunda metade do século XIX, verá que os hospitais eram vistos como praticamente iguais a prisões e, pior, uma prisão antiga, quase uma masmorra. O hospital é um local de imundície, tortura e morte, uma antecâmara do túmulo. Só quem era indigente ou quase isso iria a um local assim à procura de tratamento. Em especial na primeira metade do século XIX, quando a ciência médica ficou bem mais ousada do que antes, sem ser mais bem-sucedida, o negócio da medicina era visto com horror e receio pelas pessoas comuns. A cirurgia, em particular, era entendida como um método peculiarmente brutal de sadismo, e a dissecação, possível apenas com a ajuda de ladrões de cadáveres, era até mesmo confundida com necromancia. Do século XIX, pode-se colecionar uma enorme literatura de horror conectada a médicos e hospitais. Pense no pobre Jorge III, em sua senilidade, berrando por misericórdia enquanto via os cirurgiões se aproximando para "sangrá-lo até que desmaiasse"! Pense nas conversas entre Bob Sawyer e Benjamin Alien, que, sem dúvida, não são paródias, ou os hospitais de campanha de *A derrocada* e *Guerra e paz*, ou a descrição chocante de uma amputação em *Jaqueta branca*, de Melville! Até mesmo os nomes dados aos médicos da ficção inglesa no século XIX (Slasher, Carver, Sawyer, Fillgrave[3] etc.) ou mesmo o apelido genérico de "serra-ossos", são tão tétricos quanto cômicos. A tradição anticirúrgica talvez tenha sua melhor representação no poema "In the children's hospital" ["No hospital infantil"], de Tennyson, que é, essencialmente, um documento pré-clorofórmio, embora, ao que parece, tenha sido escrito até 1880, no máximo. Além disso, há muito a se dizer a respeito da perspectiva registrada por Tennyson em seu poema. Se pensar no que uma operação sem anestesia deve ter sido, o que notoriamente *foi*, é difícil não suspeitar dos motivos das pessoas que se submetiam a tais coisas. Pois esses horrores sangrentos que os estudantes esperam tão ansiosamente ("Uma visão excelente, se feita por Slasher!") eram, reconhecidamente, um tanto inúteis: o paciente que não morria de choque, morria de gangrena, um resultado já esperado. Mesmo hoje, é possível encontrar médicos cuja motivação é questionável. Aqueles que já tiveram várias doenças, ou que escutaram estudantes de medicina conversando, sabem a que me refiro. Mas os anestésicos representaram uma mudança decisiva, assim como os desinfetantes. É provável que

3 Em tradução livre: "Estripador", "entalhador", "serrador", "enche-covas". (N.T.)

não se encontre em nenhum outro lugar do mundo o tipo de cena descrita por Axel Munthe em *O livro de San Michele*, quando o cirurgião sinistro de cartola e sobrecasaca, com a frente da camisa encharcada de sangue e pus, entalha paciente após paciente com a mesma faca, lançando membros amputados em uma pilha ao lado da mesa. Além do mais, o seguro de saúde nacional acabou em parte com a ideia de que um paciente da classe operária é um miserável que mal merece consideração. Por um bom tempo, neste mesmo século, era comum que pacientes "gratuitos" em grandes hospitais tivessem os dentes retirados sem anestesia. "Eles não pagavam, então por que deveriam ser anestesiados?". Era essa a mentalidade. Isso também mudou.

Apesar disso, todas as instituições sempre terão uma lembrança remanescente de seu passado. A caserna sempre será assombrada pelo fantasma de Kipling, assim como é difícil entrar em um abrigo sem se lembrar de *Oliver Twist*. Os hospitais começaram como um tipo de enfermaria casual para leprosos e gentes afins morrerem, e continuam sendo lugares onde estudantes de medicina aprendem sua arte mediante os corpos dos pobres. Pode ainda encontrar uma leve indicação desta história em suas arquiteturas caracteristicamente lúgubres. Não posso reclamar do tratamento que recebi em qualquer hospital inglês, mas é um instinto sensato que alerta as pessoas a se manterem o mais longe possível de hospitais, especialmente de hospitais públicos. Seja lá qual for seu posicionamento legal, é inquestionável que temos menos controle a respeito de nosso tratamento, menos certeza de que experimentos frívolos não serão executados em nossos corpos, quando é um caso de "aceitar a disciplina ou partir". E morrer na própria cama é uma coisa maravilhosa, mas ainda melhor do que isso é morrer em combate. Não importa o quão gentil ou eficiente, toda morte em hospital inclui algum tipo de detalhe cruel, sórdido, talvez algo pequeno demais para ser dito, mas que deixa recordações terrivelmente dolorosas, causadas pela pressa, pela quantidade de pacientes, pela impessoalidade de um local onde, todos os dias, pessoas morrem cercadas de estranhos.

É provável que o medo com relação a hospitais continue sobrevivendo nos mais pobres e, em todos nós, esse medo só desapareceu recentemente. É um fragmento medonho que não está muito abaixo da superfície de nossas mentes. Antes, falei que, ao entrar na ala do Hôpital X, eu estava consciente de um estranho sentimento de familiaridade. O que a cena me lembrou, é claro, foi dos fétidos hospitais cheios de dor do século XIX, que nunca vi, mas sobre os quais tinha um conhecimento tradicional. E algo, talvez o médico vestido de preto, com sua pasta preta e desleixada, ou talvez tenha sido apenas o odor adoentado que desenterrou a lembrança daquele poema de Tennyson, "In the children's hospital", sobre o qual eu não pensava há vinte anos. Acontece que, quando eu era criança, uma enfermeira o leu para mim em voz alta, e ela mesma pode ter presenciado a época na qual Tennyson escreveu o poema. Os horrores e o sofrimento dos hospitais antigos eram uma recordação vívida para ela. Juntos, estremecemos a respeito do poema, e depois achei tê-lo esquecido. Mesmo o nome do poema não teria me lembrado de nada. Mas, ao me deparar com aquela sala mal iluminada, sussurrante, com as camas tão juntas umas das outras, de repente me dei conta do motivo, e naquela noite lembrei a história inteira e a atmosfera do poema, junto a muitos dos versos completos.

DENTRO DA
BALEIA

CAPÍTULO 1

Em 1935, quando o romance *Trópico de Câncer* de Henry Miller foi publicado, a obra foi recebida com elogios cuidadosos, obviamente influenciados pelo medo de alguns de parecer gostar de pornografia. Entre as pessoas que elogiaram o livro estavam T. S. Eliot, Herbert Read, Aldous Huxley, John dos Passos, Ezra Pound — ao todo, não são os escritores da moda no momento. E, de fato, o assunto do livro e, de certa forma, sua atmosfera mental, pertencem aos anos 1920, não aos anos 1930.

Trópico de Câncer é um romance em primeira pessoa, ou uma autobiografia em formato de romance, o que o leitor preferir. O próprio Miller insiste se tratar de uma biografia genuína, mas o ritmo e o método narrativo são os de um romance. É a história de uma Paris americana, mas não exatamente da maneira habitual, já que os americanos que nela figuram não têm dinheiro. Durante os anos de desenvolvimento econômico, quando o dólar estava em alta e o valor cambial do franco estava baixo, Paris foi invadida por uma multidão de artistas, escritores, estudantes, diletantes, turistas, libertinos e desocupados que o mundo provavelmente jamais vira antes. Em dados cantos da cidade, os tais artistas devem até mesmo ter superado em número a população trabalhadora — de fato, estima-se que, no fim da década de 1920, havia por volta de trinta mil pintores em Paris; impostores, em sua maioria. Os habitantes estavam tão acostumados aos artistas a ponto de lésbicas de voz rouca e calças cotelê e rapazotes em trajes gregos ou medievais poderem passear pelas ruas sem atrair muitos olhares, e, ao longo da margem do Sena, junto à Notre-Dame, era quase impossível passar entre os vários banquinhos de desenhistas. Foi uma era de azarões e gênios incompreendidos; a frase na boca de todo mundo era "*quand je serai lancé*" — "quando eu for descoberto". No fim das contas, ninguém foi "*lancé*", a Depressão baixou como outra era glacial, o bando cosmopolita de artistas desapareceu, e os grandes cafés de Montparnasse, que apenas dez anos antes estava apinhado de *poseurs*, tornaram-se sepulcros sombrios que nem mesmo os fantasmas assombravam. É sobre esse mundo — descrito em, entre outros romances, *Tarr*, de Wyndham Lewis — que Miller escreve, mas apenas o lado periférico, o lumpemproletariado que conseguiu sobreviver à Depressão por se compor em parte por autênticos artistas, e em parte por autênticos pilantras. Os gênios negligenciados, os paranoicos que "certamente irão" escrever o romance que deixará Proust no chinelo, estão lá, mas só são gênios nos raros momentos em que não estão em busca da próxima refeição. Em sua maior parte, é uma história sobre quartos infestados de baratas de hotéis para operários, sobre brigas, bebedeiras, bordéis baratos, refugiados russos, mendigagem, gambiarras e bicos. E toda atmosfera dos cantos mais pobres de Paris da forma que um estrangeiro os vê — os becos pavimentados com pedras, o cheiro azedo do lixo, os bistrôs com seus balcões de zinco engordurados e pisos gastos, as esverdeadas águas do Sena, as casacas azuis da Guarda Republicana, os urinóis enferrujados, o odor quase adocicado das estações de metrô, os cigarros semidestruídos, as pombas dos Jardins de Luxemburgo — está tudo lá, ou, de qualquer maneira, a sensação é de que está.

À primeira vista, nenhum outro material poderia ser menos promissor. Quando *Trópico de Câncer* foi publicado, os italianos marchavam em direção à Abissínia, e os campos de concentração de Hitler já estavam lotados. Os olhos do mundo intelectual estavam voltados para Roma, Moscou e Berlim. O momento não parecia propício para escrever um romance de valor excepcional sobre americanos vagabundos mendigando bebida no Quartier Latin. É claro que um romancista não é obrigado a escrever sobre História contemporânea, mas um romancista que ignora os principais acontecimentos públicos do momento é, geralmente, inconsequente ou apenas idiota. Tendo como base um simples relato dos temas de *Trópico de Câncer*, a maior parte das pessoas iria supor que o livro não passa de um leve resquício da malícia da década de 1920. Mas quase todo mundo que o leu logo percebeu que não era esse o caso, e que, na verdade, trata-se de uma leitura excepcional. Como e por que excepcional? Essa pergunta nunca é fácil de responder. É melhor começar com minha impressão pessoal de *Trópico de Câncer*.

Quando abri *Trópico de Câncer* pela primeira vez, e vi que era cheio de palavras impublicáveis, minha primeira reação foi uma recusa em me deixar impressionar. Acho que a maior parte das pessoas sentiu a mesma coisa. De qualquer forma, passado um tempo, a atmosfera do livro, além de seus incontáveis detalhes, se firmou em minhas lembranças de modo muito peculiar. Um ano depois foi publicado o segundo livro de Miller, *Primavera negra*. Nessa época, *Trópico de Câncer* já tinha uma presença muito mais vívida em minha mente desde a primeira vez que o li. Minha primeira impressão é que *Primavera negra* mostrava um certo declínio. No entanto, passado um ano, vários trechos de *Primavera negra* se enraizaram em minha memória. É evidente que ambos os livros deixam uma marca própria; livros que criam "um mundo próprio", como diz o ditado. Livros que fazem isso não são necessariamente livros bons, podem ser boas histórias ruins como *Raffles*, de Ernest William Hornung, e as aventuras de *Sherlock Holmes*, de Sir Arthur Conan Doyle, ou livros mórbidos e perversos como *O morro do ventos uivantes* ou *The house with the green shutters* ["A casa de persianas verdes"], de George Douglas Brown. De vez em quando, porém, é publicado um romance que explora um novo mundo não ao revelar o que é estranho, mas sim ao revelar o que é familiar. O aspecto mais extraordinário de *Ulisses*, por exemplo, é o quão mundano seu material é. Claro, *Ulisses* é muito mais do que isso, pois Joyce é um pouco poeta e também um grande pedante, mas seu verdadeiro feito foi colocar a familiaridade no papel. Ele ousou — porque é tanto uma questão de ousadia quanto de técnica — expor as tolices da vida íntima, e ao fazê-lo descobriu uma América que estava debaixo do nosso nariz. Nele se encontra um mundo de coisas que são, por sua natureza, incomunicáveis, e alguém encontrou uma maneira de comunicá-lo. Esse efeito faz romper, mesmo que apenas por um momento, a solidão na qual o ser humano vive. Ao ler certos trechos de *Ulisses*, você sente que a mente de Joyce e a sua são uma só. Que ele sabe tudo sobre você, mesmo sem nunca ter ouvido o seu nome, e que há ao menos um mundo além do espaço-tempo onde ele e você estão unidos. E embora ele não se assemelhe com Joyce de outras formas, existe um quê dessa virtude em Henry Miller. Não sempre, pois sua obra costuma ser bem desigual e, às vezes — especialmente em *Primavera negra* — acaba escorregando na verborragia ou no desgastado universo dos surrealistas. Mas leia cinco, dez páginas dele e sentirá o peculiar alívio que vem não de *entender*, mas de *ser entendido*. "Ele sabe tudo sobre mim", você sente; "ele escreveu isso especificamente para mim". É como se você pudesse escutar uma voz falando diretamente com você, uma amigável voz americana, sem nenhuma falsidade ou propósito moral, apenas com uma presunção implícita de que somos todos iguais. No momento que você se distancia de todas as mentiras e simplificações, do caráter estilizado, quase mecânico da ficção comum, inclusive de ficção muito boa, passa a lidar com experiências reconhecíveis de outros seres humanos.

Mas que tipo de experiência? Que tipo de ser humano? Miller escreve sobre o homem da rua, e, a propósito, é uma pena que seja uma rua cheia de bordéis. Essa é a punição que se recebe ao abandonar sua terra natal. Significa transferir suas raízes a um solo mais raso. O exílio é, provavelmente, mais danoso ao romancista do que ao pintor ou até mesmo do que ao poeta, pois tem como efeito afastá-lo do cotidiano do trabalho, reduzindo seu mundo às ruas, aos cafés, à igreja, ao bordel e ao estúdio. Ao todo, nos livros de Miller, lê-se sobre pessoas vivendo vidas expatriadas, pessoas bebendo, jogando conversa fora, meditando e fornicando, e não sobre pessoas trabalhando, casando e criando filhos; uma pena, pois ele teria narrado esse conjunto de atividades tão bem quanto o outro. Em *Primavera negra*, há um fantástico retrospecto de Nova York, da efervescente Nova York infestada de irlandeses do período de O. Henry, mas as cenas de Paris são as melhores, e, dada a sua total falta de mérito como tipos sociais, os bêbados e os inúteis dos cafés são escritos com uma sensibilidade e uma maestria técnica sem iguais em qualquer romance recente. Todos eles não são apenas verossímeis, mas também completamente familiares; você tem a sensação de que todas as aventuras aconteceram com você mesmo. Não que sejam aventuras muito surpreendentes. Henry consegue um emprego com um melancólico estudante indiano, consegue outro trabalho em uma horrorosa escola francesa durante uma frente fria, quando todos os banheiros estão congelados, tem bebedeiras em Le Havre com Collins, seu amigo e capitão do mar, frequenta bordéis onde há belas mulheres negras, conversa com seu amigo e romancista Van Norden, que tem o melhor romance do mundo em sua cabeça, mas nunca começa a escrevê-lo. Seu amigo Karl, à beira da inanição, é acolhido por uma viúva endinheirada que deseja se casar com ele. Há intermináveis conversas *à la Hamlet*, nas quais Karl tenta decidir o que é pior: permanecer com fome ou ir para cama com uma mulher velha. Ele descreve, com muitos detalhes, suas visitas à viúva; como ele ia ao hotel com as melhores roupas que tinha; como, antes de entrar, ele se esqueceu de ir urinar, então a noite toda fora um longo *crescendo* de sofrimento etc. etc. No fim das contas, nada daquilo era verdade, a viúva sequer existia — Karl simplesmente a inventara para se fazer parecer mais importante. O livro todo segue mais ou menos nessa linha. Por que essas trivialidades escandalosas são tão cativantes? Porque toda essa atmosfera é profundamente familiar, porque você sente o tempo todo que essas coisas estão acontecendo com *você*. E percebe isso porque alguém escolheu abandonar a linguagem convencional do romance comum para expor ao público o *real-politik* do íntimo. No caso de Miller, não é tanto uma questão de explorar os mecanismos da mente humana quanto para reconhecer os fatos e sentimentos mais cotidianos. Pois a verdade é que a maior parte das pessoas comuns, talvez até a maioria, realmente fala e se comporta da forma que é documentada no romance. A calejada vulgaridade dos personagens de *Trópico de Câncer* é muito rara na ficção, mas é extremamente comum na vida real; mais de uma vez escutei esse tipo de conversa de pessoas que sequer estão cientes que falam de forma vulgar. Vale observar que *Trópico de Câncer* não é um livro escrito por um homem jovem. Miller já estava na casa dos quarenta anos quando o romance foi publicado e desde então já produziu mais três ou quatro; é evidente que este primeiro livro cresceu por anos. É um desses livros que amadurecem devagar na pobreza e na obscuridade de pessoas que sabem o que têm a fazer e, portanto são capazes de esperar. A prosa é admirável, e, em determinadas partes de *Primavera negra*, é ainda melhor. Infelizmente não posso fazer citações, há palavras impublicáveis por todo lugar. Mas tenha em mãos *Trópico de Câncer*, tenha em mãos *Primavera negra*, e leia, em especial, as cem primeiras páginas. Elas lhe darão uma noção do que ainda pode ser feito com a prosa inglesa, mesmo de maneira tardia. Nelas, o inglês é tratado como linguagem falada, mas falada *sem medo*; sem medo da retórica, da palavra incomum ou da poética. O adjetivo retorna depois de dez anos de exílio. É uma prosa fluída e grandiosa, uma prosa com ritmo, algo muito diferente das afirmações cautelosas e dos dialetos de botequim que estão na moda hoje em dia.

Quando surge um livro como *Trópico de Câncer*, é natural que a primeira coisa que as pessoas notem seja sua obscenidade. Dada a nossa percepção atual de decência literária, não é fácil abordar com frieza um livro impublicável. Ou o leitor fica chocado e enojado, ou o leitor morbidamente se excita, ou o leitor decide, sobretudo, tentar não se impressionar. A última reação costuma ser a mais comum, resultando daí que palavras impublicáveis recebam menos atenção do que merecem. Está na moda dizer que não há nada mais fácil do que escrever um livro obsceno, que as pessoas só escrevem assim para virar o centro das atenções e ganhar dinheiro fácil etc. etc. O que torna claro que não é esse o caso é que livros obscenos no sentido policial são muito incomuns. Se fosse fácil fazer dinheiro com palavras de baixo calão, mais pessoas tentariam. Mas, já que livros "obscenos" não são publicados com frequência, há uma tendência de serem colocados no mesmo saco, o que chega a ser injusto. *Trópico de Câncer* recebe algumas comparações com outros dois livros, *Ulisses* e *Viagem ao fim da noite*, de Louis-Ferdinand Céline, mas em nenhum dos casos há muitas semelhanças. O que Miller tem em comum com Joyce é a disposição de dar voz aos sórdidos e vãos fatos da vida cotidiana. Colocando de lado as diferenças técnicas, a cena do enterro de *Ulisses*, por exemplo, poderia se encaixar na narrativa de *Trópico de Câncer*, o capítulo todo serve como uma confissão, um *exposé* da repugnante indiferença do ser humano. Mas as semelhanças acabam por aí. Como romance, *Trópico de Câncer* é muito inferior a *Ulisses*. Joyce é um artista, de uma maneira que Miller não é, provavelmente não gostaria de ser, e está buscando muito mais. O autor explora diferentes estados de consciência, sonhos, devaneios (o capítulo do bronze-por-ouro), embriaguez etc., encaixando tudo em uma complexa colcha de retalhos, quase como uma trama vitoriana. Miller é apenas uma pessoa endurecida falando sobre a vida, um homem americano comum dotado de coragem intelectual e dom com as palavras. Talvez seja importante ressaltar que ele se parece muito com a ideia que todos fazem acerca de um empresário americano. Quanto à comparação com *Viagem ao fim da noite,* está ainda mais além do ponto. Ambos os livros utilizam palavras impublicáveis; ambos são, de certo modo, autobiográficos, mas a semelhança acaba por aí. *Viagem ao fim da noite* é um livro-com-um-propósito, e esse propósito é protestar contra os horrores e a insignificância da vida moderna — na verdade, da *vida* em si. É um grito desesperado de nojo, é uma voz vinda da fossa. *Trópico de Câncer* é quase o completo oposto. A coisa se tornou tão incomum que é quase uma anomalia por si só, mas é um livro de um homem feliz. *Primavera negra* também, embora um pouco menos, já que tem toques de nostalgia. Com anos nas costas lidando com lumpemproletariado, fome, vagabundagem, sujeira, fracassos, noites ao relento, batalhas contra oficiais de imigração e infinitos sufocos por dinheiro, Miller descobre que se diverte. Os aspectos da vida que horrorizam Céline são os que mais o atraem. Longe de protestar, Miller os *aceita*. E na palavra "aceitação" ele encontra seu par — outro americano, Walt Whitman.

Mas tem um aspecto muito curioso em ser Whitman na década de 1930. Não se pode afirmar com segurança que, se estivesse vivo no presente, Whitman escreveria alguma coisa com o mínimo de semelhança a *Folhas de relva*. Porque o que ele diz, afinal, é "eu aceito", e há uma diferença gritante entre a aceitação de agora e a aceitação daquela época. Whitman escreveu em um período de prosperidade sem precedentes, mas, mais do que isso, ele escrevia em um país onde *liberdade* era muito mais que uma palavra.

A democracia, a igualdade e a fraternidade das quais ele sempre falava não abordavam ideais remotos, mas algo que existia na frente dos seus olhos. Em meados do século XIX, nos Estados Unidos, os homens americanos se sentiram livres e em pé de igualdade, e *eram* livres e iguais, o tanto que podiam sê-lo em uma sociedade fora de um comunismo puro. Existia pobreza e até distinção de classes, mas, com exceção do povo negro, não havia outra classe perpetuamente desfavorecida. Todos tinham, dentro de si, uma espécie de essência, uma noção de que se poderia almejar uma vida decente, sem cair na submissão. Quando se lê sobre os balseiros e timoneiros do Mississippi de Mark Twain, ou os garimpeiros de ouro de Bret Harte, eles parecem mais distantes do que os canibais da Idade da Pedra. Isso apenas porque são seres humanos livres. Mas é a mesma coisa com os pacíficos e domesticados Estados Unidos do leste, os Estados Unidos de *Mulherzinhas*, de Louisa May Alcott, *Helen's babies* ["Os bebês de Helen"], de John Habberton, e "Riding down from Bangor". Há um sentimento de alegria e tranquilidade durante a leitura, como uma sensação física no estômago. É isso que Whitman celebra, embora o faça muito mal, já que é um daqueles escritores que *dizem* ao leitor o que eles têm de sentir, em vez de *fazê-los* sentir. Felizmente para suas convicções, talvez, Whitman morreu cedo demais para presenciar a decadência da vida americana que acompanhou a ascensão da indústria em larga escala e a exploração da mão de obra imigrante.

O ponto de vista de Miller é muito parecido com o de Whitman, e quase todo mundo que o lê comenta a mesma coisa. *Trópico de Câncer* acaba com um trecho bem whitmanesco, onde, após toda a lascívia, as brigas, as bebedeiras e as imbecilidades, ele apenas se senta para observar as águas do Sena passarem, com uma aceitação quase mística das coisas-como-elas-são. Mas o que é isso que ele está aceitando? Não a América, em primeiro lugar, mas a ossada da Europa, onde todo grão de areia passou por inúmeros corpos humanos. Em segundo lugar, não uma era de expansão e liberdade, mas uma época de medo, tirania e regimentação. Dizer "eu aceito" em uma época como a nossa é dizer que aceita campos de concentração, cassetetes de borracha, Hitler, Stalin, bombas, aviões, comida enlatada, metralhadoras, golpes, expurgos, slogans, cintos de Bedaux, máscaras de gás, submarinos, espiões, *provocateurs*, censura, prisões secretas, aspirinas, Hollywood e assassinatos políticos. Não só isso, é claro, mas essas coisas, entre outras. E, ao todo, esta é a atitude de Henry Miller. Não é sempre, já que em alguns momentos ele mostra sinais de uma nostalgia literária bastante ordinária. Há um longo trecho no começo de *Primavera negra* elogiando a Idade Média que, como prosa, deve ser um dos mais belos exemplos dos últimos anos, mas que demonstra uma atitude pouco diferente da de Chesterton. Em *Max and the White Phagocytes* ["Max e os fagócitos brancos"], há um ataque contra a civilização americana moderna (cereais matinais, celofane etc.) do mesmo ângulo de sempre vindo do homem literário que odeia a industrialização. Mas, em geral, a atitude é "Vamos engolir tudo".

Daí vem a aparente preocupação com a indecência e o lado "lenço sujo" da vida. É só aparente, já que a verdade é que a vida cotidiana ordinária é composta de muito mais horror do que escritores de ficção costumam admitir. O próprio Whitman "aceitava" muita coisa que seus contemporâneos achavam que não era mencionável. Já que ele não está apenas escrevendo sobre pradarias, ele também deambula pela cidade e nota o crânio quebrado do suicida, "os rostos pálidos e cinzentos dos onanistas" etc. etc. Mas é indiscutível que nossa própria época, ao menos a Europa Ocidental, é menos saudável e otimista do que a época em que Whitman escrevia. Diferentemente de Whitman, vivemos em um mundo minguante. As "vistas democráticas" acabaram em cercas de arame farpado. Há uma sensação de menos criação e menos crescimento, cada vez menos ênfase no berço, a ser embalado com cuidado, e mais e mais ênfase no bule de chá, fervendo sem parar. Aceitar a civilização significa, praticamente, aceitar a decadência. Deixou de ser uma atitude valente para se tornar uma atitude passiva — decadente, até, se essa palavra significar qualquer coisa.

Mas é exatamente por ser, de certa maneira, passivo na experiência, que Miller é capaz de se aproximar mais do homem comum do que escritores com propósitos mais conscientes. O homem comum também é passivo, no fim das contas. Em um campo limitado (a vida familiar, e talvez no sindicato e na política local), ele se sente mestre do próprio destino, mas, contra grandes acontecimentos, ele se vê impotente ante os elementos da natureza. Sendo assim, longe de entrar em uma empreitada para influenciar o futuro, ele simplesmente se deita no chão e deixa as coisas lhe acontecerem. Nos últimos dez anos, a literatura se envolveu de maneira mais intensa com a política, e o resultado é que há menos espaço para o homem comum do que em qualquer outro período nos últimos dois séculos. Um leitor pode perceber a mudança na literatura dominante comparando um livro escrito sobre a Guerra Civil Espanhola com um livro escrito sobre a Primeira Guerra Mundial, de 1914-18. O que impressiona de imediato a respeito dos livros sobre a Guerra Civil Espanhola, ao menos aqueles escritos em inglês, é o quão ruins e enfadonhos eles são. Mas o aspecto mais significativo a respeito deles é que todos, sejam de direita ou de esquerda, foram escritos sob uma lente política por partidários presunçosos, que dizem ao leitor o que pensar, enquanto livros sobre a Primeira Grande Guerra foram escritos por soldados comuns e subalternos que sequer fingiam entender do que tudo se tratava. Livros como *Nada de novo no front*, de Erich Maria Remarque, *Le Feu*[4], de Henri Barbusse, *Adeus às armas*, de Ernest Hemingway, *Death of a hero* ["A morte de um herói"], de Richard Aldington, *Memoirs of an infantry officer* ["Memórias de um oficial de infantaria"], de Siegfried Sassoon, e *A subaltern on the Somme* ["Um subalterno no Somme"], de Max Plowman, foram escritos não por propagandistas, mas por *vítimas*. O que eles dizem, na verdade, é "O que diabos está acontecendo? Só Deus sabe. Tudo o que podemos fazer é sobreviver". E, embora ele não esteja escrevendo sobre guerra, ou até mesmo sobre infelicidade, isso se aproxima mais da atitude de Miller do que da onisciência em voga nos dias de hoje. A *Booster*, periódico de curta duração que Miller coeditava, costumava descrever-se em seus anúncios como "não política, não educativa, não progressista, não cooperativa, não ética, não literária, não consistente, não contemporânea", e a própria obra de Miller poderia ser descrita quase da mesma maneira. É uma voz da multidão, dos subalternos, dos vagões da terceira classe, do homem comum, passivo, apolítico e amoral.

Tenho usado aqui a expressão "homem comum" num sentido vago, presumindo que o "homem comum" realmente exista,

---

4 "O fogo", no título em francês. (N.E.)

hipótese que algumas pessoas refutam. Não quero dizer que o povo sobre o qual Miller escreve seja uma maioria, e menos ainda que ele escreva sobre o proletariado. Nenhum romancista inglês ou americano tentou fazê-lo com seriedade. E, novamente, o povo descrito em *Trópico de Câncer* não pode ser descrito como "comum", já que são ociosos, de reputação duvidosa e, de certa forma, "artísticos". Como já falei, é uma pena, mas é um resultado inevitável da expatriação. O "homem comum" de Miller não é o trabalhador braçal nem o chefe de família da classe média, mas o sem-teto, o *déclassé*, o aventureiro, o intelectual americano sem raízes e sem dinheiro no bolso. Ainda assim, as experiências desse tipo de pessoa coincidem com certa frequência com as de pessoas normais. Miller extraiu o máximo que conseguia de um material bem limitado porque teve coragem de se identificar com ele. Ao homem comum, o "sensual homem mediano", foi dado o poder da palavra, assim como à jumenta de Balaão.

Isso pode ser visto como algo antiquado, ou, de qualquer maneira, fora de moda. O sensual homem mediano está fora de moda. A preocupação com o sexo e com a veracidade da vida cotidiana está fora de moda. A Paris americana está fora de moda. Livros como *Trópico de Câncer*, publicado num período como aquele, devem ser uma preciosidade enfadonha, algo incomum, e acredito que a maior parte das pessoas que o leu concordaria que não é o primeiro. Vale a pena tentar descobrir o que essa fuga do cenário literário atual significa. Mas para fazer isso, precisamos ver em comparação aos seus antecedentes — ou seja, em relação ao desenvolvimento da literatura anglófona nos vinte anos após a Primeira Guerra Mundial.

CAPÍTULO 2

Quando dizem que um escritor está na moda, querem dizer, na prática, que ele é admirado por pessoas com menos de trinta anos. No início do período a que me refiro, os anos durante e logo depois da guerra, o escritor que teve mais impacto na juventude racional era, certamente, Alfred Edward Housman. A influência de Housman na adolescência dos anos 1910-25 é gigante e difícil de entender hoje em dia. Em 1920, quando eu tinha uns dezessete anos, é provável que eu soubesse *A Shropshire Lad* ["Um rapaz de Shropshire"] de cor e salteado. Pergunto-me qual impressão *A Shropshire Lad* poderia passar para um menino da mesma idade e com mentalidade parecida. Duvido que sequer tenha ouvido falar a respeito dele; talvez o ache pretensioso e barato, mas só. Mas são esses os poemas que eu e meus contemporâneos costumávamos recitar para nós mesmos, infinitas vezes, quase em êxtase, como gerações passadas recitavam "Love in a Valley" ["Amor em um vale"], de Meredith, ou "Garden of Proserpine" ["Jardim de Prosérpina"], de Swinburne, e assim por diante.

De pesar meu coração se tinge
Por amigos dourados que um dia tive
Por donzelas enrubescidas
E rapazes graciosos.

Em córregos por demais largos
Os graciosos rapazes terminam
As donzelas enrubescidas cochilam
Em campos onde rosas definham.[5]

Simplesmente tilinta. Mas não parecia tilintar na década de 1920. Por que a bolha sempre estoura? Para responder a essa pergunta, é preciso levar em consideração as circunstâncias externas que trouxeram popularidade a determinados autores em dadas épocas. Os poemas de Housman não atraíram muita atenção quando foram publicados pela primeira vez. O que havia neles que atraía tão profundamente uma única geração, a geração nascida lá pelos anos 1900?

Em primeiro lugar, Housman é um poeta "do campo". Seus poemas são cheios do charme de vilarejos esquecidos, da nostalgia de topônimos, Clunton e Clunbury, Knighton, Ludlow, "nos bosques de Wenlock Edge", "no verão de Bredon", telhados de colmo e o tinir das forjas, os pastos de junquilhos selvagens, as "lembranças das colinas azuis". Poemas de guerra à parte, a poesia inglesa das décadas de 1910-25 é, na sua maior parte, "campestre". O motivo sem dúvidas era que a classe rentista profissional estava deixando, de uma vez por todas, de ter qualquer tipo de relacionamento com a terra; mas de toda maneira prevalecia, muito

5 Tradução livre de *With rue my heart is laden / For golden friends I had, / For many a roselipt maiden / And many a lightfoot lad. / By brooks too broad for leaping / The lightfoot boys are laid; / The roselipt girls are sleeping / In fields where roses fade.* (N.T.)

mais na época do que agora, certa pretensão esnobe de se pertencer ao campo e desdenhar da vida urbana. A Inglaterra daquela época não era muito mais agrícola do que agora, mas antes de as indústrias começarem a se espalhar, era mais fácil imaginar que fosse. A maioria dos meninos de classe média cresceu com relativa proximidade com relação a fazendas e, naturalmente, esse lado pitoresco da vida interiorana lhes era atraente — a lavra, a colheita, a moagem de grãos, coisas assim. A não ser que ele mesmo tenha de fazê-lo, um menino provavelmente não vai notar a labuta terrível de carpir nabos, de tirar, às quatro da manhã, leite das vacas com tetas ressecadas etc. etc. Pouco antes, pouco depois, e, na realidade, durante a guerra, houve a grande era do "poeta da natureza", o auge de Richard Jefferies e W. H. Hudson. "Grantchester" de Rupert Brooke, o mais proeminente poema de 1913, é nada mais do que um enorme jorro de sentimentalismo campestre, um vômito vindo de um estômago cheio de topônimos. Como poema, "Grantchester" chega a ser pior do que imprestável, mas como ilustração do que *sentia* a juventude de classe média da época, é uma documentação valiosa.

Housman, porém, não se entusiasmava com as rosas-trepadeiras existentes no espírito de fim de semana de Brooke e dos outros. A temática "campestre" marca presença o tempo todo, sobretudo em segundo plano. A maioria de seus poemas traz um tema quase humano, a concepção de um rústico idealizado, na realidade, Strephon ou Corydon atualizados. Isso por si só tinha um apelo intenso. A experiência mostra que pessoas civilizadas em excesso gostam de ler sobre camponeses (frase-chave: "apegados ao solo"), pois imaginam que sejam mais passionais e primitivos do que eles mesmos. Daí os romances sobre "terra escura" de Sheila Kaye-Smith etc. Naquela época, um garoto de classe média, com suas preferências pelo "campo", se identificava muito mais com um agricultor do que com um trabalhador urbano. A maioria dos garotos tinha na cabeça uma visão idealizada de lavradores, nômades, caçadores e caseiros, sempre representados como indivíduos livres, tempestuosos, que levavam uma vida de capturar coelhos, ir a rinhas, além de cavalos, cervejas e mulheres. Em "The Everlasting Mercy" ["A misericórdia eterna"], de Masefield, outro valioso poema da época, extremamente popular com garotos nos anos da guerra, nos dá essa noção de modo bem grosseiro. Mas os Maurices e Terences de Housman podiam ser levados a sério quando Saul Kane de Masefield não podia; por esse lado, Housman era Masefield com uma pitada de Teócrito. Além disso, seus temas eram bem juvenis — assassinato, suicídios, amores fadados ao fracasso, morte prematura. Tratam de fatos simples e inteligíveis que nos dão a sensação de confrontar os pilares fundamentais da vida:

O sol queima na grama meio cortada do morro,
O sangue já está seco;
E Maurice está deitado no feno, sereno
E minha faca está em seu flanco.[6]

E também:

Nos deixam agora na prisão de Shrewsbury
Abandonados apitos assobiam
A noite toda os trens nos trilhos gritam
Para os homens que morrem ao amanhecer.[7]

---

6 Tradução livre de *The sun burns on the half-mown hill, / By now the blood has dried; / And Maurice among the hay lies still / And my knife is in his side.* (N.T.)

7 Tradução livre de *They hand us now in Shrewsbury jail / And whistles blow forlorn, / And trains all night groan on the rail / To men who die at morn.* (N.T.)

Tudo segue mais ou menos esse mesmo tom. Tudo fracassa. "Ned jaz no átrio da igreja, Tom jaz na sarjeta". Perceba também a sofisticada autopiedade — o sentimento de "ninguém me ama":

Cai o diamante, adornando
Os baixos montes da colina
São as lágrimas matutinas
Que choram, mas não por ti.[8]

Puxa, que difícil, meu chapa! Poemas desse tipo foram escritos com adolescentes em mente. E o invariável pessimismo sexual (a garota sempre morre ou se casa com outra pessoa) soava como sabedoria para garotos que se agrupam em escolas públicas e pendiam a pensar em mulheres como seres inatingíveis. Duvido que Housman tivesse o mesmo apelo para garotas. Em seus poemas, o ponto de vista da mulher nunca é considerado, ela nada é senão uma ninfa, uma sereia, uma criatura traiçoeira e semi-humana que o provoca só para depois escapar.

Mas Housman não teria atraído jovens da década de 1920 tão profundamente se não fosse por outra tendência que tinha, uma tendência blasfema, cínica e antinomiana. O conflito que sempre ocorre entre gerações foi particularmente amargo no fim da Primeira Guerra Mundial; em parte pela guerra em si, e em parte como resultado indireto da Revolução Russa, mas, de qualquer forma, era de se esperar que um embate intelectual aconteceria. Provavelmente em razão da tranquilidade e da segurança de vida na Inglaterra, que a guerra mal perturbou, muitas pessoas cujas convicções foram formadas nos anos 1880, ou até mesmo antes, seguiram pensando da mesma forma nos anos 1920. Enquanto isso, no que se dizia a respeito de gerações mais jovens, os conceitos até

8 Tradução livre de *The diamond drops adorning / The low mound on the lea, / These are the tears of morning, / That weeps, but not for thee.* (N.T.)

então em vigor se desmanchavam como castelos de areia. O declínio na crença religiosa, por exemplo, foi gigantesco. Por vários anos, o antagonismo entre jovens e velhos foi tão amplo que assumiu caráter de ódio genuíno. A geração da guerra que sobreviveu ao massacre voltou para casa para encontrar os mais velhos ainda bradando os bordões de 1914, e uma geração ligeiramente mais jovem definhava nas mãos de sórdidos professores celibatários. Eram eles que Housman atraía com sua implícita revolta sexual e seu ressentimento pessoal contra Deus. Era patriota, sim, mas de um jeito antiquado e inofensivo; um patriotismo de casacos vermelhos e "Deus salve a rainha" em vez de capacetes de aço e "Enforquemos o kaiser". E era anticristão o suficiente — defendia um tipo rancoroso e insolente de paganismo, com uma convicção de que a vida é curta e os deuses estão contra nós, o que combinava perfeitamente com o ânimo prevalente na juventude da época; e tudo isso em versos frágeis e charmosos, quase todos compostos de monossílabos.

Perceba que falei de Housman como se ele não passasse de um propagandista, um proferidor de máximas e com trechinhos declamáveis. Claro, ele era mais do que apenas isso. Não há motivo para subestimá-lo agora só porque era superestimado anos atrás. Embora não seja muito apropriado dizer isso hoje em dia, vários de seus poemas ("Em meu coração, um ar que mata", por exemplo, e "Estará lavrando meu time?") poderiam voltar à moda um dia. Mas no fundo é sempre uma tendência do escritor, seu "propósito", sua "mensagem", que o faz cair no agrado ou desagrado do público. A prova disso é a extrema dificuldade de se ver mérito literário em um livro que vá contra as crenças mais profundas de um leitor. E nenhum livro consegue ser verdadeiramente neutro. Uma ou outra tendência é sempre discernível, tanto na prosa quanto na poesia, mesmo que não faça muito mais do que determinar a forma ou a escolha de imagens. Mas poetas que alcançam ampla popularidade, como Housman, são, como regra, escritores gnômicos.

Depois da guerra, depois de Housman e dos poetas da natureza, surge um grupo de escritores com tendências completamente diferentes — Joyce, Eliot, Pound, Lawrence, Wyndham, Lewis, Aldous Huxley, Lytton Strachey. No que se refere aos meados e ao fim da década de 1920, eles são "o movimento", tão quão o grupo de Auden e Spender foi "o movimento" nos últimos anos. É verdade que nem todos os escritores talentosos de um período podem se encaixar no mesmo modelo. E. M. Foster, por exemplo, embora tenha escrito seu melhor livro por volta de 1923, é, essencialmente, um escritor "pré-guerra", e nenhuma das fases de Yeats combina com o restante da década de 1920. Os que ainda vivem, Moore, Conrad, Bennett, Wells, Norman Douglas, fizeram seu melhor antes de a guerra sequer acontecer. Por outro lado, um escritor que deveria ser adicionado ao grupo, embora no sentido literário mal "pertença" a ele, é Somerset Maugham. Claro, as datas não chegam a bater, a maior parte desses escritores já havia publicado livros antes da guerra, mas podem ser classificados como pós-guerra da mesma maneira que os jovens que hoje escrevem são "pós-Depressão". De igual modo, claro, é possível ler a maior parte dos jornais literários da época sem entender que essas pessoas são "o movimento". Naquela época, ainda mais do que em outros tempos, os grandes nomes do jornalismo literário estavam ocupados fingindo que a geração anterior à última ainda não chegara ao fim. J. C. Squire dominava o *The London Mercury,* Gibbs e Walpole eram os deuses das bibliotecas, cultuava-se a empolgação e a virilidade, cerveja e críquete, cachimbos e monogamia, e era sempre possível ganhar uns trocados escrevendo artigos condenando "intelectuais". Mas eram os desdenhados intelectuais que conquistavam a juventude. O vento soprava da Europa e, bem antes da década de 1930, desmanchara a escola da cerveja e do críquete, sobrando apenas, talvez, a cavalaria.

A primeira coisa que pode se notar no grupo de autores que nomeei acima, porém, é que eles não aparentam formar um grupo. Sem contar que vários deles seriam veementemente contra serem associados a alguns dos outros. Lawrence e Eliot eram antagônicos, Huxley endeusava Lawrence mas detestava Joyce, a maioria dos demais desprezava Huxley, Strachey e Maugham, e Lewis criticava todo mundo; de fato, sua reputação como escritor reside em grande parte em tais críticas. No entanto, há certo temperamento em comum, bem evidente hoje em dia, embora não o fosse há doze anos. Essa semelhança é um *pessimismo de perspectiva*. Mas é necessário deixar claro o que esse pessimismo quer dizer.

Se a ideia central dos poetas georgianos era "a beleza da natureza", a ideia central dos escritores pós-guerra seria "o trágico sentido da vida". O espírito por trás dos poemas de Housman, por exemplo, não é trágico, apenas ranzinza; é um hedonismo desiludido. O mesmo pode se dizer de Hardy, embora seja necessário fazer uma exceção para *The dynasts* ["Os dinastas"]. Mas o grupo de Joyce e de Eliot é posterior, o puritanismo não é seu maior adversário, desde o começo eles são capazes de "ver além" das coisas pelas quais seus predecessores lutavam. Todos eram hostis à noção de "progresso"; sentia-se que o progresso não só não acontece como também *não deveria* acontecer. Dadas essas semelhanças há, claro, diferenças nas abordagem dos escritores que nomeei, tanto quanto há diferentes graus de talento. O pessimismo de Eliot é, de certa forma, um pessimismo cristão, que sugere uma indiferença à miséria humana, em parte um lamento pela decadência a civilização ocidental ("somos homens ocos, somos homens empalhados" etc.), um sentimento de crepúsculo dos deuses que o leva, em *Sweeney Agonistes*, por exemplo, a realizar a difícil tarefa de piorar ainda mais a vida moderna. Enquanto isso, Strachey tem o mero ceticismo bem-educado do século XVIII misturado ao desejo de desmascarar os outros. Com Maugham, é uma certa resignação estoica, o autocontrole de um cavalheiro estilo *pukka sahib* um pouco ao leste do canal de Suez, aguentando o trabalho sem acreditar nele, como um imperador antonino. À primeira vista, Lawrence não parece um escritor pessimista, já que, como Dickens, ele é um homem "que muda de opinião" e insiste constantemente que a vida, aqui e agora, seria boa se você a olhasse de modo um pouco diferente. Mas o que ele exige é um movimento que nos leve para longe de nossa civilização mecanizada, o que não vai acontecer. Por isso, sua exasperação com o presente se transforma em idealização do passado, dessa vez um passado seguro de tão místico, como a Idade do Bronze. Quando Lawrence prefere os etruscos (os de *Lugares etruscos*) a nós, é difícil não concordar com ele, mas, apesar de tudo, é um tipo de derrotismo, já que não é a direção para a qual o mundo se move. O tipo de vida para o qual ele sempre aponta, uma vida que centraliza os mistérios mais simples — sexo, terra, fogo, água, sangue —, é uma causa perdida. Tudo o que ele conseguiu produzir, então, é um desejo de que as coisas aconteçam de maneira que visivelmente não vão acontecer. "Uma onda de generosidade ou uma onda de morte", diz ele, mas é óbvio que não há onda de generosidade alguma neste lado do horizonte. Então ele foge para o México e morre aos quarenta e cinco anos, alguns anos antes da onda de morte partir. É de se notar que, mais uma vez, falo a respeito dessas pessoas como se não fossem artistas, como se fossem só propagandistas querendo passar uma "mensagem". E, mais uma vez, é óbvio que são muito mais do que isso. Seria um absurdo, por exemplo, enxergar *Ulisses* como uma mera exposição dos horrores da vida moderna, a "era suja" de jornalismo marrom como o *Daily Mail*, como afirmou Pound. Joyce é, de fato, um artista mais "puro" do que a maioria dos escritores. Mas *Ulisses* não poderia ter sido escrito por alguém que estivesse apenas se aventurando com padrões de palavra; é o produto de uma visão única da vida, a visão de um católico que perdeu sua fé. O que Joyce diz é "Essa é a vida sem Deus. Olhe para ela!", e suas inovações técnicas, por mais importantes que sejam, estão lá primeiramente para servir a esse propósito.

Mas o mais notável a respeito desses escritores é que há certa indecisão a respeito de quais são seus "propósitos". Não há um foco em problemas urgentes do momento, sobretudo não há política no sentido mais estrito da palavra. Nossos olhos estão voltados para Roma, para Bizâncio, para Montparnasse, para o México, para os etruscos, para o subconsciente, para o plexo solar — para tudo, menos para os lugares onde as coisas realmente estão acontecendo. Quando olhamos para a década de 1920, nada é mais estranho do que a forma como cada evento importante na Europa escapou à observação da *intelligentsia* inglesa. A Revolução Russa, por exemplo, desaparece da consciência inglesa entre a morte de Lênin e a Grande Fome — um período de cerca de dez anos. Durante esse tempo, Rússia significa Tolstói, Dostoiévski e condes exilados dirigindo táxis. Itália significa galeria de artes, ruínas, igrejas e museus — mas não camisas-negras. Alemanha significa filmes, nudismo e psicanálise — mas não Hitler, de quem ninguém ouvira falar até 1931. Nos círculos "cultos", a ideia de arte pela arte se estendeu praticamente como uma adoração ao sem sentido. A literatura deveria consistir apenas da manipulação da palavra. Julgar um livro pelo seu tema era um pecado capital, e mesmo estar ciente de seu tema era visto como sintoma de mau gosto. Por volta de 1928, em uma das três piadas verdadeiramente engraçadas publicadas pela

Punch desde a Primeira Guerra Mundial, um rapaz insuportável informa sua tia de que quer "escrever". "E sobre o que você quer escrever, querido?", pergunta a tia. "Titia", responde o jovem, desgostoso, "a gente não tem que escrever *sobre* uma coisa. A gente só *escreve*". Os melhores escritores dos anos 1920 não seguiam essa doutrina, seus "propósitos" são razoavelmente claros, mas no geral é um "propósito" moral, religioso e cultural. Além do mais, quando traduzidos em termos políticos, nunca chegam a ser "de esquerda". De uma maneira ou de outra, a tendência desses escritores costuma ser conservadora. Lewis, por exemplo, passou anos em um frenesi desconfiado com relação ao "bolchevismo", o qual detectava até nos lugares mais improváveis. Em tempos recentes, sua visão mudou um pouco, talvez influenciado pelo tratamento que Hitler dava aos artistas, mas é seguro pontuar que não se inclinará muito mais à esquerda. Pound parece ter chafurdado no fascismo, ao menos na modalidade italiana. Eliot permanece desinteressado, mas, se forçado sob a mira de um revólver a escolher entre fascismo e alguma modalidade de socialismo democrático, provavelmente escolheria fascismo. Huxley inicia com a habitual desesperança da vida, então, influenciado pelo "abdômen escuro" de Lawrence, tenta algo chamado "adoração da vida", até chegar no pacifismo — uma posição compreensível, e, no presente, muito honrada, mas que talvez a longo prazo envolva uma rejeição ao socialismo. É interessante que a maioria dos escritores desse grupo tenha leve tendência pela igreja católica, embora geralmente não do tipo que um católico ortodoxo aprovaria.

A conexão mental entre pessimismo e uma perspectiva reacionária é, sem dúvidas, muito óbvia. O que talvez seja menos óbvio é *por que* os principais escritores dos anos 1920 fossem majoritariamente pessimistas. Por que sempre a decadência, os crânios e os cactos, o anseio pela perda da fé e das civilizações impossíveis? Não seria, afinal, *porque* essas pessoas escreviam em épocas excepcionalmente confortáveis? Só em períodos assim o "desespero cósmico" pode florescer. Pessoas de barriga vazia nunca perdem a esperança no universo, aliás, nem sequer pensam no universo. O período de 1910-30 inteiro foi próspero, e tolerável até mesmo nos anos de guerra, para quem não fosse soldado dos países aliados. Quanto à década de 1920, esses foram os anos dourados do intelectual *rentier*, uma época de irresponsabilidade que o mundo jamais vira antes. A guerra chegara ao fim, os novos Estados totalitários não tinham surgido, os tabus morais e religiosos de todos os tipos haviam desaparecido, e corriam rios de dinheiro. A "desilusão" era a grande moda. Todos aqueles com quinhentas libras ao ano no bolso se tornaram intelectuais e começaram a treinar a si mesmos no *taedium vitae*[9]. Foi uma era de emblemas e pãezinhos, desesperos inautênticos, Hamlets de quintal, passagens baratas de ida e volta para o fim da noite. Em alguns romances menores do período, em livros como *Told by an Idiot* ["Contado por um idiota"], a desesperança da vida atinge uma atmosfera de banho curto de autopiedade. Até os melhores escritores da época podem ser acusados de uma atitude olímpica, uma prontidão de lavar as mãos com relação a qualquer problema prático imediato. Eles veem a vida de forma bem ampla, muito mais do que aqueles que vieram logo antes e logo depois deles, mas a veem pelo lado errado do telescópio. Não que isso desmereça seus livros, enquanto livros. O primeiro teste de qualquer obra é a sobrevivência, e é um fato que uma quantidade considerável dos escritos dos anos 1910-20 sobreviveu e continua sobrevivendo. Basta pensar em *Ulisses*, em *Servidão humana*, em boa parte das obras iniciais de Lawrence, especialmente seus contos, e praticamente

9 "Tédio da vida", em latim no original. (N.E.)

todos os poemas de Eliot até 1930, para se perguntar se o que está sendo escrito hoje durará tão bem.

Mas eis que, de repente, nos anos 1930-5, algo acontece. O clima literário muda. Surge um novo grupo de escritores, Auden, Spender e outros, e, embora tecnicamente esses escritores devam algo aos seus predecessores, suas "tendências" são completamente diferentes. De repente, saímos do crepúsculo dos deuses e adentramos uma atmosfera de escoteiros, de joelhos à mostra e cantoria coletiva. O homem literário típico deixa de ser um expatriado culto com inclinação à Igreja para se tornar um colegial entusiasmado com inclinação ao comunismo. Se a ideia central dos escritores da década de 1920 é "o sentido trágico da vida", a ideia central desses novos escritores é "um propósito sério".

A diferença entre as duas escolas é discutida em exaustão no livro *Modern Poetry* ["Poesia moderna"], do sr. Louis MacNeice. Esse livro é escrito inteiramente, é claro, sob o ponto de vista do grupo mais jovem, e parte do princípio de que são superiores. Segundo MacNeice:

> *Os poetas da New Signatures [publicada em 1932], diferentemente de Yeats e Eliot, são partidários em termos emocionais. Yeats sugeriu virar as costas para o desejo e para o ódio; Eliot se recostou e assistiu às emoções alheias com tédio e autopiedade... Por outro lado, toda a poesia de Auden, Spender e Day-Lewis sugere que eles têm desejos e ódios próprios, e, mais além, que algumas coisas devem ser desejadas, e outras, odiadas.*

E também:

> *Os poetas da New Signatures resgataram [...] a preferência grega por informação ou declaração. A primeira exigência é ter algo a dizer, e a segunda é dizê-lo da melhor forma possível.*

Em outras palavras, o "propósito" voltou, os jovens escritores "se meteram na política". Como já apontei, Eliot e cia. não são tão pouco partidários como MacNeice parece sugerir. Ainda assim, é verdade de modo geral que, nos anos 1920, a ênfase literária era mais sobre técnica e menos sobre assunto do que o é agora.

As figuras que lideram esse grupo são Auden, Spender, Day-Lewis, MacNeice, e há uma longa lista de escritores com mais ou menos a mesma tendência, Isherwood, John Lehmann, Arthur Calder-Marshall, Edward Upward, Alee Brown, Philip Henderson e muitos outros. Como dito anteriormente, estou jogando todos no mesmo saco apenas por tendência. É óbvio que existem variações muito grandes de talento. Todavia, quando comparamos esses escritores com a geração Joyce-Eliot, o que mais se nota é como é fácil colocá-los em um grupo. Tecnicamente, estão mais próximos uns dos outros, politicamente são quase indistinguíveis, e as críticas aos trabalhos de cada um têm sempre sido (colocando em termos brandos) gentis. Os escritores excepcionais dos anos 1920 eram de origens muito variadas, alguns dos quais passaram pelo padrão comum da educação inglesa (incidentalmente, os melhores deles, com exceção de Lawrence, não eram ingleses) e a grande maioria teve de lutar contra a pobreza, a negligência e até mesmo as perseguições diretas, em algum momento. Por outro lado, a maior parte dos escritores jovens segue o padrão escola-pública-universidade-Bloomsbury com facilidade. Os poucos que são de origem proletária ascendem de classe social cedo na vida, primeiro com bolsas de estudo, depois pelo banho descolorante da "cultura" londrina. É importante notar que vários dos escritores desse grupo foram não só alunos, mas eventualmente professores de escolas públicas. Anos atrás descrevi Auden como um "Kipling covarde". Como crítica não tinha muito mérito, na verdade foi apenas uma observação bem maldosa, mas é um fato que, na obra de Auden, especialmente as iniciais, há uma atmosfera de exaltação — algo similar a "If" ["Se"], de Kipling, ou "Play up, play up and play the game!" ["Travessura, travessura, e mais travessura!"], de Newbolt — nunca parece se distanciar muito. Pegue por exemplo um poema como "You're leaving now, and it's up to you boys" ["Vocês estão partindo, e agora é com vocês, rapazes"], de Cecil Day-Lewis. É puro escoteirismo, no tom exato de dez minutos de palestra sobre os perigos da masturbação. Sem dúvidas há um elemento de paródia intencional, mas também uma semelhança mais profunda não intencional. E, é claro, o tom pretensioso presente nas obras da maioria desses escritores é um sintoma de alívio. Ao jogar a "arte pura" pela janela, eles se libertam do medo de serem ridicularizados e ampliam suas possibilidades. O lado profético do marxismo, por exemplo, serve como material inédito para a poesia, e tem grandes possibilidades:

Não somos nada
Caímos
Na escuridão e seremos destruídos.
Pense, então, que no escuro
Guardamos o cubo secreto de uma ideia
Cuja roda-viva e ensolarada gira, lá fora, em anos futuros.

(Spender, *Julgamento de um juiz*)[10]

10 Tradução livre de *We are nothing / We have fallen / Into the dark and shall be destroyed. / Think though, that in this darkness / We hold the secret hub of an idea / Whose living sunlit wheel revolves in future years outside.* (Spender, *Trial Of A Judge*) (N.T.)

Mas, ao mesmo tempo, "marxistizar" a literatura não conseguiu levá-la para mais perto das massas. Mesmo com uma certa espera, Auden e Spender estão longe de serem mais populares do que Joyce e Eliot, que dirá Lawrence. Como antes, há muitos escritores contemporâneos fora da tendência, mas não restam dúvidas sobre *quem é* a tendência, da mesma forma que Joyce, Eliot e cia. foram para os anos 1920. E o movimento segue na direção de uma coisa muito mal definida chamada comunismo. Por volta de 1934 ou 1935, considerava-se excêntrico nos meios literários não ser "de esquerda", e um ou dois anos depois surgiu uma ortodoxia de esquerda que tornou certo conjunto de opiniões como absolutamente *de rigueur*[11] em relação a certos assuntos. Firmou-se uma noção (vide Edward Upward e outros) de que um escritor precisa ser ativamente de esquerda, ou é um escritor ruim. Entre 1935 e 1939, o Partido Comunista exercia fascinação irresistível para qualquer escritor com menos de quarenta anos. Tornou-se normal escutar que fulano "se aliou", como fora popular anos antes, quando o catolicismo estava na moda, escutar que ciclano "foi aceito". Por cerca de três anos, na verdade, o centro da literatura anglófona estava mais ou menos sob controle comunista. Como algo assim poderia acontecer? E o que significa "comunismo", no fim das contas? É melhor responder primeiro à segunda pergunta.

O movimento comunista da Europa Ocidental começou como um movimento para destituir violentamente o capitalismo, e degenerou-se em alguns anos como um instrumento da política externa russa. Isso deve ter sido inevitável, quando a fermentação revolucionária que se seguiu à Grande Guerra morreu. Até onde sei, a única historiografia abrangente sobre este assunto em inglês é o livro de Franz Borkenau, *The Communist International*

11 "Estritas", em francês no original. (N.E.)

["A Internacional comunista"]. Mais do que suas deduções, o que os fatos apresentados por Borkenau deixam claro é que o comunismo nunca poderia ter se desenvolvido nas linhas presentes se algum sentimento revolucionário existisse em países industrializados. Na Inglaterra, por exemplo, é óbvio que não existiu nenhum sentimento assim em anos anteriores. As patéticas figuras filiadas a todos os partidos extremistas mostram-no com clareza. É natural, então, que o movimento comunista inglês seja controlado por pessoas subservientes à Rússia e que não têm nenhum objetivo real além de manipular a política externa britânica para interesses russos. É claro que este tipo de objetivo não pode ser admitido em público, e é este fato que dá ao Partido Comunista esse caráter tão peculiar. O comunista mais vocal é, de fato, um agente publicitário russo posando como socialista internacional. É uma pose que se mantém com facilidade em tempos normais, mas fica difícil em momentos de crise, já que a URSS não tem mais escrúpulos em sua política externa do que o restante dos Grandes Poderes. Alianças, mudanças de front etc., o que faz sentido já que parte do jogo de poder político precisa ser explicada e justificada em termos de socialismo internacional. Toda vez que Stalin muda de aliados, o "marxismo" precisa ser martelado para uma nova forma. Isso inclui mudanças violentas e repentinas de "linha", expurgos, denúncias, destruições sistemáticas de literatura partidária etc. etc. Todo comunista é, na verdade, sujeito a mudar suas convicções mais fundamentais a qualquer momento ou sair do partido. O dogma inquestionável na segunda-feira pode se tornar uma heresia execrável na terça-feira, e assim por diante. Isso aconteceu ao menos três vezes na última década. O que significa que, em qualquer país ocidental, o Partido Comunista é sempre instável e geralmente muito pequeno. A filiação a longo prazo consiste, de fato, em um círculo interno de intelectuais que se identificam com a burocracia russa e um número pouco maior de trabalhadores que sentem lealdade em relação à Rússia soviética sem necessariamente entender suas políticas. Além disso, só há uma filiação variável, um grupo indo e outro entrando a cada mudança de "linha".

Em 1930, o Partido Comunista Inglês era uma organização minúscula nos limites da legalidade cuja atividade era difamar o Partido Trabalhista. Mas, em 1935, a face da Europa mudara, e as políticas de esquerda mudaram com ela. Hitler subira ao poder e rearmou-se, os planos quinquenais da Rússia deram certo, a Rússia ressurgiu como grande potência militar. Como os três alvos de Hitler eram, ao que tudo indicava, a Grã-Bretanha, a França e a União Soviética, os três países foram forçados a um *rapprochement*[12] desconfortável. Isso significa que o comunista inglês ou francês era forçado a ser um bom patriota e imperialista — ou seja, defender as mesmas coisas que passara os últimos quinze anos atacando. De repente, os slogans do Internacional Comunista (Comintern) desbotaram de vermelho para rosa. "Revolução mundial" e "Social fascismo" viraram "Defesa da democracia" e "Parem Hitler". Os anos de 1935 a 1939 foram o período de antifascismo e do Fronte Popular, o apogeu do *Left Book Club* ["Clube de Leitura de Esquerda"], quando duquesas vermelhas e reitores "liberais" faziam excursões pelos campos de batalha da Guerra Espanhola, e Winston Churchill era o menino de olhos azuis do *Daily Worker*. Desde então, é claro, aconteceu outra mudança de "linha". Mas o que importa para o meu propósito é que, durante a fase "antifascista", os jovens escritores ingleses gravitavam em direção ao comunismo.

A rinha entre o fascismo e a democracia era, sem dúvida, uma atração por si só, mas, em qualquer caso, a conversão deles era

12 "Aproximação", em francês no original. (N.E.)

esperada por volta daquela data. Era óbvio que o capitalismo *laissez-faire* estava acabado e que precisava haver algum tipo de reconstrução; no mundo de 1935, não era mais possível ser indiferente sob um ponto de vista político. Mas por que esses jovens se voltaram para algo tão alheio quanto o comunismo russo? Por que escritores deveriam estar atraídos por uma forma de socialismo que impossibilita a honestidade mental? A explicação está em algo que já se aprontara antes da Grande Depressão e antes de Hitler: o desemprego da classe média.

O desemprego não é apenas a falta de um emprego. A maior parte das pessoas consegue trabalho, de alguma forma, mesmo nas piores épocas. O problema é que, lá por volta de 1930, não havia atividade além de, talvez, pesquisa científica, arte e política de esquerda, na qual alguém pudesse acreditar. A desmoralização da civilização ocidental chegara ao seu clímax e a "desilusão" estava bem imensamente difundida. Quem agora poderia contar com vida ordinária de classe média, como soldado, pastor, corretor, funcionário público na Índia, ou o quê? E quantos dos valores pelos quais nossos avós viviam não poderiam ser levados a sério? Patriotismo, religião, o Império, a família, a santidade do matrimônio, o nepotismo de escolas tradicionais, o berço, a procriação, a honra, a disciplina — qualquer pessoa de educação comum poderia virar tudo isso ao avesso em três minutos. Mas o que você conquista, depois de tudo, ao se livrar de coisas tão primais quanto patriotismo e religião? Você não se livrou, necessariamente, do desejo de *algo para acreditar*. Houve certa falsa aurora anos atrás, quando vários jovens intelectuais, incluindo alguns autores bastante talentosos (Evelyn Waugh, Christopher Hollis, entre outros) fugiram para a Igreja Católica. É significativo que essas pessoas tenham aderido quase invariavelmente ao catolicismo romano e não, digamos, à igreja anglicana, à igreja ortodoxa grega ou ao protestantismo.

Eles aderiram a uma igreja com organização em escala mundial, com disciplina rígida, poder e prestígio. Talvez seja importante pontuar que o único convertido recente com real talento, Eliot, tenha aderido não ao catolicismo romano, mas ao catolicismo anglicano, o equivalente eclesiástico ao trotskismo. Mas não acho necessário olhar para muito além disso para entender a razão pela qual os jovens escritores da década de 1930 tenham abraçado ou pendido para o Partido Comunista. Foi simplesmente *algo* para se acreditar. Havia a igreja, o exército, a ortodoxia, a disciplina. Eis aqui a pátria — ao menos por volta de 1935 — e um Führer. Todas as lealdades e superstições que o intelecto parecia ter banido voltaram com os disfarces mais transparentes. Patriotismo, religião, império, glória militar — tudo em uma única palavra, Rússia. Pai, rei, líder, herói, salvador — tudo em uma única palavra, Stalin. Deus — Stalin. O diabo — Hitler. Céu — Moscou. Inferno — Berlim. Todas as lacunas foram preenchidas. No fim das contas, então, o "comunismo" do intelectual inglês é razoavelmente explicável. É o patriotismo dos desenraizados.

Mas há uma coisa que sem dúvidas contribui para o culto à Rússia entre a *intelligentsia* inglesa durante esses anos, que é a tranquilidade e a segurança da vida na própria Inglaterra. Com todas as suas injustiças, a Inglaterra ainda é a terra do *habeas corpus*, e a maioria do povo inglês não tem experiência com a violência e a ilegalidade. Quando se cresce nesse tipo de atmosfera, não é fácil imaginar o que é um regime despótico. Quase todos os escritores influentes dos anos 1930 cresceram em uma classe média moderada e emancipada, e eram jovens demais para terem memórias marcantes da Primeira Guerra Mundial. Para pessoas assim, expurgos, polícias secretas, execuções arbitrárias, prisão sem julgamento etc., são situações remotas demais para serem assustadoras. Conseguem engolir o totalitarismo *porque* não têm experiência com qualquer coisa além do liberalismo. Observe, por exemplo, esse trecho de "Spain" ["Espanha"], de Auden (aliás, esse poema é uma das poucas coisas decentes já escritas sobre a Guerra Civil Espanhola:

Amanhã para os jovens, os poetas explodindo como bombas,
As caminhadas pelo lago, semanas de perfeita comunhão;
Amanhã, as corridas de bicicleta
Pelos subúrbios em tardes de verão. Mas, hoje, o conflito.
Hoje, o aumento deliberado da chance de morrer,
A aceitação consciente da culpa no necessário assassinato;
Hoje, os poderes esgotados
No panfleto efêmero e raso e a maçante reunião.[13]

A segunda estrofe serve como um rascunho do dia a dia de um "bom homem de partido". Pela manhã, dois assassinatos políticos, um intervalo de dez minutos para sufocar o remorso burguês, então um almoço apressado e uma tarde atribulada, e um anoitecer riscando muros com giz e distribuindo panfletos. Tudo muito edificante. Mas note a frase "necessário assassinato". Só poderia ser escrita por alguém que vê assassinato como *palavra* e nada mais. Pessoalmente, eu jamais falaria de assassinato de maneira tão vã. Acontece que já vi pilhas de corpos de homens assassinados — não quero dizer mortos em batalha, e sim quero dizer assassinados. Então tenho uma boa noção do que assassinato significa — o horror, o ódio, os urros lamentosos da família, as

13 Tradução livre de *To-morrow for the young, the poets exploding like bombs, / The walks by the lake, the weeks of perfect communion; / To-morrow the bicycle races / Through the suburbs on summer evenings. But to-day the struggle. / To-day the deliberate increase in the chances of death, / The conscious acceptance of guilt in the necessary murder; / To-day the expending of powers / On the flat ephemeral pamphlet and the boring meeting.* (N.T.)

autópsias, o sangue, o cheiro. Pra mim, assassinato é algo para ser evitado. Assim é para qualquer pessoa comum. Os Hitlers e os Stalins veem assassinato como algo necessário, mas não divulgam sua insensibilidade e nunca pronunciam a palavra; é sempre "liquidação", "eliminação" ou outras palavras mais sutis. O tipo de amoralismo de Auden só é possível quando se é o tipo de pessoa que nunca está presente quando apertam o gatilho. Muito do pensamento de esquerda é a ideia de se brincar com fogo com pessoas que não sabem que o fogo queima. O belicismo ao qual a *intelligentsia* inglesa se rendeu entre o período de 1935-9 foi em grande parte embasado em uma noção de imunidade pessoal. A atitude foi bem diferente na França, cujo serviço militar era difícil de se escapar e até os literatos conhecem o peso da mochila.

Há um trecho interessante perto do fim de *Enemies of Promise* ["Inimigos promissores"], de Cyril Connolly. A primeira parte do livro é, mais ou menos, uma análise da literatura atual. Connolly pertence à mesma geração dos escritores "do movimento" e, sem muita reserva, torna seus os valores do grupo. É interessante notar que, entre os escritores de prosa, ele admira sobretudo aqueles especializados em violência — a supostamente dura escola americana, Hemingway etc. A última parte do livro, entretanto, é autobiográfica e um relato da vida em uma escola preparatória na Eton College entre os anos 1910 a 1920 e um relato fascinante por sua precisão. Connolly termina com a seguinte observação:

> *Se eu fosse deduzir algo de meus sentimentos a respeito de minha partida de Eton, poderia ser chamado de a teoria da adolescência permanente. É a teoria de que as experiências de meninos nas grandes escolas públicas são tão intensas que dominam suas vidas e travam seu desenvolvimento.*

Ao ler a segunda frase, o primeiro impulso que se tem é procurar o erro tipográfico. Deve haver um "não" que se perdeu, ou algo do tipo. Mas não, nada disso! É o que ele realmente quis dizer! E mais, ele simplesmente fala a verdade, mas invertida. A classe média "culta" se tornou tão inofensiva que o ensino particular — cinco anos de banho morno de esnobismo — pode ser visto como um período repleto de acontecimentos. Para os escritores relevantes da década de 1930, o que mais pode ter acontecido além do que Connoly registra em *Enemies of Promise*? Tudo segue o mesmo modelo o tempo todo; escola particular, universidade, viagens ao exterior, então Londres. Fome, adversidades, solidão, exílio, guerra, aprisionamento, perseguição política, trabalho braçal — tudo isso não passa de palavras. Não é de se admirar que a tribo conhecida como "pessoas direitas de esquerda" achou tão fácil tolerar o esquema de perseguição e eliminação do regime russo e os horrores do Plano Quinquenal. Eles eram gloriosamente incapazes de entender o que tudo aquilo significava.

Por volta de 1937, toda a *intelligentsia* estava mentalmente na guerra. O pensamento de esquerda se restringiu ao "antifascismo", ou seja, a uma negação, e uma enxurrada de literatura rancorosa direcionada à Alemanha e a políticos amigáveis à Alemanha começou a ser publicada. Para mim, a coisa mais assustadora a respeito da guerra na Espanha não foi a violência que presenciei, nem as rixas partidárias, mas o ressurgimento em grupos de esquerda de uma atmosfera mental similar à da Primeira Guerra Mundial. As mesmas pessoas que desdenharam condescendentemente da histeria em reação à guerra foram as mesmas que se afundaram na miséria mental. Todas as idiotices familiares do período da guerra, caça a espiões, farejar dogmatismo (*Snif snif*, seria você um bom antifascista?), a feira de histórias sobre atrocidades, todas voltaram à moda como se os anos intermediários não tivessem acontecido. Antes do fim da Guerra Espanhola, e antes mesmo de Munique, alguns dos melhores escritores de esquerda começaram a se contorcer. Nem Auden ou, no geral, Spender escreveram sobre a Guerra Espanhola da maneira que lhes era esperada. Desde então o sentimento mudou e há uma sensação de desencorajamento e confusão, já que a verdadeira sequência de eventos tornou absurda a ortodoxia de esquerda dos últimos anos. Mas também não precisava muita perspicácia para perceber isso, em primeiro lugar. Não há certeza, logo, de que a próxima ortodoxia que surgir será muito melhor do que a última.

Ao todo, a história literária dos anos 1930 parece justificar a opinião de que um escritor não deveria se meter com política. Qualquer escritor que aceite ou aceite parcialmente a disciplina de um partido político vai se deparar cedo ou tarde com a alternativa de entrar na linha ou calar a boca. É possível, claro, entrar na linha e continuar escrevendo — de certa maneira. Qualquer marxista consegue demonstrar com grande facilidade que a liberdade de opinião "burguesa" é uma ilusão. Mas, quando a demonstração acaba, permanece o *fato* psicológico de que, sem esta liberdade "burguesa", os poderes criativos se esvaem. No futuro, uma literatura totalitária pode surgir, entretanto será bastante diferente de qualquer coisa que possamos imaginar agora. A literatura que conhecemos é algo individual, que exige honestidade mental e uma quantidade mínima de censura. E isso é ainda mais verdadeiro para a prosa do que para a poesia. Não deve ser uma coincidência que os melhores escritores dos anos 1930 eram poetas. A atmosfera de ortodoxia sempre fere a prosa e, acima de tudo, arruína o romance, a forma mais anárquica de literatura. Quantos católicos romanos foram bons romancistas? Mesmo os poucos que poderíamos citar eram péssimos católicos. O romance é uma forma de arte praticamente protestante; é o produto da mente livre, do indivíduo autônomo.

Nenhuma década nos últimos cento e cinquenta anos foi tão estéril de imaginação do que os anos 1930. Houve bons poemas, bons trabalhos sociológicos, panfletos brilhantes, mas não houve praticamente nenhum trabalho de ficção que valesse a pena. De 1933 para a frente, o clima mental estava cada vez mais contra a ficção. Qualquer indivíduo sensível o suficiente para ser tocado pelo *Zeitgeist* também estava envolvido em política. Nem todo mundo, é claro, estava com certeza no âmbito político, mas praticamente todos estavam em sua periferia ou meio envolvidos em campanhas de propaganda e controvérsias esquálidas. Comunistas e simpatizantes exerciam influência desproporcional em resenhas literárias. Era uma época de rótulos, slogans e evasões. Nos piores momentos, esperava-se que você se trancasse em uma pequena jaula constipada de mentiras; nos melhores, um tipo de censura voluntária ("Devo falar isso? Será que é algo fascista?") era o que passava na mente de todos. É quase inconcebível que um bom romance possa nascer em uma atmosfera assim. Bons romances não são escritos por aqueles que farejam a ortodoxia nem por pessoas acometidas de consciência pela própria heterodoxia. Bons romances são escritos por pessoas *sem medo*. Isso me traz de volta a Henry Miller.

CAPÍTULO 3

Se este fosse um momento propício para começar uma "escola" literária, Henry Miller poderia ser o ponto de partida de uma nova "escola". De qualquer maneira, ele marca uma inesperada oscilação no pêndulo. Em seus livros, o leitor abandona o "animal político" e volta a um ponto de vista não só individualista, mas completamente passivo — esse é o ponto de vista de um homem que acredita que o percurso do mundo está fora de seu controle e que, para dizer a verdade, não tem interesse em controlar.

Conheci Miller no fim de 1936, quando estava de passagem em Paris a caminho da Espanha. O que mais me intrigou a seu respeito é que ele não tinha interesse algum na Guerra Espanhola. Só me disse em termos convincentes que ir à Espanha naquele momento era uma atitude idiota. Ele conseguia entender alguém visitar o país por motivos egoístas, por curiosidade, por exemplo, mas se envolver em coisas assim *por um sentimento de obrigação* era estupidez pura. Que, de qualquer maneira, minhas ideias sobre o combate ao fascismo, a defesa da democracia etc. eram "tudo abobrinha". Nossa civilização estava destinada a desaparecer e ser substituída por algo tão diferente que mal poderíamos considerar humano — uma perspectiva que não o incomodava nem um pouco, segundo ele. E essa visão de mundo é implícita ao longo de sua obra. Há sempre essa sensação de um cataclismo se aproximando, e sempre implícita a crença de que nada disso importa. Sua única declaração política publicada que eu conheça é puramente negativa. Cerca de um ano atrás uma revista americana chamada *Marxist Quarterly* enviou um questionário para vários escritores americanos, em que perguntavam qual eram suas opiniões sobre o tema da guerra. Miller respondeu com um pacifismo radical, uma recusa individual de lutar sem nenhuma intenção aparente de converter outras pessoas de ter a mesma opinião — na verdade, foi, em termos práticos, uma declaração de irresponsabilidade.

No entanto, há mais de um tipo de irresponsabilidade. Via de regra, escritores que não desejam se identificar com o processo histórico do momento ou o ignoram ou lutam contra ele. Se conseguem ignorá-lo, são muito provavelmente idiotas. Se podem entendê-lo o suficiente para lutar contra ele, provavelmente têm noção o suficiente de que não podem vencer. Veja, por exemplo, um poema como "The Scholar-Gipsy", de Matthew Arnold, com sua empreitada contra "a estranha enfermidade da vida moderna" e seu magnífico símile derrotista na estrofe final. Ele expressa uma das atitudes literárias típicas, talvez a atitude prevalente nos últimos cem anos. Por outro lado há os "progressistas", os afirmativos, o tipo Shaw-Wells, sempre se jogando nos braços das projeções do ego que julgam ser o futuro. No geral, os escritores da década de 1920 seguem a primeira direção, e os dos anos 1930, a segunda. Nesse meio-tempo há, claro, uma grande tribo de Barries, Deepings e Dells que simplesmente não notam nada do que está acontecendo. O trabalho de Miller encontra sua importância em seu afastamento com relação a tais atitudes. Ele não tenta levar o percurso do mundo para a frente nem empurrá-lo para trás, mas nunca o ignora. Eu diria que ele acredita na ruína eminente da civilização ocidental com muito mais firmeza do que a maioria dos escritores "revolucionários"; ele só não sente qualquer impulso de fazer algo a respeito. Ele vaga pelas ruas enquanto Roma pega fogo e, ao contrário da maioria das pessoas com a mesma atitude, vaga em direção às chamas.

Em *Max and the white phagocytes* há um daqueles trechos reveladores em que um escritor lhe conta muito a respeito de si mesmo enquanto fala de outra pessoa. Esse livro inclui um longo ensaio sobre os diários de Anaïs Nin, que nunca li, com exceção de fragmentos que acredito não terem sido publicados ainda. Miller afirma que esses diários constituem a verdadeira escrita feminina que jamais surgiu, seja lá o que isso quer dizer. O trecho interessante, no entanto, é um em que ele compara Anaïs Nin — evidentemente uma escritora subjetiva e introvertida — com Jonas na barriga da baleia. De passagem, ele se refere a um ensaio que Aldous Huxley escreveu anos atrás sobre o quadro de El Greco, *O sonho de Felipe Segundo*. Huxley observa que as pessoas nos quadros de El Grego sempre dão a impressão de estarem dentro das entranhas de baleias, e confessa achar que há algo peculiarmente horrível na ideia de estar numa "prisão visceral". Miller retruca que, ao contrário, existem coisas muito piores do que ser engolido por uma baleia, e o trecho em si deixa claro que ele mesmo considera a ideia atraente. Nisso ele toca em algo que é, provavelmente, uma fantasia bem difundida. Talvez seja importante pontuar que todo mundo, ao menos pessoas cuja língua-mãe seja o inglês, invariavelmente fala de Jonas e a *baleia*. É claro que a criatura que engole Jonas se trata de um peixe, e assim está descrito na Bíblia (Jonas 1:17[14]), mas as crianças

14 "Preparou, pois, o Senhor um grande peixe, para que tragasse a Jonas; e esteve Jonas três dias e três noites nas entranhas do peixe." Jonas 1:17 (N.E.)

são propensas a confundi-lo com uma baleia, e esse fragmento da linguagem infantil segue para a vida adulta — um sinal, talvez, do poder do mito de Jonas nas nossas imaginações. Pelo fato de estar dentro da baleia ser uma ideia muito confortável, aconchegante e cômoda. O Jonas histórico, se assim pode ser chamado, ficou muito contente de escapar, mas, na imaginação, no devaneio do dia a dia, inúmeras pessoas já o invejaram. É fácil imaginar o porquê. A barriga de uma baleia é, em termos simples, um útero grande o suficiente para um adulto. Um espaço escuro, acolchoado, no qual você cabe perfeitamente, com metros de gordura que separam você da realidade, e capaz de manter uma atitude de indiferença completa, não importa o que *aconteça*. Uma tempestade poderia naufragar todos navios de guerra do mundo e você mal escutaria um eco. Até os movimentos da baleia seriam imperceptíveis. Ela poderia nadar nas ondas da superfície ou na escuridão do meio do oceano (a mil e seiscentos metros, de acordo com Herman Melville), mas você jamais notaria a diferença. Com exceção da morte, esse é o estágio definitivo e insuperável da irresponsabilidade. E seja lá qual for o caso de Anaïs Nin, não restam dúvidas de que o próprio Miller está dentro da baleia. Seus melhores e mais característicos trechos foram escritos no ponto de vista de Jonas, um Jonas pronto e disposto. Não que ele seja especialmente introvertido — pelo contrário. No caso dele, a baleia é transparente. Ele só não sente vontade alguma de alterar ou controlar o percurso pelo qual passa. Ele desempenha o mais essencial ato de Jonas; o de se permitir ser engolido, de permanecer passivo, de *aceitar*.

O significado disso é claro. É uma espécie de quietismo, que implica uma completa descrença ou certo grau de crença que leva ao misticismo. A atitude é "*je m'en fous*", ou "Embora Ele me mate, n'Ele confiarei", não importa de que maneira você veja; para propósitos práticos, ambos são iguais, a moral em ambos os casos é "não faça nada". Mas, em tempos como o nosso, seria essa uma atitude defensável? Perceba como é quase impossível não fazer essa pergunta. No momento que se escreve, estamos em um período no qual tomamos como certo que um livro há de ser positivo, sério e "construtivo". Doze anos atrás, reagir-se-ia a tal ideia com risinhos dissimulados. ("Titia, a gente não tem que escrever *sobre* uma coisa. A gente só *escreve.*") Então, o pêndulo balançou para longe da noção frívola de que arte é nada além de técnica, mas balançou tão longe que um livro só pode ser "bom" se estiver fundamentado na "verdadeira" versão da vida. É natural que as pessoas que acreditam nisso também acreditem possuir a verdade em si mesmos. Críticos católicos, por exemplo, tendem a afirmar que livros só são "bons" quando tendem ao catolicismo. Críticos marxistas afirmam a mesma coisa, mas com mais convicção, a respeito de livros marxistas. Por exemplo, diz o sr. Edward Upward ("A Marxist Interpretation of Literature" ["Uma interpretação marxista da Literatura"], em *Mind in Chains* ["Mente acorrentada"]):

> *A crítica literária que visa ser marxista precisa (...) proclamar que nenhum livro escrito no presente momento pode ser "bom", a não ser que seja escrito sob o ponto de vista marxista, ou próximo dele.*

Vários outros escritores fizeram afirmações semelhantes. Upward grifa "no presente momento" porque se dá conta de que, por exemplo, não é possível desdenhar de *Hamlet* sob a alegação de que Shakespeare não era marxista. Contudo, seu interessante ensaio toca apenas muito de leve nessa dificuldade. Grande parte da literatura do passado que chega até nós é permeada por, e de fato fundamentada em, crenças (a crença na imortalidade da alma, por exemplo) que hoje nos parecem falsas, e em alguns casos até bobas a ponto de serem desprezíveis. Ainda assim se configuram como "boa" literatura, se a sua sobrevivência serve como prova. Upward sem dúvidas responderia que uma crença que era considerada apropriada séculos atrás poderia hoje ser inapropriada, e portanto enfadonha e desimportante. Mas isso não nos leva muito adiante, pois presume que um dia existirá *um* conjunto de crenças que será o mais próximo da verdade atual, e que a melhor literatura da época estará mais ou menos em harmonia com ela. Na realidade, tal uniformidade jamais existiu. Na Inglaterra do século XVII, por exemplo, houve uma divisão religiosa e política que muito se assemelha ao atual antagonismo entre esquerda e direita. Se olhasse para trás, a pessoa moderna sentiria que o ponto de vista burguês e puritano era uma melhor aproximação da verdade do que o ponto de vista feudal e católico. Mas certamente não era o caso que a maioria dos melhores escritores da época fossem puritanos. Mais do que isso, há "bons" escritores cuja visão de mundo seria, em qualquer época, reconhecida como falsa e frívola. Edgar Allan Poe, por exemplo. O ponto de vista de Poe é, na melhor das hipóteses, um romantismo tempestuoso; na pior das hipóteses, não está muito longe da loucura, no sentido clínico literal. Por qual motivo, então, histórias como "O gato preto", "O coração delator", "A ruína da casa de Usher" etc., que podem muito bem ter sido escritas por um lunático, não transmitem uma sensação de falsidade? Porque são verdadeiras dentro de uma estrutura específica, porque mantêm os preceitos de seus mundinhos peculiares, assim como uma pintura japonesa. Mas é evidente que, para escrever com êxito sobre um mundo assim, é preciso acreditar nele. Percebe-se de imediato a diferença ao comparar os contos de Poe com o *Minuit* ["Meia-noite"], de Julian Green, que acredito ser uma tentativa dissimulada de provocar atmosfera semelhante. O que se nota de imediato em

Minuit é que os eventos da história acontecem sem motivo algum. Tudo é completamente arbitrário; não há lógica emocional. Isso é exatamente o que *não* se sente com os contos de Poe. Sua lógica maníaca, no seu contexto, é bem convincente. Quando, por exemplo, o bêbado agarra o gato preto e arranca seu olho fora com um canivete, o leitor sabe exatamente *por que* ele fez isso, a ponto de sentir que teria feito a mesma coisa. Então parece que, para um escritor criativo, possuir a "verdade" importa menos do que a sinceridade emocional. Até Upward seria incapaz de afirmar que um escritor não precisa de nada além de treinamento marxista. Ele também precisa de talento. Mas talento, aparentemente, é uma questão de ser capaz de se importar, de realmente *crer* em suas crenças, sejam elas verdadeiras ou falsas. A diferença entre, por exemplo, Céline e Evelyn Waugh é uma diferença de intensidade emocional. É a diferença entre o desespero genuíno e o desespero que é, ao menos em parte, um fingimento. E com isso há outra consideração que talvez seja menos óbvia: há ocasiões em que uma crença falsa é mais sincera do que uma crença verdadeira.

Quando se examina livros de memórias escritos sobre a guerra de 1914-18, pode-se notar que quase todos os que continuam legíveis depois de certo tempo foram escritos de um ponto de vista passivo, negativo. São recordações de algo sem significado algum, um pesadelo ocorrido no vácuo. Essa não é, realmente, a verdade sobre a guerra, mas a verdade sobre uma reação individual. O soldado que avança em direção à linha de fogo ou está imerso até a cintura em uma trincheira inundada sabia que aquela era uma experiência aterrorizadora na qual ele estava praticamente indefeso. É mais provável que esse soldado escreva um bom livro sobre seu desamparo e sua ignorância do que sobre uma pretensa capacidade de entender a situação por completo. Já livros que foram escritos *durante* a guerra, os melhores quase sempre são os de pessoas que viraram suas costas e tentaram fingir que nada daquilo estava acontecendo. E. M. Forster relatou que em 1917 ele leu [*The Long of J. Alfred*] *Prufrock* e outros poemas do início da carreira de Eliot e, numa época como aquela, o encorajaram a apreciar poemas que fossem "livres de preocupação com o bem-estar social":

> *Cantavam em verso a repulsa e a timidez do privado, de pessoas que pareciam genuínas porque não tinham atrativos ou eram frágeis... Nisso havia um protesto, um protesto ineficaz, que era mais atraente por ser ineficaz... Aquele que poderia se virar para reclamar das moças e dos salões conservava uma minúscula gota de nosso respeito próprio, carregando assim a herança humana.*

Muito bem dito. MacNeice, no livro a que já me referi antes, menciona esse trecho e acrescenta uma certa observação:

> *Dez anos depois, menos protestos ineficazes seriam feitos por poetas e a herança humana seria carregada de forma diferente... A contemplação de um mundo de fragmentos se torna entediante e os sucessores de Eliot estão mais interessados em organizá-lo.*

Trechos semelhantes podem ser encontrados ao longo do livro de MacNeice. O que ele quer nos fazer acreditar é que os "sucessores" de Eliot (ou seja, McNeice e seus amigos) de algum modo "protestaram" com mais eficácia do que Eliot quando este publicou *Prufrock* no momento que os exércitos aliados atacavam a linha de Hindenburg. Onde esses "protestos" podem ser encontrados, já não sei dizer. Mas no contraste entre o comentário de Forster e o comentário de MacNeice se encontra toda a diferença entre um homem que sabe como foi a guerra de 1914-18 e um homem que mal se lembra dela. A verdade é que, em 1917, não havia nada que uma pessoa racional e sensível pudesse fazer, com exceção de se manter humano, se possível. E um gesto de impotência, até mesmo de frivolidade, pode ser a melhor forma de fazê-lo. Se eu tivesse sido um soldado durante a Primeira Guerra Mundial, teria pego *Prufrock* para ler mais rápido do que *The First Hundred Thousand* ["Os primeiros cem mil"], de Ian Hay, ou *Letters to the Boys of the Trenches* ["Cartas aos rapazes nas trincheiras"], de Horatio Bottomley. Assim como Forster, teria sentido que, ao se desinteressar e manter contato com emoções anteriores à guerra, Eliot dava continuidade à herança humana. Que alívio, em um momento como aquele, ler sobre as tribulações de um intelectual com calvície! Tão diferente das baionetas! Depois das bombas, das filas para comida e dos cartazes de recrutamento, uma voz humana! Que alívio!

Mas, afinal, a guerra de 1914-18 foi apenas o momento mais grave de uma crise contínua. Nessa época, não é necessária uma guerra para demonstrar a desintegração da nossa sociedade, e a impotência cada vez maior de pessoas decentes. É por esse motivo que acredito ser justificável a atitude passiva e não cooperativa implícita na obra de Miller. Mais do que uma expressão do que as pessoas *têm* de sentir, talvez seja uma expressão do que as pessoas *sentem*. Mais uma vez, a voz humana se escuta entre as explosões de bombas, uma voz americana amigável, "livre da preocupação com o bem-estar social". Sem sermões, apenas a verdade subjetiva. Nesse sentido, aparentemente ainda é possível que um bom romance seja escrito. Não necessariamente um romance edificante, mas um romance que mereça ser lido, e talvez seja lembrado após a leitura.

Enquanto eu escrevia este ensaio,[15] outra guerra europeia eclodiu. Ou durará vários anos e destruirá a civilização ocidental, ou

15 "Dentro da baleia" ("*Inside the Whale*") foi publicado originalmente em 1940. (N.T.)

vai acabar de modo inconclusivo e nos preparar para outra guerra, que por fim completará o serviço de uma vez por todas. Mas guerra é apenas "paz intensificada". O que está acontecendo, porém, com guerra ou sem guerra, é a quebra do capitalismo *laissez-faire* e da cultura cristã liberal. Até pouco tempo atrás, não se previam as implicações disso, porque se imaginava que o socialismo poderia manter ou até expandir a atmosfera do liberalismo. Agora estamos começando a entender o quanto essa ideia era falsa. Estamos certamente entrando em uma era de ditaduras totalitárias — uma era onde liberdade de pensamento será a princípio um pecado mortal e, depois, uma abstração sem significado. O indivíduo autônomo será eliminado da existência. Mas isso significa que a literatura, na forma como a conhecemos, precisa sofrer uma morte temporária. A literatura do liberalismo está chegando ao fim e a literatura do totalitarismo ainda não surgiu, e não pode ainda ser imaginada. Já o escritor, este se encontra sentado na ponta de um iceberg que derrete pouco a pouco; ele não passa de um anacronismo, uma ressaca da era burguesa, condenado à extinção, assim como o hipopótamo. Miller me parece um homem incomum porque notou e proclamou esse fato muito antes de seus contemporâneos — numa época na qual muitos deles estavam, na verdade, balbuciando a respeito da renascença da literatura. Wyndham Lewis dissera anos antes que a maior parte da história da língua inglesa estava acabada, mas seu embasamento vinha de motivos bem triviais. Mas daqui por diante o fato mais importante que um escritor criativo precisa entender é que este não é o mundo para um escritor. Isso não significa que ele não possa ajudar no nascimento de uma nova sociedade, mas ele não pode ajudar nisso *como escritor*. Pois *como escritor* ele é um liberal, e o que está acontecendo é a destruição do liberalismo. Parece provável, então, que nos últimos anos de liberdade de expressão, qualquer romance que mereça ser lido seguirá mais ou menos o curso que Miller seguiu — não digo na técnica ou no assunto, mas na visão de mundo implícita. A atitude passiva retornará e será uma passividade mais consciente do que antes. Progresso e reação se tornaram uma fraude. Ao que parece, nada restou além de quietismo — roubando nossa realidade do seu terror ao se lhe submeter. Adentre a baleia — ou, na verdade, admita que está dentro da baleia (porque claro, *você está*). Renda-se ao percurso do mundo, pare de lutar contra ele ou fingir que o controla; simplesmente aceite-o, apoie-o, registre-o. Essa parece ser a fórmula que qualquer romancista sensível provavelmente adotará agora. Um romance de caráter mais positivo, "construtivo" e emocionalmente falso é, no presente momento, muito difícil de imaginar.

Com isso, quero dizer que Miller é um "grande autor" ou que é a grande esperança para a prosa em língua inglesa? Nada disso. O próprio Miller seria a última pessoa a afirmar ou desejar tal coisa. Sem dúvidas ele seguirá escrevendo — quem começa sempre continua a escrever — e junto dele há vários autores com tendências parecidas, Lawrence Durrell, Michael Fraenkel, entre outros, quase formando uma nova "escola". Mas ele, a meu ver, parece um homem de um livro só. Mais cedo ou mais tarde imagino que caia na ininteligibilidade ou no charlatanismo: há sinais de ambos nos seus últimos trabalhos. Ainda não li seu livro mais recente, *Trópico de Capricórnio*. Não porque não queira lê-lo, mas porque a polícia e as autoridades alfandegárias não me permitiram obter um exemplar. Mas me surpreenderia se chegasse perto de *Trópico de Câncer* ou dos primeiros capítulos de *Primavera negra*. Como certos outros romancistas autobiográficos, ele tinha em si mesmo a capacidade de fazer uma única coisa com perfeição, e assim o fez. Considerando como foi a literatura da década de 1930, trata-se de um feito considerável.

Os livros de Miller são publicados pela Obelisk Press, de Paris. Qual será o futuro da Obelisk Press, agora que a guerra eclodiu e seu editor, Jack Kathane, está morto, eu não sei, mas por enquanto os livros ainda podem ser obtidos. Recomendo enfaticamente a quem ainda não o leu que leia *Trópico de Câncer*. Com engenhosidade ou pagando um pouco mais do que o preço de capa, o leitor pode obtê-lo e, mesmo que algumas partes o enojem, o romance permanecerá na memória. Também é um livro "importante", num sentido diferente de quando a palavra costuma ser usada. Como regra, romances descritos como "importantes" são uma "acusação terrível" a uma coisa ou outra, ou introduzem alguma inovação técnica. *Trópico de Câncer* não se aplica a nenhum dos casos. Sua importância é meramente sintomática. Trata-se, na minha opinião, do único escritor de prosa de algum valor que surgiu entre os povos anglófonos dos últimos anos. Ainda que alguém conteste isso como um exagero, é provável que ainda assim admita-se que Miller é um escritor fora do comum, que merece mais do que uma simples passada de olhos; e, no fim das contas, ele é um escritor totalmente negativo, não construtivo e amoral, um mero Jonas, um passivo aceitador do mal, um Whitman entre cadáveres. Sintomaticamente, isso é mais significativo do que o mero fato de que cinco mil romances são publicados por ano na Inglaterra e quatro mil e novecentos são um lixo. É uma demonstração da impossibilidade de qualquer literatura de renome até que o mundo se reorganize em novos moldes.

NA PIOR EM PARIS E LONDRES

Ó, mal detestável, a condição da pobreza!
— CHAUCER

CAPÍTULO 1

Rue du Coq d'Or[16], Paris, sete da manhã. Uma sequência de gritos furiosos e abafados ecoava, vinda da rua. Madame Monce, cujo hotelzinho ficava em frente ao meu, foi até a calçada para dirigir-se a uma inquilina no terceiro andar. Seus pés descalços estavam apertados dentro de tamancos holandeses, e o cabelo grisalho cascateava, solto.

Madame Monce:

— *Salope*[17]! *Salope*! Quantas vezes tenho de dizer para não esmagar insetos no papel de parede? Acha que comprou o hotel, é? Por que não pode jogá-los da janela, como todo mundo faz? *Putain*[18]! *Salope*!

A mulher no terceiro andar:

— *Vache*[19]!

A seguir veio um coro variegado de gritos, conforme janelas se abriam por todos os lados, e metade da rua se unia à briga. Ficaram quietos abruptamente dez minutos depois, quando um esquadrão da cavalaria passou por ali, e as pessoas pararam de berrar a fim de olhá-los.

16 "Rua do galo de ouro", em francês no original. (N.E.)

17 "Vagabunda", em francês no original. (N.E.)

18 "Puta", em francês no original. (N.E.)

19 "Vaca", em francês no original. (N.E.)

Esboço essa cena só para expressar algo a respeito do espírito da Rue du Coq d'Or. Não que brigas fossem as únicas coisas que ocorressem por ali — mas, ainda assim, raramente tínhamos uma manhã desprovida desse tipo de desavença. Altercações, os brados desolados dos camelôs, os gritos de crianças perseguindo cascas de laranja nos paralelepípedos e, à noite, a cantoria barulhenta e o cheiro azedo das lixeiras compunham a atmosfera da rua.

Era uma rua bem estreita — uma ravina de casas altas e leprosas, viradas umas para as outras de modo estranho, como se tivessem sido todas congeladas à beira de um colapso. Todas as casas eram hotéis repletos até o talo de inquilinos, em sua maioria poloneses, árabes e italianos. Aos pés dos hotéis ficavam pequenos bistrôs, onde era possível embebedar-se pelo equivalente a um xelim. Nas noites de sábado, aproximadamente um terço da população masculina do quarteirão estava bêbada. Brigavam por mulheres, e os operários árabes que moravam nos hotéis mais baratos tinham disputas misteriosas, resolvidas com cadeiras e, ocasionalmente, revólveres. À noite, policiais só passavam pela rua em dupla. Era um lugar um tanto desordeiro. Entretanto, em meio àquele barulho e sujeira, conviviam também os costumeiros e respeitáveis lojistas, padeiros e lavadeiras franceses, além de outros tipos assim, cada qual no seu canto, acumulando pequenas fortunas. Era um gueto parisiense bem representado.

O nome de meu hotel era Hôtel des Trois Moineaux[20]. Era uma confusão de cinco andares, escura e ruidosa, dividida por partições de madeiras que formavam quarenta quartos. Os quartos eram pequenos, áridos e inveteradamente imundos, já que não havia faxineiras, e Madame F., a *patronne*[21], não tinha tempo para varrer o local. As paredes eram tão finas quanto palitos de fósforo e, para esconder as rachaduras, foram cobertas por camadas de papel de

20 "Hotel dos Três Pardais", em francês no original. (N.E.)

21 "Patroa", em francês no original. (N.E.)

parede cor-de-rosa, que agora já se desprendia e abrigava incontáveis insetos. Todo dia, longas fileiras de bichos marchavam perto do teto, como batalhões de soldados, e à noite vinham para baixo, famintos, e precisávamos nos levantar várias vezes por dia e matá-los às hecatombes. Às vezes, quando o problema com os insetos piorava, queimávamos enxofre para que fugissem para o cômodo ao lado; o vizinho respondia fazendo a mesma coisa em *seu* quarto, e os bichos voltavam. Era um lugar imundo, mas aconchegante, já que Madame F. e seu marido eram boa gente. O aluguel dos quartos variava entre trinta e cinquenta francos por semana.

Os hóspedes eram uma população flutuante, composta em sua maioria de estrangeiros, que costumavam aparecer sem bagagens, passar uma semana lá, e desaparecer de novo. Eles exerciam todo tipo de profissão — sapateiros, pedreiros, canteiros, operários, estudantes, prostitutas, catadores de lixo. Alguns eram formidavelmente pobres. Em um dos sótãos, vivia um estudante búlgaro que confeccionava sapatos chiques para o mercado americano. Das seis às doze, ele permanecia sentado na cama, produzindo uma dúzia de pares de sapatos para ganhar trinta e cinco francos; no restante do dia, frequentava palestras na Sorbonne. Estudava para entrar na Igreja, e havia livros de teologia de cabeça para baixo espalhados no chão repleto de tiras de couro. Em outro quarto moravam uma mulher russa e seu filho, que alegava ser artista. A mãe trabalhava dezesseis horas por dia remendando meias e ganhava vinte e cinco *centimes*[22] por meia, enquanto o filho, vestido de maneira decente, vadiava nos cafés de Montparnasse. Um dos quartos era alugado por dois inquilinos diferentes; o primeiro trabalhava durante o dia, o segundo trabalhava durante a noite. Em outro quarto, uma viúva compartilhava a cama com suas duas filhas adultas, ambas tuberculosas.

22 Trata-se de "centavos de franco", mas nesta edição mantemos a grafia em francês. (N.E.)

Havia tipos excêntricos no hotel. Os excêntricos se reúnem nos bairros pobres de Paris — pessoas que caíram em ritmos solitários e quase enlouquecidos em suas vidas, e desistiram da normalidade ou da decência. A pobreza os libera dos padrões ordinários de comportamento, assim como o dinheiro libera as pessoas do trabalho. Alguns dos inquilinos de nosso hotel tinham vidas extremamente curiosas.

Os Rougiers, por exemplo, eram um casal velho, maltrapilho e nanico que se ocupava de um negócio extraordinário. Costumavam vender cartões-postais no Boulevard Saint-Michel. O curioso é que os cartões-postais eram vendidos em pacotes fechados, assim como os cartões pornográficos, mas eram, na verdade, fotografias dos *châteaux* do Loire; os compradores não sabiam disso até ser tarde demais e, é claro, nunca reclamavam. Os Rougiers ganhavam aproximadamente cem francos por semana e, graças a uma economia rígida, conseguiam estar sempre meio famintos, meio bêbados. A sujeira do quarto deles era tamanha que tornava possível sentir o cheiro desde o andar de baixo. Segundo a Madame F., nenhum dos dois Rougiers tinha trocado de roupa em quatro anos.

Ou Henri, que trabalhava no esgoto. Era um homem alto e melancólico de cabelos cacheados, com um ar um tanto romântico com suas longas botas de trabalho. A peculiaridade de Henri é que não falava, exceto a respeito de trabalho, e podia passar dias a fio desse jeito. Um ano antes, era chofer, tinha um bom emprego e juntava dinheiro. Um dia, apaixonou-se e, quando a moça o rejeitou, perdeu as estribeiras e a chutou. Ao ser chutada, a moça apaixonou-se desesperadamente por Henri e, por uma quinzena, os dois viveram juntos e gastaram mil francos do dinheiro que Henri guardava. A moça, então, o traiu; Henri a esfaqueou no braço, e passou seis meses na prisão. Assim que foi esfaqueada, a moça ficou ainda mais apaixonada por Henri, os dois resolveram a briga, e concordaram que, quando Henri saísse da prisão, ele compraria um táxi, eles se casariam e levariam uma vida mais calma. Uma quinzena depois, a moça o traiu novamente e, quando Henri saiu da prisão, ela estava grávida e Henri não a esfaqueou de novo. Ele sacou todo o dinheiro restante, gastou as economias em bebida e acabou passando outro mês preso; depois disso, começou a trabalhar no esgoto. Henri não falava por nada. Se lhe perguntassem por que trabalhava no esgoto, ele nunca respondia, apenas cruzava os pulsos como se estivesse algemado, e sacudia a cabeça em direção ao sul, à prisão. Parecia que a má sorte afetara sua inteligência de um dia para o outro.

Também havia R., um inglês que morava metade do ano em Putney com os pais, e a outra metade na França. Na França, bebia quatro litros de vinho por dia e, aos sábados, bebia seis; certa vez, viajou até os Açores, porque o vinho lá é mais barato do que em qualquer outro lugar da Europa. Ele era uma criatura domesticada e gentil, que nunca brigava ou fazia barulho, e nunca estava sóbrio. Ficava deitado na cama até o meio-dia, e dali até a meia-noite ficava em seu canto no bistrô, quieto e enchendo a cara metodicamente. Enquanto bebia, falava, com uma refinada voz feminina, a respeito de móveis antigos. Além de mim, R. era o único inglês no quarteirão.

Havia muitos outros indivíduos, tão excêntricos quanto os que já mencionei: Monsieur Jules, o romeno, não admitia ter um olho de vidro; Furex, o canteiro limosino; Roucolle, o avarento, que morreu antes de eu chegar lá; o velho Laurent, que vendia lixo e costumava copiar a própria assinatura de um pedaço de papel que levava no bolso. Seria divertido escrever a biografia de alguns desses tipos, se tivesse tempo. Estou tentando descrever as pessoas de nosso quarteirão, não por mera curiosidade, mas porque todos eles são partes desta história. É sobre a pobreza que escrevo, e tive meu primeiro contato com pobreza neste bairro pobre. O bairro, com sua sujeira e suas vidas estranhas, foi primeiro uma lição prática a respeito de pobreza, e depois o contexto de minhas próprias experiências. É por esse motivo que tento explicar como era a vida lá.

CAPÍTULO 2

A vida no quarteirão. Nosso bistrô, por exemplo, aos pés do Hôtel des Trois Moineaux. Uma saleta de chão de tijolos, parte dela subterrânea, com mesas encharcadas de vinho e a foto de um funeral com os dizeres "*Crédit est mort*"[23]; operários com faixas vermelhas na cintura cortando linguiças com grandes canivetes; e Madame F., uma esplêndida camponesa de Auvergnat com o rosto de uma vaca obstinada, bebendo Malaga o dia inteiro "para seu estômago"; e jogos de dados como *apéritifs*; e músicas a respeito de "*Les Fraises et Les Framboises*"[24] e a respeito da Madelon[25], que dizia: "*Comment épouser un soldat, moi qui aime tout le régiment?*"[26]; e gente fazendo amor de forma extraordinariamente pública. Metade do hotel costumava se encontrar no bistrô durante a tarde. Queria encontrar ao menos um *pub* em Londres que fosse tão alegre quanto tal bistrô.

23 Expressão em francês que significa "O fiado morreu". (N.E.)

24 "Os morangos e as framboesas", em francês no original. Nome de uma canção francesa popular do começo do século XX do grupo Les Charlots. (N.E.)

25 "La Madelon", canção francesa popular do período da primeira guerra. (N.E.)

26 "Como casar com um soldado, eu que amo todo o regimento?" (N.E.)

Era comum ouvir conversas bizarras no bistrô. Como amostra, ofereço Charlie, uma das curiosidades locais, falando.

Charlie era um jovem de boa família e educação, que fugiu de casa e vivia de mesadas ocasionais. Imagine-o muito novo e róseo, com bochechas tenras e os cabelos suaves e castanhos de um menino bonzinho, lábios excessivamente vermelhos e molhados, assim como cerejas. Seus pés são minúsculos, seus braços anormalmente curtos, suas mãos têm covinhas como as de um bebê. Charlie tem um jeito de dançar e saltitar enquanto fala, como se estivesse feliz demais, vivo demais para ficar parado por um único instante. Às três da tarde, não há ninguém no bistrô, além de Madame F. e um par de homens desempregados; mas para Charlie não importa se fala com um ou com outro, contanto que possa falar a respeito de si. Ele declama tal qual um orador em uma barricada, enrolando as palavras na língua e gesticulando com seus bracinhos. Seus olhos, pequenos como os de um porco, brilham com entusiasmo. Ele é, por algum motivo, profundamente repulsivo.

Ele está falando de amor, seu assunto preferido.

— *Ah, l'amour, l'amour! Ah, que les femmes m'ont tué! Alas, messieurs et dames*[27], as mulheres são minha ruína, minha irremediável ruína. Aos vinte e dois anos, estou absolutamente gasto e acabado. Mas quanto aprendi, em que abismos de sabedoria não me afundei! Como é magnífico obter a verdadeira sabedoria, como é magnífico tornar-me, no sentido mais pleno da palavra, um homem civilizado, tornar-se *raffiné, vicieux*[28], etc. etc.

— *Messieurs et dames*, posso ver que estão tristes. Ah, *mais la vie est belle*[29] — não devem ficar tristes. Fiquem mais alegres, eu vos imploro!

27 "Ai, o amor, o amor! Ai, as mulheres me mataram! Ai de mim, senhoras e senhores", em francês no original. (N.E.)

28 "Refinado, viciado", em francês no original. (N.E.)

29 "Mas a vida é bela", em francês no original. (N.E.)

Fill high ze bowl vid Samian vine,
Ve vill not sink of semes like zese!"[30]

— Ah, *que la vie est belle*! Escutem, *messieurs et dames*, da plenitude de minha experiência, vou discursar sobre o amor. Vou explicar a todos vocês qual é o verdadeiro significado do amor; qual é a verdadeira sensibilidade, o prazer mais superior e refinado, que apenas os homens civilizados conhecem. Vou contar a vocês sobre o dia mais feliz de minha vida. Ai de mim! Mas já passei do tempo em que conhecia tal felicidade. Foi-se para sempre; a própria possibilidade, e até mesmo o desejo por ela, foram-se.

"Escutem, então. Aconteceu dois anos atrás; meu irmão estava em Paris — ele é advogado — e meus pais lhe disseram que me encontrasse e me levasse para jantar. Nós nos detestamos, meu irmão e eu, mas preferimos não desobedecer aos nossos pais. Jantamos e, durante a refeição, ele ficou muito bêbado após tomar três garrafas de Bordeaux. Levei-o de volta ao seu hotel; no caminho comprei uma garrafa de conhaque e, quando chegamos, fiz meu irmão tomar um copo — aleguei ser algo que o deixaria sóbrio. Ele bebeu e imediatamente caiu no chão, como se estivesse tendo um acesso, alcoolizado. Ergui-o e encostei suas costas na cama; depois revirei seus bolsos. Encontrei mil e cem francos, e com isso me apressei para descer as escadas, entrei em um táxi e fugi. Meu irmão não sabia meu endereço — eu estava seguro.

"Para onde vai um homem quando tem dinheiro? A bordéis, naturalmente. Mas pensam que eu perderia meu tempo com depravação vulgar, condizente apenas com operários? Não confundam, sou um homem civilizado! Eu era meticuloso, exigente, entendem, com

30 Trecho de "The Isles of Greece", de George Gordon Byron, escrito em "inglês com sotaque francês": *"Encham a taça de vinho de Samos! Não pensaremos em tempos como esse!"*. (N.T.)

mil francos no bolso. Era meia-noite antes de eu descobrir o que estava procurando. Estava com um jovem muito esperto de dezoito anos, que vestia *en smoking* e tinha um corte de cabelo *à l'américaine*[31], e conversávamos em um bistrô quieto, longe dos bulevares. Entendemo-nos bem, aquele jovem e eu. Falamos disso e daquilo e discutimos as melhores maneiras de se divertir. Rapidamente, pegamos um táxi juntos e fomos levados para longe dali.

"O táxi parou em uma rua estreita e solitária com uma única lâmpada a gás acesa. Havia poças escuras entre as lajotas. De um lado, havia o muro longo e despido de um convento. Meu guia me levou a uma casa alta, em ruínas, cujas janelas eram fechadas com tapumes, e bateu várias vezes à porta. Logo ouvimos o som de passos e cadeados, e a porta se abriu de leve. Uma mão apareceu do buraco; era uma mão torta e enorme, com a palma para cima debaixo de nossos narizes, exigindo dinheiro.

"Meu guia colocou o pé entre a porta e o degrau.

"'Quanto quer?', perguntou.

"'Mil francos', uma voz feminina respondeu. 'Pague agora ou não pode entrar.'

"Coloquei mil francos na mão dela e entreguei os cem remanescentes ao meu guia: ele deu boa-noite e partiu. Eu conseguia ouvir a voz do lado interno contando os bilhetes, e então uma velha magra, parecendo um corvo com seu vestido preto, colocou o nariz para fora e me encarou, desconfiada, antes de me deixar passar. Era muito escuro do lado de dentro: eu não conseguia ver nada além de uma boca de gás tremulante que iluminava um pedaço da parede de argamassa, lançando o restante do local nas profundezas das sombras. Havia odor de rato e de pó. Sem se pronunciar, a velha acendeu uma vela na boca de gás e mancou na minha frente em direção a uma passagem pedregosa acima de um lance de escadas de pedra.

---

31 "No estilo americano", em francês no original. (N.E.)

"'*Voilà!*', disse ela. 'Vá até o porão e faça o que quiser lá. Não verei nada, não ouvirei nada, não saberei nada. Está livre, entende; perfeitamente livre.

"Rá, *messieurs*, preciso descrever — *forcément*[32], sabem bem como é — aquele arrepio, em parte de terror, em parte de alegria, que nos toma nesse tipo de momento? Desci, tateando. Conseguia ouvir minha respiração e o som de meus sapatos roçando na pedra; fora isso, tudo era silêncio. No fim das escadas, encontrei um interruptor elétrico. Acendi a luz, e um grande lustre elétrico com doze globos vermelhos encheu o porão com luz vermelha. E, pasmem, eu não estava em um porão, mas num quarto, um quarto magnífico, suntuoso, espalhafatoso, vermelho-sangue de cima a baixo. Imaginem, *messieurs et dames*! Carpete vermelho, papel de parede vermelho, assentos vermelhos, até mesmo o teto era vermelho; tudo era vermelho, queimando meus olhos. Era um vermelho pesado, sufocante, como se a luz resplandecesse em bacias de sangue. Do lado oposto, havia uma cama enorme e quadrada, com colchas vermelhas assim como o restante do quarto, e na cama havia uma menina com um vestido de veludo vermelho. Quando me viu, ela se encolheu e tentou esconder os joelhos sob o vestido curto.

"Eu estava parado na porta. 'Venha aqui, minha franguinha', chamei-a.

"Ela choramingou de medo. Com um salto, eu estava ao lado da cama; ela tentou escapar, mas a agarrei pela garganta — assim, veem? — bem apertado! Ela tentou lutar, chorou por misericórdia, mas continuei a segurá-la com força, forçando a cabeça dela para trás e encarando seu rosto. Devia ter vinte anos, talvez; tinha o rosto largo e tolo de uma criança estúpida, mas estava coberta de maquiagem e pó de arroz, e seus olhos azuis e estúpidos brilhavam sob a luz vermelha, com aquela expressão chocada e distorcida

32 "Forçosamente", em francês no original. (N.E.)

que só se vê nos olhos dessas mulheres. Era alguma camponesa, sem dúvida, vendida pelos pais como escrava.

"Sem manifestar outra palavra, puxei-a para fora da cama e a joguei no chão. Então, fui para cima dela como um tigre! Ah, a alegria, o êxtase incomparável daquela época! Eis aqui, *messieurs et dames*, eis aqui o que exponho a vocês; *Voilà l'amour*! Eis o amor verdadeiro, eis a única coisa no mundo pela qual vale a pena lutar; eis a coisa em comparação à qual todas as suas artes e suas ideias, todas as suas filosofias e seus credos, todas as suas belas palavras e atitudes nobres, são tão pálidas e sem sentido quanto cinzas. Quando se experimenta o amor — o verdadeiro amor —, o que sobra no mundo que pareça algo além de um mero espectro da felicidade?

"Recomecei meu ataque, a cada vez de modo mais selvagem. Repetidas vezes a menina tentou fugir; implorou por misericórdia, mas eu ri da cara dela.

"'Misericórdia!', zombei. 'Acredita que vim até aqui para mostrar misericórdia? Acredita que paguei mil francos para isso?'

"Juro, *messieurs et dames*, que se não fosse por essa maldita lei que nos rouba a liberdade, eu a teria matado naquele momento.

"Ah, como ela gritou, e como eram amargos seus berros de agonia. Mas não havia ninguém lá para ouvi-los; lá, sob as ruas de Paris, estávamos tão seguros quanto no coração de uma pirâmide. Lágrimas escorriam por seu rosto, desmanchando o pó de arroz e sujando-a. Ah, tempo irrecuperável! Vocês, *messieurs et dames*, que não cultivaram as sensibilidades mais requintadas do amor, tamanho prazer lhes é quase inacreditável. E para mim, também, agora que minha juventude se foi — ah, juventude! —, nunca mais verei a vida de forma tão bela quanto naquele então. Está acabado.

"Ah, sim, acabou — acabou para sempre. Ah, a pobreza, a brevidade, a decepção da felicidade humana! Porque, na realidade

— *car en realité*[33], o que é a duração do momento supremo do amor? É nada, um instante, um segundo, talvez. Um segundo de êxtase e, depois disso — pó, cinzas, nada.

"Então, apenas por um instante, capturei a suprema felicidade, a maior e mais refinada emoção que um ser humano pode alcançar. E, no momento que acabou, fiquei — com o quê? Toda a minha selvageria e minha paixão foram espalhadas como as pétalas de uma rosa. Fiquei frio e lânguido, repleto de arrependimentos vãos; em minha repulsa, até senti um tipo de pena pela menina chorando no chão. Não é nauseante que sejamos vítimas de emoções tão cruéis? Não fitei a menina de novo; meu único pensamento era o de sair dali. Subi os degraus da câmara e dirigi-me à rua. Estava escuro e terrivelmente frio, as ruas estavam vazias, o chão de pedra ecoava sob meus pés com um som oco e solitário. Não tinha mais dinheiro, nem para pegar um táxi. Voltei andando para meu quarto frio e solitário.

"Mas eis, *messieurs et dames*, o que prometi lhes expor. Isso é o Amor. Esse foi o dia mais feliz de minha vida."

Era um espécime curioso, esse Charlie. Descrevo Charlie apenas para mostrar quão diversos podiam ser os personagens encontrados florescendo no quarteirão da Coq d'Or.

---

33 "Porque na realidade". A personagem se repete em francês. (N.E.)

CAPÍTULO 3

Morei no Coq d'Or por aproximadamente um ano e meio. Certo dia, no verão, descobri que dispunha apenas de quatrocentos e cinquenta francos, e nada além de trinta e seis francos por semana, que ganhava dando aulas de inglês. Até ali, não tinha pensado a respeito do futuro, mas agora percebia ser a hora de tomar uma atitude. Decidi procurar um emprego — o que provou ser uma boa decisão — e tomei a precaução de pagar os duzentos francos de aluguel mensal adiantado. Com os outros duzentos e cinquenta francos, além das lições de inglês, eu poderia viver por um mês e, em um mês, eu provavelmente já teria encontrado um trabalho. Queria virar guia de uma das empresas de turismo, ou talvez intérprete. Infelizmente, o azar o impediu.

Um dia, apareceu no hotel um jovem italiano que se dizia compositor. Era uma pessoa um tanto ambígua, já que tinha suíças[34], a marca de um apache[35] ou de um intelectual, e ninguém sabia exatamente a qual das duas categorias ele pertencia. Madame F. não foi

34 Expressão para "costeletas". (N.E.)

35 Gíria que significa "rufião parisiense". (N.E.)

com a cara dele e o fez pagar adiantado o aluguel de uma semana. O italiano pagou o aluguel e permaneceu no hotel durante seis noites. Nesse período, ele conseguiu duplicar algumas chaves e, na última noite, roubou uma dúzia de quartos, inclusive o meu. Por sorte, ele não encontrou o dinheiro que estava em meus bolsos, então não cheguei a ficar sem qualquer tostão. Fiquei apenas com quarenta e sete francos — ou seja, sete xelins e dez pêni.

Isso acabou com minha ideia de procurar emprego. Agora tinha de viver com seis francos por dia, e era difícil pensar em qualquer outra coisa. Foi aí que minha experiência com a pobreza começou — seis francos por dia, se não for de fato pobreza, é quase. Seis francos por dia são um xelim, e você pode viver com um xelim por dia em Londres se souber como fazê-lo. Mas é um negócio complicado.

O primeiro contato com a pobreza é um tanto curioso. Pensa-se tanto a respeito da pobreza — é o que temeu a vida inteira, a coisa que sabe que vai lhe acontecer cedo ou tarde, e é tão absoluta e prosaicamente diferente. Poderia se pensar que seria muito simples; é extraordinariamente complicado. Pensaria ser terrível; é meramente esquálido e maçante. É a *baixeza* peculiar da pobreza que se descobre de cara; as mudanças impostas, a complicada crueldade, as migalhas.

Descobre-se, por exemplo, como a pobreza tem caráter sigiloso. De repente, foi diminuído a seis francos por dia. Mas não se quer admitir — é preciso fingir viver como sempre. Desde o começo, a pobreza o prende em um emaranhado de mentiras e, mesmo com elas, mal se consegue manter o segredo. Para-se de mandar as roupas à lavanderia, e a lavandeira o encontra na rua e pergunta o porquê; você balbucia algo e ela, achando que você está lavando as roupas em outro lugar, torna-se sua inimiga pelo resto da vida. O vendedor de tabaco pergunta por que parou de fumar tanto. Não se pode responder algumas cartas que deseja responder, pois os selos são caros demais. E as refeições — as refeições são a pior dificuldade de todas. Você sai de casa todos os dias, supostamente para um restaurante, e passa uma hora vadiando nos Jardins de Luxemburgo, onde fica observando os pombos. Depois, esconde comida nos bolsos e a leva para casa. A comida é pão com margarina, ou pão com vinho, e mesmo a natureza da comida é mantida por mentiras. Precisa comprar pão de centeio em vez de pão comum, porque pãezinhos de centeio, apesar de mais caros, são redondos e podem ser escondidos nos bolsos. Isso equivale a um franco por dia. Às vezes, visando manter as aparências, é preciso gastar sessenta *centimes* em uma bebida, sobrando menos para comida. A roupa de cama fica imunda, e você fica sem sabão e lâminas de barbear. O cabelo requer um corte e você tenta cortá-lo sozinho, com resultados tão assustadores que é obrigado a ir ao barbeiro, afinal de contas, e lá gastar o equivalente de um dia de comida. Passa-se o dia inteiro contando mentiras, e mentiras caras, ainda por cima.

Você descobre como aqueles seis francos por dia são extremamente precários. Desastres cruéis acontecem, e você é roubado de mais comida. Passou seus últimos oitenta *centimes* em meio litro de leite, e começa a fervê-lo em uma lamparina de álcool. Enquanto ferve, um inseto corre em seu antebraço; você o empurra com a unha, e ele cai — *ploft!* — bem dentro do leite. Não tem nada que possa fazer além de jogar o leite fora e manter o jejum.

Vai à padaria a fim de comprar meio quilo de pão e espera enquanto a padeira corta meio quilo para outro cliente. Ela é estabanada e corta mais do que meio quilo. "*Pardon, monsieur*", diz ela, "imagino que não se importe de pagar mais dois soldos?". O pão custa um franco para cada meio quilo, e você só tem um franco. Quando pensa que também pode ter de pagar mais dois soldos e que terá de confessar que não, você foge, em pânico. Passam-se horas até que reúna a coragem de entrar em uma padaria de novo.

Você vai à quitanda e gasta um franco em um quilo de batatas. Mas uma das moedas que formam o franco é uma moeda belga, e o vendedor não a aceita. Precisa sair da loja e nunca mais volta lá.

Deambulando até chegar a um quarteirão respeitável, você vê um amigo próspero se aproximando. Para evitá-lo, entra no café mais próximo. Ali dentro, precisa comprar algo, então gasta seus últimos cinquenta *centimes* em um copo de café preto com uma mosca morta boiando. É possível multiplicar esses desastres. Eles são parte do processo de estar liso.

Descobre-se como é passar fome. Só com pão com margarina na barriga, começa a olhar as vitrines das lojas. Em tudo que é lugar há enormes quantidades de comida para insultá-lo, um desperdício; porcos mortos inteiros, cestos de pães quentes, blocos de manteiga amarela, tiras de linguiça, montanhas de batatas, queijos *gruyère* do tamanho de rebolos. Começa a choramingar e sentir pena de si mesmo diante de tanta comida. Planeja pegar um pão e correr, engolir antes que possam pegá-lo; mas se contém por puro medo.

E descobre o tédio, inseparável da pobreza; os períodos em que não há nada para fazer e, faminto, não consegue se interessar por nada. Deitado na cama durante metade do dia, sente-se o *jeune squelette*[36] do poema de Baudelaire. Só comida poderia fazer que despertasse. Você descobre que um homem o qual passou a semana só comendo pão com margarina deixou de ser um homem e é apenas uma barriga com alguns órgãos acessórios.

Isto — poderia passar mais tempo descrevendo-a, mas é tudo no mesmo estilo — é a vida com seis francos por dia. Milhares de pessoas em Paris vivem assim — artistas e estudantes de baixa

---

36 "Jovem esqueleto", em francês no original. (N.E.)

renda, prostitutas sem sorte, pessoas desempregadas de todos os tipos. É o subúrbio, por assim dizer, da pobreza.

Continuei assim por mais ou menos três semanas. Os quarenta e sete francos logo terminaram, e tive de me virar com trinta e seis francos por semana das aulas de inglês. Como era inexperiente, não administrei bem o dinheiro e, às vezes, passei um dia inteiro sem comer. Quando isso aconteceu, vendi algumas das minhas roupas, contrabandeando-as hotel afora em pequenos pacotes e levando-as para um brechó na Rue de la Montagne St. Geneviève. O lojista era um judeu ruivo, um homem extremamente desagradável que costumava ter ataques de fúria ao se deparar com um cliente. Pelo jeito como falava, poderia imaginar que era um insulto sequer aparecer diante dele. "*Merde*!", ele costumava gritar, "*você* de novo? Onde acha que está? Em um sopão para pobres?". E ele pagava valores incrivelmente baixos. Por um chapéu que paguei vinte e cinco xelins e mal tinha usado, ganhei cinco francos; por um bom par de sapatos, cinco francos; por camisas, ganhei um franco cada. Ele sempre preferia trocar a comprar, e tinha o truque de enfiar algum artigo inútil em sua mão e fingir que você tinha aceitado. Certa vez, vi-o tirar um bom sobretudo de uma velha, colocar duas bolas de bilhar brancas na mão dela, e então empurrá-la para fora da loja antes que pudesse reclamar. Teria sido um prazer esmagar o nariz dele, se eu tivesse dinheiro para isso.

Essas três semanas foram esquálidas e desconfortáveis e, evidentemente, o que estava ruim iria piorar, já que logo precisaria pagar o próximo aluguel. Contudo, as circunstâncias não foram nem a quarta parte do cenário ruim que eu imaginava. Ante a aproximação da pobreza, descobre-se algo que acaba sendo mais importante do que outras coisas. Descobrem-se o tédio, as complicações cruéis e o início da fome, mas também a mais redentora característica da pobreza: ela aniquila o futuro. De certa forma, é verdade que, quanto menos dinheiro se tem, menos se preocupa. Quando tudo o que você tem são cem francos, está sujeito aos pânicos mais covardes. Quando só se tem três francos, você fica bastante indiferente; pode se alimentar com três francos até o dia seguinte, e não pode pensar mais longe do que isso. Está entediado, mas sem medo. Pensa, vagamente: "Vou passar fome em um ou dois dias — chocante, não?". E sua mente se foca em outros assuntos. Uma dieta de pão com margarina, de alguma forma, fornece seu próprio anódino.

Há outro sentimento que é de grande consolo na pobreza; acredito que todo mundo que já esteve duro o experimentou. É um sentimento de alívio, um semiprazer de enfim conhecer a si mesmo de maneira genuína, sem máscaras. Já se falou tantas vezes a respeito de entrar pelo cano — e, bem, aqui está o cano, você entrou nele, e pode suportá-lo. Isso acaba com boa parte da ansiedade.

CAPÍTULO 4

Um dia, minhas aulas de inglês acabaram abruptamente. O clima estava ficando quente, e um de meus pupilos, preguiçoso demais para continuar com as aulas, dispensou-me. O outro sumiu de seu alojamento sem avisar, me devendo doze francos. Fiquei só com trinta *centimes* e sem tabaco. Por um dia e meio, não tinha o que comer nem fumar e, faminto demais para continuar desse modo, enfiei as roupas que ainda tinha na maleta e as levei para uma casa de penhores. Isso acabou com toda a farsa de ainda dispor de fundos, já que eu não tinha como retirar minhas roupas do hotel sem pedir permissão a Madame F. Lembro, porém, o quão surpresa ela ficou de eu ter perguntado em vez de tirar as roupas escondido, já que sair de fininho era um truque comum em nosso quarteirão.

Foi minha primeira ida a uma casa de penhores francesa. Passei por um grandioso portão de pedra (com as inscrições, é claro, de "*Liberté, Egalité, Fraternité*[37]" — na França, eles escrevem isso

37 Lema da Revolução Francesa: "Liberdade, Igualdade e Fraternidade". (N.E.)

até mesmo em delegacias) e entrei em uma enorme sala desnuda, parecida com uma sala de aula, com um balcão e fileiras de bancos. Havia quarenta ou cinquenta pessoas à espera. Colocávamos o que precisava ser penhorado no balcão, e nos sentávamos. Logo, quando o atendente havia decidido o valor, ele chamava: "*Numéro* isso ou aquilo, aceita cinquenta francos?". Às vezes, eram só quinze francos, dez ou cinco — o que quer que fosse, a sala inteira sabia. Assim que entrei, o atendente chamou, como se estivesse ofendido: "*Numéro* 83 — aqui!", assobiou e acenou como se chamasse um cachorro. *Numéro* 83 foi até o balcão; era um homem velho e barbudo, com um sobretudo abotoado até o pescoço e as bainhas das calças puídas. Sem falar nada, o atendente jogou o pacote de volta para ele no balcão — evidentemente, não valia nada. Caiu no chão e se abriu, revelando quatro pares de calças masculinas de lã. Ninguém conseguiu segurar o riso. O pobre *Numéro* 83 pegou as calças e saiu, balbuciando consigo mesmo.

As roupas que eu estava penhorando, junto à mala, tinham custado mais de vinte libras, e estavam todas em boas condições. Achei que valiam ao menos dez libras, e um quarto disso (espera-se um quarto do valor em uma casa de penhores) era duzentos e cinquenta ou trezentos francos. Aguardei com calma, esperando ao menos duzentos francos, no pior dos casos.

Enfim, o atendente chamou meu número:

— *Numéro* 97!

— Sim — respondi, ficando de pé.

— Setenta francos?

Setenta francos por roupas que valiam dez libras! Mas não adiantava discutir; eu vi outra pessoa que tentou discutir, e o atendente tinha recusado a oferta no mesmo instante. Peguei o dinheiro e a cautela e saí de lá. Agora eu não tinha roupas além das que estava vestindo — o casaco gasto no cotovelo —, um sobretudo, moderadamente penhorável, e uma camisa extra. Depois, quando já era tarde demais, aprendi que era mais sensato ir à casa de penhores durante a tarde. Os atendentes eram franceses e, como a maior parte dos franceses, ficavam de mau humor até almoçarem.

Quando voltei, Madame F. estava varrendo o chão do bistrô. Ela foi até a escadaria para falar comigo. Eu conseguia notar em seus olhos a preocupação a respeito do meu aluguel.

— E então? — indagou. — Quanto conseguiu pelas roupas? Não muito, certo?

— Duzentos francos — respondi rapidamente.

— *Tiens*[38]! — exclamou, surpresa. — Bem, *isso* não foi nada mal. Devem ser caras, essas roupas inglesas!

A mentira me salvou de um monte de problemas e, estranhamente, virou realidade. Alguns dias depois, recebi exatamente duzentos francos que me deviam por um artigo de jornal e, apesar de ter doído, paguei de imediato cada centavo do aluguel. Então, apesar de eu estar quase passando fome nas semanas seguintes, eu tinha um lugar para ficar.

A essa altura, era absolutamente necessário achar um emprego, e me lembrei de um amigo, um garçom russo chamado Boris, que poderia me ajudar. Conheci-o na ala pública de um hospital, onde ele estava sendo tratado por artrite na perna esquerda. Ele me disse para chamá-lo se passasse por alguma dificuldade.

Preciso contar algo a respeito de Boris, já que era um tipo curioso e fomos amigos próximos por muito tempo. Ele era um homem grande, com jeito de soldado, de mais ou menos trinta e cinco anos, que fora bonito, mas desde a doença engordou muito, por ficar deitado na cama. Como a maior parte dos refugiados russos, sua vida era cheia de aventuras. Seus pais, assassinados na

38 "Olha só!", em francês no original.(N.E.)

Revolução, eram ricos, e ele lutou na guerra, no Segundo Corpo de Fuzileiros Siberianos; de acordo com ele, era o melhor regimento do Exército Russo. Depois da guerra, trabalhou em uma fábrica de escovas, e depois como carregador em Les Halles, depois como lavador de louças e, por fim, conseguiu virar garçom. Quando adoeceu, trabalhava no Hôtel Scribe, ganhando cem francos por dia em gorjetas. Sua ambição era virar *maître d'hôtel*, juntar cinquenta mil francos e abrir um seleto e pequeno restaurante na Rive Droite.

Boris sempre abordava a guerra como o período mais feliz de sua vida. A guerra e a profissão de soldado eram suas paixões; ele lera incontáveis livros a respeito de estratégia e história militar, e poderia conversar sobre todas as teorias de Napoleão, Kutuzov, Clausewitz, Moltke e Foch. Tudo o que era relacionado a soldados o agradava. Seu café preferido era o Closerie des Lilas, em Montparnasse, só pelo fato de a estátua do Marechal Ney ficar ali do lado externo. Mais tarde, Boris e eu íamos às vezes à Rue du Commerce juntos. Se fôssemos de *métro*, Boris sempre saía na estação Cambronne em vez de na Commerce, apesar de a estação Commerce ser mais perto; ele gostava da associação com o general Cambronne, que foi chamado para se render em Waterloo, e respondeu apenas: "*Merde*!"

As únicas coisas que a Revolução deixou para Boris foram suas medalhas e fotografias antigas de seu regimento; ele as guardou quando o restante foi deixado na casa de penhores. Quase todos os dias, ele espalhava as fotos na cama e falava sobre elas:

— *Voilà, mon ami*. Aqui estou eu, à frente de minha companhia. Homens fortes e bons, não? Não como esses ratos franceses. Vinte anos, e capitão; nada mal, não? Sim, capitão do Segundo Corpo de Fuzileiros Siberianos. Meu pai era coronel — contou ele. — Ah, *mais, mon ami*, a vida tem altos e baixos! Um capitão do Exército Russo e, então, *puf!* A Revolução; todo o dinheiro se vai. Em 1916, fiquei uma semana no Hôtel Édouard Sept. Em 1920, tentei o emprego de guarda-noturno lá. Fui guarda-noturno, adegueiro, limpei chãos, lavei louças, fui carregador e atendente de banheiros. Dei gorjeta para garçons, e recebi gorjeta de garçons — ele disse. Então continuou: — Ah, mas sei o que é viver como um cavalheiro, *mon ami*. Não digo isso para me vangloriar mas, outro dia, tentei contar quantas amantes já tive na vida, e a conta chegou a duzentas. Sim, ao menos duzentas... Ah, bem, *ça reviendra*[39]. A vitória chega para quem batalha por mais tempo. Coragem! Etc. etc.

Boris tinha um caráter bizarro, mutável. Sempre desejava estar de volta ao exército, mas também passou tanto tempo como garçom que desenvolveu o semblante de um garçom. Apesar de nunca guardar mais do que alguns milhares de francos, ele tinha certeza de que, no fim, poderia abrir seu próprio restaurante e enriquecer. Descobri mais tarde que todos os garçons falam e pensam sobre o assunto, é o que os reconcilia com o fato de serem garçons. Boris tinha comentários interessantes a respeito da vida hoteleira:

— Ser garçom é um jogo de sorte — ele costumava dizer. — Pode-se morrer pobre, pode-se fazer fortuna em um ano. Não se ganha salário, depende-se de gorjeta; dez por cento da conta e a comissão das companhias de vinho por rolhas de champanhe. Às vezes, as gorjetas são enormes. O barman do Maxim's, por exemplo, ganha quinhentos francos por dia. Mais do que quinhentos, em temporada... Eu mesmo já ganhei duzentos francos por dia. Foi no hotel em Biarritz, na temporada. A equipe inteira, do gerente aos *plongeurs*[40], trabalhava quase vinte e uma horas por dia. Trabalho de vinte e uma horas por dia, duas horas e

39 "Isso voltará", em francês no original. (N.E.)

40 "Lavadores de pratos", em francês no original. (N.E.)

meia para dormir, por um mês inteiro. Valeu a pena, já que eram duzentos francos por dia. Nunca sabe quando um golpe de sorte está vindo. Certa vez, no Hôtel Royal, um cliente americano me chamou antes do jantar e solicitou vinte e quatro coquetéis de conhaque. Trouxe todos em uma bandeja, todos os vinte e quatro copos. "Agora, *garçon*", disse o cliente, bêbado. "Vou beber doze, e você bebe doze. Se conseguir andar até a porta depois de beber tudo, vai ganhar cem francos." Caminhei até a porta e ele me deu cem francos. Todas as noites, por seis dias, ele fez a mesma coisa; doze coquetéis de conhaque e cem francos. Meses depois, ouvi dizer que foi extraditado pelo governo americano; apropriação indevida. Tem algo bom, não acha, a respeito desses americanos?

Eu gostava de Boris, e passávamos momentos interessantes juntos, jogando xadrez e falando de guerra e de hotéis.

— Você se daria bem nessa vida — ele costumava dizer. — Quando se trabalha, com cem francos por dia e uma boa amante, não é ruim. Você comentou que escreve. Escrever é bobagem. Só tem uma forma de ganhar dinheiro com escrita, e é se casando com a filha de um editor. Mas você seria um bom garçom se tirasse esse bigode. Você é alto e fala inglês; são as características mais importantes em um garçom. Espere até eu conseguir dobrar essa maldita perna, *mon ami*. Até lá, se estiver sem trabalho, venha falar comigo.

Agora que eu estava devendo o aluguel e passando fome, lembrei-me da promessa de Boris e decidi procurá-lo. Não estava esperando virar garçom com tanta facilidade quanto ele prometera, mas é claro que eu sabia lavar pratos e, sem dúvida, ele conseguiria um trabalho para mim na cozinha. Ele havia dito que, no verão, precisariam de um lavador de pratos. Foi um grande alívio lembrar que eu tinha, afinal, um amigo influente que poderia me ajudar.

CAPÍTULO 5

Pouco tempo antes, Boris me dera um endereço na Rue du Marché-des-Blancs-Manteaux[41]. Tudo que ele disse na carta foi que "as coisas não estavam tão ruins assim", e presumi que ele retornara ao Hôtel Scribe, perto de ganhar cem francos por dia. Fiquei esperançoso, e ponderei por que fora tolo de não procurar Boris antes. Cheguei em um restaurante agradável, com cozinheiros alegres entoando canções de amor enquanto quebravam ovos em uma frigideira, e cinco refeições por dia. Até gastei dois francos e cinquenta em um maço de Gaulois Bleu, antecipando o salário.

De manhã, andei até a Rue du Marché-des-Blancs-Manteaux; em choque, encontrei uma ruela tão terrível quanto a minha. O hotel de Boris era o hotel mais sujo da rua. Da porta escura, emanava um fedor azedo, uma mistura de restos de comida com sopa industrializada — era Bouillon Zip, 25 *centimes* o pacote. Fui tomado por uma apreensão. Quem toma Bouillon Zip está passando fome ou quase lá. Estaria Boris ganhando cem francos por dia? Um *patron* rabugento, sentado no escritório, falou

41 "Mercado dos Casacos Brancos", em francês no original. (N.E.)

comigo. Sim, o russo estava lá — no sótão. Subi seis lances de uma escadaria estreita e em espiral, o cheiro de Bouillon Zip se intensificava conforme eu subia. Boris não respondeu quando bati à porta, então a abri e entrei.

A sala era um sótão de três metros quadrados, iluminado unicamente por uma claraboia, sua mobília contava apenas com uma cama de ferro estreita, uma cadeira e um lavatório com uma perna torta. Uma longa cadeia de percevejos em forma de S marchava lentamente na parede sobre a cama. Boris dormia nu, sua enorme barriga fazendo um monte sob o lençol encardido. Seu peito estava cheio de mordidas de insetos. Quando entrei, ele acordou, esfregou os olhos e grunhiu:

— Em nome de Jesus Cristo! — ele exclamou. — Em nome de Jesus Cristo, minhas costas! Maldição, acho que minhas costas estão quebradas!

— O que houve? — exclamei.

— Minhas costas estão quebradas, só isso. Passei a noite no chão. Ah, em nome de Jesus Cristo! Se você soubesse como estão minhas costas!

— Meu caro Boris, está doente?

— Não estou doente, só faminto. Vou morrer de fome, sim, se isso continuar por muito tempo. Além de dormir no chão, estou vivendo com dois francos por dia nas últimas semanas. É assustador. Chegou em um péssimo momento, *mon ami*.

Não tinha cabimento perguntar se Boris mantinha seu emprego no Hôtel Scribe. Desci as escadas, apressado, e lhe trouxe um pedaço de pão. Boris se jogou no pão e comeu metade dele; depois disso, melhorou, sentou-se na cama e relatou o que estava acontecendo com ele. Boris não conseguira emprego depois de sair do hospital, pois ainda estava muito incapacitado, e gastou todo o seu dinheiro, penhorou tudo o que tinha, e enfim passou fome por vários dias. Dormiu por uma semana no cais debaixo do Font d'Austerlitz, em meio a barris de vinho vazios. Já estava nesse quarto há uma quinzena, junto a um mecânico judeu. Parece (ouvi uma explicação complicada) que o judeu devia trezentos francos a Boris, e estava pagando por eles ao deixar com que dormisse no chão e dando dois francos por dia para que se alimentasse. Com dois francos era possível comprar uma tigela de café e três pãezinhos. O judeu ia trabalhar às sete da manhã; depois disso, Boris deixava seu lugar de dormir (era abaixo da claraboia, cuja goteira pingava quando chovia) e ia para a cama. Ele não conseguia dormir muito lá por culpa dos insetos, mas suas costas melhoravam depois de ele sair do chão.

Foi uma enorme decepção ter ido pedir ajuda a Boris só para achá-lo em uma situação pior do que a minha. Expliquei que eu só tinha sessenta francos e precisava de um emprego imediatamente. Naquele instante, porém, Boris tinha comido o restante do pão e estava alegre e falante. Falou sem nem pensar:

— Meu Deus, mas por que está tão preocupado? Sessenta francos! Ora essa, é uma fortuna! Por favor, me passe esse sapato, *mon ami*. Vou matar alguns desses bichos se eles chegarem perto.

— Mas acha que há alguma chance de conseguir um emprego?

— Chance? É uma certeza. Na verdade, já tenho algo. Daqui a alguns dias, vai abrir um novo restaurante russo na Rue du Commerce. É uma *chose entendue*[42] que serei o *maître d'hôtel*. Posso conseguir um emprego para você na cozinha, será fácil. Quinhentos francos por mês e comida; gorjeta também, se tiver sorte.

— E até lá? Preciso pagar meu aluguel logo mais.

— Ah, vamos achar algo. Ainda tenho cartas na manga. Tem gente que me deve dinheiro; Paris está lotada de gente que me deve dinheiro. Um deles precisa me pagar em breve. Pense também

42 "Coisa certa", em francês no original. (N.E.)

em todas as mulheres que já foram minhas amantes! Uma mulher nunca esquece, sabe? Só preciso pedir que me ajudem. Sem contar que o judeu falou que roubará alguns magnetos da oficina onde ele trabalha e nos pagará cinco francos por dia para limpá-los antes de os vender. Só isso já vai nos manter. Não se preocupe, *mon ami*. Não tem nada mais fácil do que conseguir dinheiro.

— Bom, então vamos sair agora mesmo e procurar trabalho.

— Em breve, *mon ami*. Não vamos passar fome, não tenha medo. Faz parte da guerra; já estive em situações piores várias vezes. Só precisamos perseverar. Lembre-se da máxima de Foch: "*Attaquez! Attaquez! Attaquez!*"

Era meio-dia quando Boris decidiu se levantar. As roupas que sobraram consistiam em um terno, com camisa, colarinho e gravata, um par de sapatos quase caindo aos pedaços e um par de meias esburacadas. Ele também tinha um sobretudo para ser penhorado, em último caso. Ele tinha uma maleta, um item de papelão deplorável, de vinte e cinco francos, mas que era muito importante, já que o *patron* do hotel acreditava que a maleta estava cheia de roupas — sem isso, ele provavelmente já teria colocado Boris na rua. O conteúdo, na verdade, eram as medalhas e fotografias, várias quinquilharias e cartas de amor aos montes. Apesar de tudo isso, Boris conseguia manter uma aparência bem decente. Ele se barbeou sem sabão e com uma lâmina velha de dois meses antes, deu um nó na gravata que tapava os buracos e estufou cuidadosamente os sapatos com jornal. Por fim, já vestido, ele pegou um frasco de tinta e pintou a pele de seus tornozelos que aparecia no buraco das meias. Quando acabou, você nunca diria que, pouco tempo antes, ele havia dormido embaixo das pontes do Sena.

Fomos a um pequeno café na Rue de Rivoli, um lugar conhecido por gerentes e outros funcionários de hotel. Nos fundos, havia uma sala escura como uma caverna, onde todo tipo de trabalhador do ramo da hotelaria se sentava — garçons jovens e bem-apessoados, outros nem tão bem-apessoados e obviamente esfomeados, cozinheiros gordos e rosados, lavadores de louça com aparência oleosa, faxineiras envelhecidas e desgastadas. Todos tinham um copo de café-preto intocado diante de si. Era, para todos os efeitos, uma agência de empregos, e o dinheiro gasto em bebidas era a comissão do *patron*. Às vezes, um homem parrudo, com jeito de importante, sem dúvida um dono de restaurante, vinha, falava com o barman, e o barman chamava uma das pessoas à espera nos fundos. Mas ele não chamou Boris nem a mim, e partimos depois de duas horas, já que as regras de etiqueta diziam que você só podia ficar lá com uma única bebida por duas horas. Descobrimos posteriormente, quando já era tarde demais, que o truque era subornar o barman; em troca de vinte francos, ele costumava conseguir um emprego ao pagante.

Fomos ao Hôtel Scribe e esperamos uma hora na calçada, torcendo para que o gerente saísse, mas ele nunca saiu. Então, arrastamo-nos para a Rue du Commerce, só para descobrir que o novo restaurante, que estava sendo redecorado, estava fechado e o *patron* estava longe dali. Já era noite. Tínhamos andado catorze quilômetros de calçada, e estávamos tão cansados que precisamos gastar um franco e cinquenta para voltar para casa de *métro*. Caminhar era uma agonia para Boris, com sua perna aleijada, e seu otimismo diminuía mais e mais à medida que o dia passava. Quando chegamos no *métro* da Place d'Italie, ele estava desesperado. Começou a dizer que não adiantava procurar emprego — só restava tentar o crime.

— Melhor roubar do que passar fome, *mon ami*. Já planejei fazer isso várias vezes. Um americano gordo e rico; um beco escuro em Montparnasse; uma pedra escondida na meia; *bang!*

Reviramos seus bolsos e fugimos. É possível, não acha? Eu não pensaria duas vezes; já fui soldado, lembra?

No final, ele acabou desistindo do plano, já que ambos éramos estrangeiros e seríamos facilmente reconhecidos.

Quando voltamos ao meu quarto, gastamos mais um franco e cinquenta em pão e chocolate. Boris devorou sua parte, e logo recuperou o bom humor, como em um passe de mágica; a comida parecia agir em seu sistema tão rápido quanto um drinque. Ele pegou um lápis e se pôs a listar pessoas que poderiam nos dar um emprego. Um monte de gente, ele disse.

— Amanhã vamos encontrar algo, *mon ami*, consigo sentir. A sorte sempre muda. Sem contar que nós dois temos cérebros. Um homem com cérebro não passa fome. Quanto um homem pode fazer com um cérebro! Cérebros conseguem fazer dinheiro de qualquer coisa. Tive um amigo polonês, um homem genial; e o que acha que ele costumava fazer? Ele comprava um anel de ouro e penhorava por quinze francos. Então (sabe como os atendentes são descuidados quando preenchem a cautela), no lugar onde o atendente tinha escrito "de ouro", ele acrescentava "e diamantes" e depois mudava "quinze francos" para "quinze mil". Bacana, não? Então, entende, ele podia pegar mil francos. É isso que eu quero dizer quando menciono o cérebro...

Boris continuou esperançoso até as primeiras horas da noite, falando dos bons momentos que teríamos juntos como garçons em Nice ou em Biarritz, com quartos elegantes e dinheiro o suficiente para manter amantes. Ele estava cansado demais para andar três quilômetros de volta ao seu hotel, e passou a noite no chão do meu quarto, com o casaco enrolado ao redor dos ombros como travesseiro.

CAPÍTULO 6

No dia seguinte, falhamos outra vez em nossa tentativa de encontrar emprego, e três semanas se passaram até termos sorte. Meus duzentos francos me salvaram no problema do aluguel, mas no restante estava indo de mal a pior. Dia após dia, eu e Boris íamos para cima e para baixo em Paris, deambulando a três quilômetros por hora entre multidões, entediados e famintos, sem encontrar nada. Lembro que, um dia, atravessamos o Sena onze vezes. Vadiamos por horas do lado externo de portas de serviço, e, quando o gerente saía, íamos atrás dele, servis, de boina na mão. Sempre obtínhamos a mesma resposta: não queriam um inválido ou um inexperiente. Certa vez, quase conseguimos. Enquanto falávamos com o gerente, Boris ficou reto, sem se apoiar na bengala, e o gerente não viu que ele era deficiente.

— Sim — concordou o gerente. — Queremos dois homens nas adegas. Talvez vocês sirvam. Entrem. — Então, Boris se moveu, e ele notou. — Ah — o gerente disse. — Você manca. *Malheureusement*[43]...

43 "Infelizmente", em francês no original. (N.E.)

Colocamos nossos nomes em agências e respondemos anúncios, mas andar para tudo que é lado nos tornava lentos, e parecíamos nos atrasar meia hora para todas as entrevistas. Certa vez, quase conseguimos um emprego para limpar vagões de trem, mas nos rejeitaram de última hora para contratar franceses. Em outra ocasião, respondemos o anúncio de um circo procurando por ajudantes. Era preciso mudar bancos, limpar lixo e, durante a performance, ficar de pé em dois barris e deixar um leão pular entre suas pernas. Quando chegamos lá, uma hora antes do combinado, havia uma fila de cinquenta homens atrás do emprego. Há algo de atraente em leões, é óbvio.

Certa vez, uma agência para a qual eu enviara uma aplicação meses antes, enviou-me um *petit bleu*[44], dizendo que um cavalheiro italiano queria aulas de inglês. O *petit bleu* dizia: "Venha já" e prometia vinte francos por hora. Boris e eu estávamos desesperados. Era uma oportunidade esplêndida, e eu não podia aceitá-la, já que seria impossível ir à agência com meu casaco esfarrapado nos cotovelos. Pensei, então, que poderia usar o casaco de Boris — não combinava com minhas calças, mas as calças eram cinza e o tecido poderia ser confundido com flanela a uma curta distância. O casaco era muito maior do que eu, tanto que não pude abotoá-lo, e precisei manter uma mão no bolso. Apressei-me e gastei setenta e cinco *centimes* na passagem de ônibus para chegar à agência. Quando cheguei lá, descobri que o italiano mudara de ideia e fora embora de Paris.

Em outra ocasião, Boris sugeriu que eu fosse ao Les Halles e tentasse conseguir trabalho como carregador. Cheguei às quatro e meia da manhã, quando começava o turno. Vi um homem baixo e gordo usando um chapéu-coco e direcionando os carregadores,

44 "Telegrama", em francês no original. (N.E.)

então fui até ele e pedi um trabalho. Antes de responder, ele agarrou minha mão direita e apalpou a palma.

— É forte, hein? — ele comentou.

— Muito forte — menti.

— *Bien*. Quero ver você levantar aquele caixote.

Era um enorme cesto de vime cheio de batatas. Segurei o cesto e descobri que não conseguia sequer movê-lo. O homem de chapéu-coco me observou, deu de ombros e saiu. Fui embora. Quando me virei, vi *quatro* homens erguendo o cesto para colocá-lo em uma carreta. Devia pesar uns cento e cinquenta quilos. O homem viu que eu não seria útil e decidiu se livrar de mim assim.

Às vezes, quando estava esperançoso, Boris gastava cinquenta *centimes* em um selo e escrevia a uma de suas antigas amantes, pedindo dinheiro. Só uma delas respondeu. Era uma mulher que, além de amante, devia a ele duzentos francos. Quando Boris se deparou com a carta e reconheceu a letra, ficou louco de esperança. Pegamos a carta e corremos ao quarto de Boris para lê-la, como uma criança que roubou um doce. Boris leu a carta, e a passou para mim em silêncio. Dizia:

> *Meu Lobinho Querido,*
>
> *Foi com enorme prazer que abri tua charmosa carta, lembrando dos dias de nosso amor perfeito e dos tão estimados beijos que recebi de teus lábios. Tais memórias continuam no coração para sempre, como o aroma de uma flor já morta.*
>
> *Quanto ao teu pedido de duzentos francos, ai de mim — é impossível! Não sabe, meu caro, como fico desolada quando o vejo passar vergonha. Mas o que posso fazer? Esta vida é tão triste, problemas assolam a todos nós. Também passei por muitos. Minha irmã mais nova esteve*

doente (ah, pobrezinha, como sofreu!) e tivemos que pagar não sei quanto ao doutor. Todo o nosso dinheiro se esvaiu e agora passamos, te asseguro, dias muito difíceis.

Coragem, Lobinho, coragem sempre! Lembre-se de que os dias ruins não duram para sempre e de que o problema que parece tão terrível acaba por desaparecer.

Fique calmo, meu caro, que sempre lembrarei de ti. Receba os abraços mais sinceros daquela que nunca deixou de te amar, tua

Yvonne

A missiva deixou Boris tão frustrado que ele foi direto para a cama e não tentou mais procurar emprego naquele dia. Meus sessenta francos duraram quinze dias. Tinha desistido de fingir ir a restaurantes, e costumávamos comer em meu quarto, um de nós sentado na cama e o outro no chão. Boris contribuía com dois francos e eu com três ou quatro francos, e comprávamos pão, batata, leite e queijo, e fazíamos sopa em minha lamparina de álcool. Tínhamos uma caçarola, uma tigela de café e uma colher; todos os dias, discutíamos educadamente quem deveria comer na caçarola e quem deveria comer na tigela (a caçarola era maior) e, todos os dias, para minha indignação secreta, Boris desistia primeiro e ficava com a caçarola. Às vezes, comíamos mais pão no início da noite, outras vezes não. Nosso linho estava ficando imundo, e fazia três semanas desde meu último banho; segundo Boris, fazia quatro meses desde seu último banho. O tabaco era o que deixava tudo mais tolerável. Tínhamos muito tabaco, já que, pouco antes, Boris conhecera um soldado (soldados ganham tabaco de graça) e comprou vinte ou trinta maços por cinquenta *centimes* cada.

Tudo isso era bem pior para Boris do que para mim. Andar e dormir no chão o deixavam em dor constante na perna e nas costas, e com seu vasto apetite russo, ficava atormentado de fome, apesar de nunca parecer perder peso. Apesar disso, estava surpreendentemente contente e nutria uma capacidade impressionante para a esperança. Ele costumava dizer, sério, que tinha um santo padroeiro que lhe cuidava, e que, quando as circunstâncias estavam péssimas, ele procurava dinheiro na sarjeta, jurando que o santo lhe deixava dois francos. Um dia, esperávamos na Rue Royale, pois havia um restaurante russo ali perto, no qual pretendíamos pedir um emprego. Do nada, Boris decidiu ir à Madeleine e acender uma vela de cinquenta *centimes* para seu santo padroeiro. Depois, ao sair de lá, queimou um selo de cinquenta *centimes* de modo solene, como sacrifício aos deuses imortais, só para garantir. Talvez os deuses e santos não se dessem bem; de qualquer forma, não conseguimos o emprego.

Em determinadas manhãs, Boris caía em desespero profundo. Permanecia deitado na cama, quase chorando, amaldiçoando o judeu com quem morava. Nos últimos tempos, o judeu começara a ficar inquieto a respeito dos dois francos diários, e adotou uma atitude intolerável de condescendência. Boris disse que eu, um inglês, não tinha como compreender a tortura que era para ele, um russo de boa família, estar à mercê de um homem judeu.

— Um judeu, *mon ami*, um judeu de verdade! E ele não tem sequer a decência de se envergonhar disso. Pensar que eu, um capitão do Exército Russo... Já contei, *mon ami*, que eu era capitão do Segundo Corpo de Fuzileiros Siberianos? Sim, um capitão, e meu pai era coronel. E cá estou eu, comendo o pão de um judeu. Um judeu... Vou lhe dizer como são os judeus. Uma vez, nos primeiros meses da guerra, estávamos marchando e passamos a noite em um vilarejo. Um horrível velho judeu, de barba ruiva como Judas Iscariotes, entrou de fininho em meus alojamentos. Perguntei o que ele queria. "Vossa senhoria", ele disse. "Trouxe uma menina para o senhor, uma linda jovenzinha, só dezessete anos. E vai ser só cinquenta francos". "Obrigado", respondi. "Pode mandá-la de volta. Não quero pegar nenhuma doença". "Doenças!", exclamou o judeu. "*Mais, monsieur le capitaine*, não há risco algum disso! É minha filha!" É esse o caráter judaico nacional. Já lhe contei, *mon ami*, que no antigo Exército Russo não era considerado de bom tom cuspir em um judeu? Sim, nós pensávamos que o cuspe de um oficial russo era precioso demais para ser gasto em judeus...

Etc. etc.

Nesses dias, Boris alegava estar doente demais para sair e procurar emprego. Ele ficava deitado naqueles lençóis cinzentos e verminosos até o fim da tarde, fumando e lendo jornais antigos. Às vezes, jogávamos xadrez. Não tínhamos tabuleiro, mas escrevíamos cada movimento em um pedaço de papel e, então, fazíamos um tabuleiro em um dos lados de um caixote, e como peças usávamos botões, moedas belgas e coisas assim. Boris, como muitos russos, era apaixonado por xadrez. Ele costumava afirmar que as regras do xadrez eram as mesmas do que as do amor e da guerra e que, caso se consiga ganhar em um, consegue-se ganhar em todos. Mas ele também dizia que, se você tem um tabuleiro de xadrez, não vai se importar de passar fome, o que certamente não era o meu caso.

CAPÍTULO 7

Meu dinheiro se esvaiu — de oito francos para quatro francos, um franco, vinte e cinco *centimes*; e vinte e cinco *centimes* são inúteis, já que não servem para comprar nada além de um jornal. Passamos vários dias só com pão seco e, então, eu já estava há dois dias e meio sem comer nada. Foi uma experiência terrível. Existem pessoas que fazem jejum curativo por três semanas ou mais e, dizem, o jejum é bastante agradável a partir do quarto dia; eu não saberia dizer se é verdade, já que não passei do terceiro dia. Deve ser diferente quando o jejum é voluntário, e quando a pessoa já não está subnutrida, para começo de conversa.

No primeiro dia, inerte demais para procurar emprego, pedi uma vara emprestada e fui pescar no Sena, usando moscas-varejeiras como isca. Queria pescar o suficiente para uma refeição, mas é claro que não consegui. O Sena está cheio de escalos, mas eles ficaram espertos depois do cerco de Paris, e nenhum deles é pego desde então, a não ser em redes. No segundo dia, pensei em penhorar meu sobretudo, mas a casa de penhores parecia longe demais para eu ir caminhando, então passei o dia inteiro na cama, lendo

As memórias de Sherlock Holmes. Era tudo que eu me sentia capaz de fazer sem comida. A fome nos reduz a uma condição fraca e burra, mais parecida com os efeitos da gripe do que qualquer outra coisa. É como se nos tornássemos uma água-viva ou como se nosso sangue tivesse sido retirado, sendo substituído por água morna. A inércia total é minha maior lembrança da fome; isso, e ser obrigado a cuspir com muita frequência, e o cuspe ser estranhamente branco e floculento, como o excremento espumante de uma cigarrinha. Não sei por que motivo isso aconteceu, mas todas as pessoas que já passaram dias sem comer notaram a mesma coisa.

Na terceira manhã, comecei a me sentir muito melhor. Percebi que precisava fazer alguma coisa já, e decidi sair e pedir para Boris compartilhar comigo seus dois francos, pelo menos por um ou dois dias. Quando cheguei, encontrei Boris na cama, irado. Assim que entrei, ele exclamou, quase engasgando:

— Ele pegou de volta, o ladrão imundo! Ele pegou de volta!

— Quem pegou o quê? — perguntei.

— O judeu! Aquele cão pegou meus dois francos, ladrão! Ele me roubou enquanto eu dormia!

Parece que, na noite anterior, o judeu tinha se recusado a pagar os dois francos diários. Eles discutiram e discutiram, até que, enfim, o judeu aceitou lhe dar o dinheiro; diz Boris que ele o deu da maneira mais ofensiva possível, fazendo um pequeno discurso de como ele era bondoso, extorquindo dele abjeta gratidão. E, de manhã, ele roubou o dinheiro de volta antes de Boris acordar.

Foi um golpe duro. Fiquei horrivelmente decepcionado, já que permiti que minha barriga esperasse comida, um erro terrível quando se está faminto. Para minha surpresa, Boris não se desesperou. Ele se sentou na cama, acendeu o cachimbo e examinou a situação.

— Escute, *mon ami*, estamos em um aperto. Só temos vinte e cinco *centimes* entre nós dois, e não acho que o judeu vá pagar meus dois francos mais uma vez. De qualquer forma, o comportamento dele está ficando intolerável. Pode acreditar que, outra noite, ele teve a indecência de trazer uma mulher para cá, comigo no chão? Animal vil! E tenho algo pior a dizer: o judeu planeja se mandar daqui. Ele está devendo uma semana do aluguel, e a ideia dele é não pagar e jogar tudo isso para cima de mim. Se o judeu sumir, vou ficar sem-teto e o *patron* vai pegar minha mala em troca do aluguel, maldito seja! Precisamos agir já.

— Muito bem. Mas o que podemos fazer? Parece que a única solução é penhorar nossos sobretudos e conseguir um pouco de comida.

— Faremos isso, claro, mas primeiro preciso tirar minhas coisas deste lugar. Imagine se pegarem minhas fotos! Bom, meu plano está pronto. Vou enrolar o judeu e me mandar antes dele. *Foutre le camp*[45]... Recuar, entende. Acho que é a ação correta, não?

— Mas, meu caro Boris, como vai fazer isso à luz do dia? Vai ser pego.

— Ah, bem, vou precisar de uma estratégia, é claro. Nosso *patron* fica de olho em pessoas que querem sair sem pagar aluguel; isso já aconteceu antes. Ele e a esposa se revezam em se sentar na recepção. Franceses avarentos! Mas pensei em uma forma de fugir, e você vai me ajudar.

Eu não estava me sentindo muito disposto a ajudar, mas perguntei a Boris qual era o plano. Ele explicou cuidadosamente:

— Escute bem. Vamos começar penhorando nossos sobretudos. Primeiro, vá para seu quarto e pegue seu sobretudo, então você volta aqui e pega o meu, escondendo-o debaixo do seu. Então,

45 Gíria francesa usada de forma grosseira que significa "vazar", "dar o fora", "desertar", "abandonar o campo de luta". (N.E.)

leve os dois para a casa de penhores na Rue des Francs-Bourgeois. Se tiver sorte, deve conseguir uns vinte francos pelos dois. Depois, vá até a margem do Sena, encha seus bolsos de pedras e traga-as até aqui, para colocá-las em minha maleta. Está entendendo? Vou embrulhar o máximo de itens que eu puder carregar em um jornal, descer e perguntar ao *patron* como chegar à lavanderia mais próxima. Vou ser bem descarado e casual, entende, e é claro que o *patron* vai pensar que o pacote não tem nada além de roupa de cama suja. Ou, se suspeitar de algo, ele vai fazer o que sempre faz, o pilantra; vai se dirigir até o meu quarto e sentir o peso da mala. Quando sentir o peso das pedras, vai achar que a maleta ainda está cheia. Boa estratégia, não? Depois disso, posso voltar e levar o restante de minhas posses no bolso.

— E a maleta?

— Ah, isso? Vamos ter que abandoná-la. A miserável só custou uns vinte francos. Além do mais, sempre se abandona algo na recuada. Olhe o que aconteceu com Napoleão na Batalha de Beresina! Abandonou seu exército inteiro.

Boris estava tão satisfeito com seu esquema (ele o chamava de *ruse de guerre*[46]) que quase esqueceu que estava com fome. A parte mais fraca do plano — que não teria onde dormir depois de se mandar — foi ignorada.

A princípio, a *ruse de guerre* funcionou bem. Fui para casa, peguei meu próprio sobretudo (o que significava nove quilômetros de barriga vazia) e tirei o sobretudo de Boris de lá com sucesso. Foi aí que um obstáculo aconteceu. O atendente da casa de penhores, um homenzinho desprezível, azedo, inconveniente — um típico funcionário francês — se recusou a aceitar os casacos porque não estavam empacotados. Disse que eu precisava colocá-los em uma valise ou em uma caixa de papelão. Isso estragou tudo, já que não

46 "Ardil de guerra", em francês no original. (N.E.)

tínhamos nenhuma caixa e, com apenas vinte e cinco *centimes*, não podíamos comprar uma.

Voltei para o hotel e contei a Boris as más notícias.

— *Merde*! — disse ele. — Que constrangedor. Bem, sempre tem um jeito. Vamos colocar os sobretudos na minha maleta.

— Mas como vamos passar pelo *patron* com a maleta? Ele está praticamente sentado na porta da recepção. É impossível!

— Você fica desesperado com muita facilidade, *mon ami*! Onde está essa obstinação inglesa de que tanto ouvi falar? Coragem! Vamos conseguir.

Boris pensou um pouco e bolou outro plano astuto. A dificuldade era distrair o *patron* por ao menos cinco segundos, a fim de termos tempo de sair com a maleta. Mas, por sorte, o *patron* tinha uma fraqueza — ele estava interessado no *Le Sport* e disposto a falar sobre o assunto, se alguém perguntasse. Boris leu um artigo sobre corridas de bicicleta em uma cópia antiga do *Petit Parisien* e, então, depois de verificar a escadaria, descemos e ele conversou com o *patron*. Enquanto isso, eu esperava no primeiro degrau, com os sobretudos debaixo de um braço e a maleta no outro. Boris tossiria quando fosse o momento mais favorável. Esperei, trêmulo, já que a esposa do *patron* poderia aparecer a qualquer momento na porta do outro lado da recepção, e então tudo iria por água abaixo. Entretanto, Boris logo tossiu. Passei rapidamente pela recepção e fui à rua, eufórico de que meus sapatos não fizeram o chão ranger. O plano poderia ter sido descoberto se Boris fosse mais magro, já que seus ombros largos tapavam a entrada da recepção. Teve nervos de aço, também; riu e conversou da maneira mais casual, tão barulhento que abafou qualquer som que eu pudesse fazer. Quando o caminho estava limpo, ele saiu e me encontrou na esquina, e fugimos de lá.

Depois de ter passado por tudo isso, o atendente de novo recusou nossos sobretudos. Ele me disse (e era possível ver sua alma francesa se deleitando, pedante) que meus documentos de identificação não bastavam; minha *carte d'identité*[47] não era suficiente, e eu precisava mostrar meu passaporte ou comprovantes de residência. Boris tinha comprovantes aos montes, mas sua *carte d'identité* estava vencida (ele nunca a renovou, para não pagar imposto), então não tínhamos como penhorar os sobretudos no nome dele. Tudo que conseguimos fazer foi voltar para meu quarto, pegar os papéis necessários e levar os sobretudos à casa de penhores na Boulevard de Port-Royal.

Deixei Boris em meu quarto e fui até a casa de penhores. Quando cheguei lá, descobri que estava fechada e não abriria até as quatro da tarde. Era uma e meia, e eu tinha andado doze quilômetros e não comia há sessenta horas. O destino estava brincando comigo do modo menos engraçado possível.

Então, por algum milagre, a sorte mudou. Eu estava andando para casa, na Rue Broca, quando, de repente, brilhando nos paralelepípedos, vi uma moeda de cinco soldos. Atirei-me nela e me apressei para casa, peguei nossa outra moeda de cinco soldos e comprei meio quilo de batatas. Tinha álcool apenas para aferventá-las no fogão, e não tínhamos sal, mas as devoramos com pele e tudo. Depois disso, estávamos renovados e jogamos xadrez até a casa de penhores abrir.

Às quatro, voltei para a casa de penhores. Não tinha esperança, já que, se consegui apenas setenta francos da última vez, o que poderia esperar por dois sobretudos esfarrapados em uma maleta de papelão? Boris disse vinte francos, mas eu achei que seria dez, talvez cinco. Pior ainda — poderiam recusar penhorar algo assim, como aconteceu com o pobre *Numéro 83* da última

47 "Carteira de identidade", em francês no original. (N.E.)

vez. Sentei-me no banco da frente, para não ver os outros rindo quando o atendente dissesse "cinco francos".

Enfim, o assistente chamou meu número:

— *Numéro 117*!

— Sim — respondi, colocando-me de pé.

— Cinquenta francos?

Foi um choque quase tão grande quanto ouvir sobre os setenta francos da vez anterior. Hoje, acredito que o atendente deve ter confundido meu número com o de outra pessoa, pois ninguém teria vendido os sobretudos por cinquenta francos. Apressei-me a voltar para o meu quarto, com as mãos em minhas costas, sem dizer nada. Boris estava brincando com o tabuleiro de xadrez. Ele ergueu o rosto, ávido:

— O que conseguiu? — exclamou. — Diga, não foram nem vinte francos? Certamente deve ter sido ao menos dez, não? *Nom de Dieu*, cinco francos... Isso é demais. *Mon ami*, não diga que foram só cinco francos. Se disser que foram cinco francos, vou começar a pensar em suicídio de verdade.

Joguei o bilhete de cinquenta francos na mesa. Boris ficou branco como giz e, depois, em um pulo, agarrou minha mão e a apertou tão forte que quase quebrou meus ossos. Saímos, compramos pão e vinho, um pedaço de carne e álcool para o forno, e nos empanturramos.

Depois de comer, Boris ficou ainda mais otimista do que eu jamais o vira ficar.

— O que eu disse? — falou. — A boa fortuna da guerra! Esta manhã, tínhamos cinco soldos, e agora olhe para nós! Eu sempre disse que não tem nada mais fácil de conseguir do que dinheiro. Isso me lembra que tenho um amigo na Rue Fondary que podemos visitar. Ele me roubou quatro mil francos, aquele ladrão. É o maior ladrão do mundo quando está sóbrio, mas curiosamente é honesto quando bebe. Acho que vai ficar bêbado lá pelas seis da tarde. Vamos lá. É provável que pague cem de cara. *Merde*! Pode até pagar duzentos. *Allons-y*[48]!

Fomos até a Rue Fondary e encontramos o homem, que estava bêbado, mas não conseguimos nossos cem francos. Assim que ele e Boris se encontraram, travaram uma briga terrível na calçada. O outro homem declarou que não devia nem um centavo a Boris, e sim que Boris *lhe* devia quatro mil francos, e os dois ficavam pedindo minha opinião. Nunca soube quem estava certo. Os dois discutiram e discutiram, primeiro na rua, depois em um bistrô, depois em um restaurante *prix fixe*[49] aonde fomos jantar, e depois em outro bistrô. Finalmente, depois de passarem duas horas chamando um ao outro de ladrão, foram beber juntos até gastarem o último soldo que sobrou do dinheiro de Boris.

Boris passou a noite na casa de um sapateiro, outro refugiado russo, no quarteirão Commerce. Enquanto isso, eu ainda tinha oito francos e muitos cigarros, e estava repleto de comida e bebida. Era uma mudança maravilhosa depois daqueles dois últimos dias ruins.

48 "Vamos lá", em francês no original. (N.E.)

49 "Preço fixo", em francês no original. (N.E.)

CAPÍTULO 8

Agora tínhamos vinte e oito francos e podíamos voltar a procurar um emprego. Boris ainda estava ficando na casa do sapateiro sob condições misteriosas, e conseguiu emprestado de outro amigo russo mais vinte francos. Ele tinha amigos por toda Paris, a maior parte dos quais era composta de ex-soldados como ele. Alguns eram garçons ou lavadores de louça, outros dirigiam táxis, alguns deles eram sustentados por mulheres, outros tinham conseguido trazer dinheiro da Rússia e eram donos de oficinas ou salões de dança. De modo geral, os refugiados russos em Paris eram esforçados e suportavam o azar muito melhor do que alguém imaginaria que os ingleses da mesma classe fariam. Havia exceções, é claro. Boris me contou de um duque russo exilado que ele conheceu certa vez, que frequentava restaurantes caros. O duque descobria se havia algum soldado russo entre os garçons e, depois de jantar, chamava-o amigavelmente à mesa.

— Ah — o duque dizia. — Então você é um velho soldado, como eu? Que dias ruins, hein? Bem, bem, um soldado russo não tem medo de nada. E qual era seu regimento?

— O regimento tal, senhor — o garçom respondia.

— Um valente regimento! Eu os inspecionei em 1912. Aliás, infelizmente esqueci minha carteira em casa. Sei que um soldado russo não vai ter problema de me ajudar com trezentos francos.

Se o garçom tivesse trezentos francos, ele daria o dinheiro e, é claro, nunca mais o veria de novo. O duque ganhou muito assim. Os garçons provavelmente não se incomodavam em serem ludibriados. Um duque é um duque, mesmo exilado.

Foi por meio de um desses refugiados russos que Boris ouviu falar de algo que prometia dinheiro. Dois dias depois de penhorarmos os sobretudos, Boris me indagou, misterioso:

— Diga-me, *mon ami*, tem alguma opinião sobre política?

— Não — disse.

— Nem eu. É claro, sou um patriota; mas ainda assim... Moisés disse algo a respeito de espoliar os egípcios? Como um inglês, deve ter lido a Bíblia. O que quero dizer é: tem algum problema de ganhar dinheiro com comunistas?

— Não, claro que não.

— Bem, ao que parece, tem uma sociedade secreta russa em Paris que pode nos ajudar. Eles são comunistas; na verdade, são agentes dos bolcheviques. Eles agem como uma sociedade de amigos, mas entram em contato com russos exilados e tentam torná-los bolcheviques. Meu amigo acabou de entrar na sociedade e acha que eles poderiam nos ajudar se fôssemos até lá.

— Mas o que poderiam fazer por nós? De um jeito ou de outro, eles não vão me ajudar, já que não sou russo.

— Essa é a questão, na verdade. Parece que são correspondentes de um jornal de Moscou e querem artigos a respeito de política inglesa. Se chegarmos lá, eles podem pagar para que escreva esses artigos.

— Eu? Mas não sei nada a respeito de política.

— *Merde*! Nem eles. Quem *sabe* algo de política? É fácil. Tudo que você precisa fazer é copiar um artigo dos jornais ingleses. Não tem um *Daily Mail* em Paris? Copie de lá.

— Mas o *Daily Mail* é um jornal conservador. Eles detestam comunistas.

— Bem, diga o contrário do que o *Daily Mail* disser, aí não tem como errar. Não podemos jogar esta oportunidade no lixo, *mon ami*. Pode significar cem francos.

Não gostei da ideia, já que a polícia parisiense era muito dura com comunistas, especialmente se fossem estrangeiros, e eu já estava sob suspeita. Meses antes, um detetive me viu sair do escritório com um boletim semanal comunista, e me meti em um problema e tanto com a polícia. Se me vissem participando dessa sociedade secreta, eu poderia ser deportado. Ainda assim, a oportunidade parecia boa demais para ser desperdiçada. Naquela tarde, um amigo de Boris, outro garçom, veio nos levar ao encontro. Não consigo lembrar o nome da rua — era uma ruela acabada ao sul das margens do Sena, perto da Câmara de Deputados. O amigo de Boris insistiu que precisávamos ter muita cautela. Enrolamos casualmente na rua, marcamos a porta onde precisávamos entrar — era uma lavanderia — e voltamos a caminhar, perscrutando todos os cafés e janelas. Se o local fosse conhecido como um antro de comunistas, provavelmente era observado, e pretendíamos ir para casa se víssemos qualquer pessoa que pudesse ser um detetive. Eu estava assustado, mas Boris adorava essas situações conspiratórias, e esqueceu que estava prestes a fazer negócios com aqueles que mataram seus pais.

Quando tivemos certeza de que a barra estava limpa, entramos rapidamente pela porta. Na lavanderia, uma francesa passando roupa nos avisou que os "cavalheiros russos" moravam no fim da escadaria, do outro lado do pátio. Subimos vários lances de escadas escuras e chegamos a um patamar. Um jovem forte e rabugento, com cabelo rente à cabeça, estava de pé no topo da escadaria. Quando cheguei, ele me olhou, desconfiado, e barrou o caminho com o braço, proferindo algo em russo.

— *Mot d'ordre*[50]! — falou bruscamente quando não respondi.

Parei, perplexo. Eu não estava esperando por uma senha.

— *Mot d'ordre*! — repetiu o russo.

O amigo de Boris, que estava logo atrás, foi à frente e disse algo em russo, que deveria ser ou a senha ou uma explicação. Com isso, o jovem rabugento pareceu ficar satisfeito, e ele nos levou para um quartinho desleixado com janelas foscas. Parecia um escritório paupérrimo, com cartazes de propaganda em russo e um enorme e grosseiro retrato de Lênin pregado na parede. Um russo com barba por fazer estava sentado diante da mesa, com mangas de camisa, endereçando pacotes de jornal em uma pilha diante de si. Quando entrei, ele falou comigo em francês com sotaque ruim.

— Mas que falta de cuidado! — exclamou, neurótico. — Por que vieram aqui sem um pacote para lavar?

— Lavar?

— Todos que vem até aqui trazem algo para lavar. Assim parece que estavam indo à lavanderia do andar de baixo. Tragam um pacote bem grande da próxima vez. Não queremos a polícia atrás de nós.

Isso foi ainda mais conspiratório do que eu esperava. Boris se sentou na única cadeira vazia, e conversaram muito em russo. Só o homem com barba por fazer falava; o rabugento estava encostado na parede, os olhos fixos em mim, como se ainda me achasse suspeito. Senti-me estranho, de pé no meio da salinha secreta cheia de cartazes revolucionários, ouvindo uma conversa da qual eu não entendia sequer uma palavra. Os russos se comunicavam de

50 "Palavra de ordem", em francês no original. (N.E.)

forma rápida e ávida, sorrindo e dando de ombros. Eu ponderava sobre qual era o assunto. Deviam estar chamando um ao outro de "paizinho", pensei, ou "pombinho" e "Ivan Alexandrovitch", como personagens em romances russos. E deviam estar tratando de revoluções. O homem com barba por fazer diria, firme: "Nós nunca discutimos. A controvérsia é passatempo dos burgueses. As ações são os nossos argumentos". Foi então que notei que não parecia ser isso. Exigiam vinte francos para entrar, e Boris prometeu pagar (juntos, só tínhamos dezessete francos). Boris, enfim, pagou cinco francos de adiantamento do nosso precioso dinheiro.

Isso atenuou a desconfiança do homem rabugento, que se sentou na beirada da mesa. O homem com barba por fazer começou a me dirigir perguntas em francês, anotando observações em um pedaço de papel. Eu era comunista? Simpatizante, respondi; nunca tinha me juntado a organização alguma. Eu entendia da situação política na Inglaterra? Ah, é claro, é claro. Mencionei o nome de vários ministros, e fiz alguns comentários desdenhosos a respeito do Partido Trabalhista. E o *Le Sport*? Eu poderia escrever artigos a respeito do *Le Sport*? (Futebol e Socialismo têm uma conexão misteriosa no Continente.) Ah, é claro, de novo. Os dois homens acenaram gravemente com a cabeça. O que tinha a barba por fazer disse:

— *Évidemment*[51], você tem um conhecimento vasto das condições na Inglaterra. Poderia escrever uma série de artigos para um boletim semanal de Moscou? Passaremos as instruções.

— Certamente.

— Então, camarada, terá notícias nossas amanhã, na primeira remessa do correio. Talvez na segunda. Pagamos cento e cinquenta francos por artigo. Lembre-se de trazer um pacote para lavar da próxima vez que vier aqui. *Au revoir*, camarada.

51 "Obviamente", no original em francês. (N.E.)

Descemos as escadas e observamos com cuidado para ver se tinha alguém na rua, e saímos da lavanderia. Boris estava louco de alegria. Em êxtase sacrificatório, ele correu até a tabacaria mais próxima e gastou cinquenta *centimes* em um charuto. Saiu batendo a bengala na calçada, exultante.

— Finalmente! Finalmente! Agora, *mon ami*, nossa fortuna está feita. Você os enrolou à perfeição. Ouviu quando ele o chamou de camarada? Cento e cinquenta francos por artigo... *Nom de Dieu*, que sorte!

Na manhã seguinte, ouvi o carteiro chegando e corri para o bistrô a fim de buscar minha carta; fiquei decepcionado ao ver que não tinha chegado. Permaneci em casa até a segunda leva; a carta ainda não estava lá. Quando três dias passaram e eu não tinha sido contatado pela sociedade secreta, ficamos sem esperança, concluindo que eles deviam ter achado outra pessoa para escrever seus artigos.

Dez dias depois, fomos novamente ao escritório da sociedade secreta, tomando o cuidado de levar um pacote para a lavanderia. E a sociedade secreta sumira! A mulher da lavanderia não sabia de nada — ela só disse que "*ces messieurs*" partiram dias atrás, depois de complicações a respeito do aluguel. Que tolos parecíamos, parados ali com nosso pacote! Mas ao menos tínhamos pago só cinco francos, em vez de vinte.

Essa foi a última vez em que ouvimos falar da sociedade secreta. Ninguém sabia quem ou o que eles eram de fato. Não acredito que tivessem algo a ver com o Partido Comunista; acho que eram só golpistas cujo foco era refugiados russos, pedindo dinheiro para a entrada em uma sociedade imaginária. Era bem seguro e, sem dúvida, estavam em outra cidade agora. Eram gente esperta, e atuaram bem. O escritório deles parecia o que um escritório comunista secreto deveria parecer, e aquele toque de trazer um pacote de roupa para lavar era genial.

CAPÍTULO 9

Passamos mais três dias em meio à tentativa de procurar emprego e voltando para casa só para fazer refeições cada vez menores de pão e sopa em meu quarto. Agora, tínhamos duas esperanças. Em primeiro lugar, Boris ouviu falar de um possível emprego no Hôtel X, perto da Place de la Concorde, e em segundo, o *patron* do restaurante novo da Rue du Commerce enfim voltara. Fomos lá durante a tarde em busca de vê-lo. No caminho, Boris falou das grandes fortunas que conseguiríamos se fôssemos contratados, e de como era importante passar uma boa impressão.

— Aparência; a aparência é tudo, *mon ami*. Dê-me um terno novo e consigo mil francos emprestados até a hora do jantar. Que pena que não comprei um colarinho quando tínhamos dinheiro. Virei meu colarinho de dentro para fora hoje de manhã, mas que diferença faz, se um lado está tão sujo quanto o outro? Acha que pareço estar com fome, *mon ami*?

— Parece pálido.

— Maldição, e o que podemos fazer se só estamos comendo pão e batata? É um perigo parecer faminto. Faz com que os outros queiram nos chutar. Espere aqui.

Ele parou diante da vitrine de um joalheiro e bateu com força nas próprias bochechas a fim de trazer sangue a elas. Então, antes de o rubor desaparecer, apressamo-nos para entrar no restaurante e nos apresentar ao *patron*.

O *patron* era um homem baixo, meio gordo e muito digno, de cabelo grisalho e ondulado, que vestia um terno de flanela elegante com abotoamento duplo, e tinha cheiro de colônia. Boris mencionou que, como ele, o *patron* era um ex-coronel do Exército Russo. Sua esposa também estava lá, uma francesa gorda e horrorosa, com um rosto branco como o de um cadáver e lábios carmim, remetendo-me a vitela fria com tomates. O *patron* cumprimentou Boris com cordialidade, e eles falaram em russo por alguns minutos. Fiquei de pé no fundo, preparando-me para mentir muito a respeito de minha experiência como lavador de louça.

O *patron*, então, foi ao meu encontro. Eu me remexi, desconfortável, tentando parecer servil. Boris tinha enfatizado para mim que um *plongeur* é o escravo de um escravo, e eu esperava que o *patron* me tratasse feito lixo. Para minha surpresa, ele me pegou pela mão calorosamente.

— Pois você é inglês! — exclamou. — Que charmoso! Não preciso perguntar, então, se joga golfe?

— *Mais certainement* — respondi, notando que essa era sua expectativa sobre mim.

— Quis jogar golfe toda a minha vida. Será que você seria gentil, meu caro *monsieur*, de me ensinar os passes principais?

Ao que parece, era assim que os russos faziam negócios. O *patron* me ouviu com atenção enquanto eu explicava a diferença entre os tacos *driver* e *iron* e, do nada, informou-me de que estava tudo *entendu*[52]; Boris seria o *maître d'hôtel* quando o restaurante abrisse, e eu o *plongeur*, mas que eu poderia ascender a atendente de banheiro se as coisas fossem bem. Perguntei quando o restaurante abriria.

— Daqui a quinze dias — respondeu o *patron* de forma grandiosa (ele tinha um jeito de acenar com a mão e sacudir as cinzas do cigarro ao mesmo tempo, que deixava tudo grandioso). — Exatamente daqui a quinze dias, no almoço. — E, então, com evidente orgulho, nos mostrou o restaurante.

Era um lugar um tanto pequeno que consistia em um bar, um refeitório e uma cozinha não muito maior do que um banheiro comum. O *patron* estava decorando o local com quinquilharias em estilo "pitoresco" (que ele chamava de "*le Normand*"; vigas falsas coladas na argamassa, coisas assim) e pensou em chamá-lo de "Auberge de Jehan Cottard", para lhe conferir um aspecto medieval. Ele tinha um folheto impresso cheio de mentiras a respeito das associações históricas do quarteirão, e o folheto em questão alegava, entre outras coisas, que um dia houve uma estalagem no mesmo local do restaurante, frequentada por Carlos Magno. O *patron* estava muito satisfeito a respeito desse detalhe. Ele também ia decorar o bar com ilustrações indecentes de um artista do Salon. Por fim, deu um cigarro caro para um de nós e, depois de conversarmos um pouco mais, ele voltou para casa.

Tive a forte impressão de que nada bom sairia desse restaurante. O *patron* me pareceu um embusteiro e, o que era pior, um embusteiro incompetente, e vi dois credores à espera na porta dos fundos. Mas Boris, ao ver-se novamente *maître d'hôtel*, não aceitava ser desencorajado.

52 "Acertado", em francês no original. (N.E.)

— Conseguimos; só precisamos esperar quinze dias. O que são quinze dias? *Je m'en fous*[53]. E pensar que, em apenas três semanas, vou ter uma amante! Será morena ou loira? Não me importo, contanto que não seja magra demais.

Os dois dias seguintes foram ruins. Só tínhamos sessenta *centimes*, e gastamos tudo em duzentos gramas de pão, com um dente de alho para esfregar nele. A ideia do alho no pão é que o gosto permanece na boca e dá a ilusão de que você comeu faz pouco tempo. Passamos a maior parte desse dia sentados no Jardin des Plantes. Boris jogava pedras em pombos bem-comportados, mas nunca os acertava. Depois disso, escrevemos menus na parte de trás de envelopes. Estávamos com fome demais para pensar em qualquer assunto além de comida. Lembro do jantar que Boris escolheu para si, enfim. Era: uma dúzia de ostras, *boršč* (a sopa vermelha e adocicada de beterraba com creme em cima), lagostim, frango *en casserole*, bife com ameixas cozidas, batatas jovens, salada, pudim inglês de banha com queijo Roquefort, um litro de vinho da Borgonha e um conhaque envelhecido. Boris tinha gosto internacional para comida. Mais tarde, na prosperidade, ocasionalmente vi-o comer refeições quase tão grandes quanto essa, sem dificuldade.

Quando nosso dinheiro acabou, parei de procurar trabalho, e passei mais um dia sem comer. Não acreditava que o Auberge de Jehan Cottard fosse abrir, e não via outro prospecto, mas estava com preguiça demais para executar qualquer atividade além de ficar deitado na cama. De repente, a sorte mudou. À noite, lá pelas dez horas, ouvi um grito ávido vindo da rua. Levantei-me e fui até a janela. Boris estava lá, sacudindo a bengala, eufórico. Antes de falar, ele tirou do bolso uma fatia de pão encurvada e a jogou para mim.

53 "Estou pouco me fodendo", em francês no original. (N.E.)

— *Mon ami, mon cher ami*, estamos salvos! O que acha?

— Não pode ter conseguido um emprego!

— No Hôtel X, perto da Place de la Concorde... Quinhentos francos por mês, com comida. Passei o dia trabalhando lá. Em nome de Jesus Cristo, como eu comi!

Depois de doze horas de trabalho, e com a perna manca, o primeiro pensamento de Boris foi andar mais três quilômetros até meu hotel para me contar as boas-novas! E mais: ele me disse para encontrá-lo no Tuileries no dia seguinte, no intervalo da tarde, caso ele conseguisse roubar mais comida para me dar. Na hora combinada, encontrei Boris em um banco público. Ele abriu o sobretudo e tirou um pacote grande, envolto em jornal; ali dentro, havia vitela picada, uma fatia de queijo Camembert, pão e um éclair, tudo misturado.

— *Voilà*! — exclamou Boris. — Foi tudo que consegui pegar para você. O porteiro é um porco muito astuto.

Não é de bom-tom comer em um embrulho de jornal em um banco público, especialmente no Tuileries, que em geral é cheio de moças bonitas, mas eu estava faminto demais para me importar. Enquanto eu comia, Boris explicou que ele estava trabalhando na *cafeterie* do hotel — ou seja, na despensa onde as refeições eram preparadas. Parece que a cafeteria era o trabalho de menor hierarquia no hotel, uma queda terrível para um garçom, mas serviria até o Auberge de Jehan Cottard abrir. Enquanto isso, eu encontrava Boris todo dia no Tuileries, e ele contrabandeava tanta comida quanto ousava pegar para mim. Por três dias, conseguimos manter esse arranjo, e sobrevivi apenas com comida roubada. Foi então que todos os nossos problemas acabaram, já que um dos *plongeurs* foi embora do Hôtel X e, graças à recomendação de Boris, fui contratado.

CAPÍTULO 10

O Hôtel X era um lugar enorme e impressionante, com uma fachada clássica de um lado e, do outro, uma portinhola lateral escura como um buraco de ratos, que era a entrada de serviço. Cheguei às quinze para as sete da manhã. Um fluxo de homens com calças oleosas se apressava para entrar e estava passando pelo controle de um porteiro sentado em um pequeno escritório. Esperei e, logo, o *chef du personnel*, que era tipo um gerente auxiliar, chegou e se pôs a me questionar. Era um italiano de rosto pálido e redondo, emaciado por trabalhar demais. Ele perguntou se eu era um lavador de louça experiente, e respondi-lhe que era; ele analisou minhas mãos e soube que era mentira, todavia, assim que descobriu que eu era inglês, mudou de tom e começou a me levar a sério.

— Estávamos procurando alguém para treinar nosso inglês — contou. — Nossos clientes são todos americanos, e tudo que sabemos de inglês é… — ele repetiu algo que crianças escrevem em muros em Londres. — Você pode ser útil. Vamos ao andar de baixo.

Descemos por uma escada em espiral a fim de adentrar uma passagem estreita, tão baixa que tive de me encurvar em determinados lugares. Estava muito quente e escuro, e havia apenas algumas lâmpadas fracas e amarelas com vários metros de distância uma da outra. Pareciam quilômetros de passagens labirínticas — na verdade, suponho que eram só algumas centenas de metros ao todo — que lembravam, estranhamente, o convés inferior de um transatlântico; havia o mesmo calor, espaço apertado e fedor morno de comida, além de um zumbido sibilante (vinha das fornalhas das cozinhas), parecido com um barulho de motor. Passamos por portas, onde às vezes ouvia-se gente praguejando em voz alta ou via-se o clarão das chamas ou a corrente de ar polar de uma câmara de gelo. Enquanto continuávamos, algo me golpeou violentamente nas costas. Era um bloco de gelo de quase cinquenta quilos, carregado por um carregador de avental azul. Atrás dele vinha um rapaz com um grande pedaço de vitela no ombro, a bochecha contra a carne úmida e esponjosa. Eles me empurraram para o lado com um grito de "*Sauve-toi, idiot*[54]!" e continuaram seu caminho. Na parede, sob as luzes, alguém tinha escrito com uma caligrafia caprichada: "É mais fácil encontrar um céu sem nuvens no inverno do que uma virgem no Hôtel X". Parecia um local meio bizarro.

Uma das passagens culminava em uma lavanderia, onde uma velha com cara de caveira me entregou um avental azul e uma pilha de panos de prato. O *chef du personnel*, então, me levou a um cubículo subterrâneo — como se fosse um porão debaixo do porão — onde havia uma pia e alguns fogões a gás. O teto era baixo demais para eu ficar de pé, e deveria estar uns 43ºC. O *chef du personnel* explicou que meu trabalho seria levar refeições aos empregados de alto escalão do hotel, que comiam em uma salinha mais acima, assim como limpar a referida sala e lavar a louça deles. Quando o *chef du personnel* saiu,

54 "Proteja-se, idiota", em francês no original. (N.E.)

um garçom, outro italiano, enfiou a cabeça cacheada na porta e me olhou de cima, feroz.

— Inglês, é? — perguntou. — Pois saiba que eu que mando aqui. Se trabalhar bem... — Fez um gesto, como se estivesse levantando uma garrafa, chupando vigorosamente. — Se não... — Deu vários chutes vigorosos na porta. — Para mim, torcer seu pescoço não seria diferente do que cuspir no chão. E, se tiver algum problema, eles acreditarão em mim, não em você. Então tome cuidado.

Após isso, fui trabalhar às pressas. Exceto por mais ou menos uma hora, trabalhei das sete da manhã até nove e quinze da noite; primeiro lavando louça, então esfregando as mesas e o chão da sala do refeitório dos funcionários, polindo copos e facas, levando comida, lavando louça de novo, pegando mais comida e lavando mais louça. O trabalho era fácil e me saí bem nele, exceto quando ia à cozinha buscar as refeições. A cozinha não se parecia com nada que eu já tivesse visto ou imaginado — era um porão infernal e sufocante, com pé-direito baixo, iluminação vermelha por causa do fogo, e era ensurdecedor, com os empregados praguejando e as panelas e frigideiras batendo. Era tão quente que tudo que era metálico, com exceção do fogão, precisava ser coberto com um pano. No centro estavam as fornalhas, junto às quais doze cozinheiros iam de lá para cá, suas faces respingando suor apesar dos chapéus brancos. Perto dali havia uma multidão de garçons e lavadores de louça clamando com bandejas. Ajudantes de cozinha, nus da cintura para cima, alimentavam o fogo e esfregavam com areia enormes caçarolas de cobre. O chefe de cozinha, um elegante homem escarlate com um vasto bigode, estava no meio da cozinha, bradando sem parar: "*Ça marche deux oeufs brouillés! Ça marche un Chateaubriand aux pommes sautées*[55]*!*", exceto quando parava para xingar um *plongeur*.

55 "Vai aí dois ovos mexidos! Vai aí um filé com batatas salteadas!", em francês no original. (N.E.)

Havia três balcões, e, na primeira vez que entrei na cozinha, sem saber levei minha bandeja ao balcão errado. O chefe de cozinha foi até mim, enrolou os bigodes, e me olhou de cima a baixo. Então, apontou para o cozinheiro do café da manhã e apontou para mim.

— Está vendo *isto*? Isto é o tipo de *plongeur* que eles nos mandam hoje em dia. De onde vem, idiota? De Charenton, foi? (Há um grande asilo para loucos em Charenton.)

— Da Inglaterra — respondi.

— Eu devia saber. Bom, *mon cher monsieur l'Anglais*[56], devo lhe informar que é um filho de uma puta? Agora, *fous-moi le camp*[57] para o outro balcão, onde é seu lugar.

Eu era recebido desse modo todas as vezes que ia à cozinha, já que sempre cometia algum erro; esperavam que eu soubesse o que fazer no trabalho, e, levando isso em consideração, eu era xingado. Por curiosidade, contei a quantidade de vezes que fui chamado de *maquereau*[58] em um único dia, e foram trinta e nove vezes.

Às quatro e quinze, o italiano me avisou que eu podia parar de trabalhar, mas que não valia a pena sair, já que voltávamos às cinco. Fui ao lavatório para fumar; fumar era estritamente proibido, e Boris me avisou que o lavatório era o único lugar seguro para fazê-lo. Depois, trabalhei de novo até nove e quinze, quando o garçom colocou a cabeça na porta e disse para eu deixar o restante da louça. Para meu choque, depois de ter me chamado de porco, bagre etc. o dia inteiro, ele de repente ficou bastante amigável. Notei que todos os xingamentos haviam sido um tipo de teste.

— Assim está bom, *mon p'tit* — disse o garçom. — *Tu n'es pas débrouillard*[59], mas você faz um trabalho decente. Vá lá para cima

56 "Meu caro senhor inglês", em francês no original. (N.E.)

57 "Sai daqui, porra", em francês no original. (N.E.)

58 "Vadio", em francês no original. (N.E.)

59 "Você não é esperto", em francês no original. (N.E.)

e jante. O hotel permite dois litros de vinho para cada um e eu roubei outra garrafa. Vamos tomar um belo porre.

Tivemos um jantar excelente com os restos dos empregados do alto escalão. O garçom, que ficou bem mais relaxado, contou-me histórias de seus casos amorosos, a respeito de dois homens que esfaqueou na Itália e sobre como ele tinha escapado do serviço militar. Depois de conhecê-lo, percebi que era um bom sujeito; lembrava-me Benvenuto Cellini, de alguma forma. Eu estava cansado e encharcado de suor, mas me sentia um novo homem depois de um dia de comida de verdade. O trabalho não parecia difícil e senti que esse emprego daria certo para mim. Eu não tinha certeza, porém, se continuaria, já que fui contratado como "extra" por um único dia, por vinte e cinco francos. O porteiro de cara azeda contou o dinheiro, menos cinquenta *centimes*, que disse ser um seguro (uma mentira, como descobri depois). Aí abriu espaço para que eu saísse, o que me fez tirar o casaco e me apalpou, à procura de comida roubada. Depois disso, o *chef du personnel* apareceu e falou comigo. Assim como o garçom, ele tinha ficado mais simpático depois de ver que eu queria trabalhar.

— Terá um emprego permanente, se quiser — pontuou. — O chefe dos garçons disse que vai gostar de xingar um inglês. Você assinaria o contrato de um mês?

Enfim, um emprego, e eu estava pronto para aceitá-lo. Então me lembrei do restaurante russo, que abriria em uma quinzena. Não parecia justo prometer trabalhar um mês e depois sair no meio do combinado. Eu disse que tinha outro possível emprego — será que poderia ser contratado por quinze dias? Quando ouviu isso, o *chef du personnel* deu de ombros e disse que o hotel só contratava homens por um mês. Evidentemente, perdi minha chance de ter um trabalho.

Boris, como combinado, estava esperando por mim na arcada da Rue de Rivoli. Quando lhe relatei o que aconteceu, ele ficou furioso. Pela primeira vez desde que o conheci, ele perdeu os bons modos e me chamou de tolo.

— Idiota! Seu completo idiota! De que adianta eu encontrar um emprego para você quando você estraga tudo no momento seguinte? Como pôde ser um tolo de mencionar o outro restaurante? Só precisava prometer que trabalharia por um mês.

— Pareceu mais honesto avisar que eu poderia ter que sair — respondi.

— Honesto! Honesto! Quem já ouviu falar de um *plongeur* sendo honesto? *Mon ami.* — De repente, agarrou-me pela lapela e falou com sinceridade: — *Mon ami*, trabalhou aqui o dia inteiro. Viu como é o trabalho em um hotel. Acha que um *plongeur* pode arcar com um código de honra?

— Não, talvez não.

— Então volte lá rapidamente e diga ao *chef du personnel* que está pronto para ficar lá por um mês. Diga que vai jogar o outro emprego fora. Então, quando o restaurante abrir, só precisa ir embora.

— Mas e o que vai acontecer com meu salário se eu violar o contrato?

Boris bateu na calçada com a bengala e exclamou, diante de tamanha estupidez:

— Peça para receber pela diária e não vai perder um soldo. Você acha que eles vão processar um *plongeur* por violar um contrato? Um *plongeur* é insignificante demais para ser processado.

Corri de volta ao hotel, encontrei o *chef du personnel*, disse a ele que ficaria um mês e ele me contratou. Foi minha primeira lição moral de *plongeur*. Mais tarde, notei como havia sido tolo de tentar manter qualquer tipo de escrúpulo, já que grandes hotéis não têm misericórdia alguma para com seus funcionários. Contratam e despedem empregados conforme lhes serve, e tiram dez por cento ou mais do corpo de empregados quando a temporada se encerra. E não há qualquer dificuldade de substituir alguém, já que Paris está lotada de funcionários de hotel desempregados.

CAPÍTULO 11

Acabou que não quebrei o contrato, já que se passaram seis semanas até o Auberge de Jehan Cottard mostrar qualquer indício de abertura. Nesse meio-tempo, trabalhei no Hôtel X, quatro dias da semana na *cafeterie*, um dia ajudando o garçom no quarto andar e outro dia substituindo a lavadeira no refeitório. Por sorte, meu dia livre era no domingo, mas às vezes algum homem estava doente e eu tinha de trabalhar no domingo também. A jornada ia das sete da manhã até as duas da tarde, depois das cinco da tarde até as nove da noite — onze horas, mas no dia que eu limpava o refeitório dos funcionários somavam-se catorze horas. Pelos padrões habituais de um *plongeur* em Paris, era uma jornada excepcionalmente curta. A única dificuldade na vida era o calor assustador e sufocante dos porões labirínticos. Além disso, o hotel, que era grande e bem organizado, era considerado confortável.

Nossa *cafeterie* era um porão sombrio que media seis metros por dois e meio de altura, e era tão cheia de cafeteiras, cortadores de pão e utensílios assim que era quase impossível se mexer sem bater contra algum objeto. A sala era iluminada por uma fraca lâmpada elétrica, e quatro ou cinco caldeiras a gás lançavam uma baforada quente e vermelha. Havia um termômetro lá, e a temperatura nunca permanecia abaixo dos 43ºC — e chegava aos 54ºC em dados momentos do dia. De um lado, havia cinco elevadores de serviço, e do outro, um armário de gelo onde guardávamos leite e manteiga. Ir até o armário de gelo significava que a temperatura caía quase 40ºC em um único passo; costumava me lembrar do hino a respeito das montanhas geladas da Groenlândia e das praias de coral da Índia. Dois homens trabalhavam na *cafeterie* além de Boris e eu. Um deles, Mario, era um italiano enorme e empolgado — era como um policial da cidade grande que gesticulava de forma teatral — e o outro era um animal bronco e peludo a quem chamávamos de Magiar; acho que era transilvano ou de origem ainda mais remota. Com exceção do Magiar, todos éramos homens grandes, e nas horas de maior movimento batíamos uns contra os outros sem parar.

O trabalho na *cafeterie* era espasmódico. Sempre tínhamos algo a fazer, mas o trabalho de verdade costumava aparecer no período de cada duas horas — chamávamos esses momentos de "*un coup de feu*". O primeiro *coup de feu* acontecia às oito, quando os hóspedes no andar superior começavam a acordar e exigir o café da manhã. Às oito, a batucada e a gritaria tinham início no subsolo; campainhas soavam por todos os lados e homens de avental azul se apressavam pelos corredores, nossos elevadores de serviço desciam com uma batida simultânea e os garçons de todos os cinco andares começavam a praguejar em italiano no poço dos elevadores. Não me lembro de todas as tarefas que desempenhávamos, mas sei que no serviço estavam inclusos: preparar chá, café e chocolate quente; buscar na cozinha as refeições, os vinhos na adega, e frutas e tudo o mais no refeitório; cortar pão; fazer torradas; enrolar rodelas de manteiga; medir a geleia;

abrir latas de leite; contar torrões de açúcar; ferver ovos; aprontar mingau; quebrar gelo; moer café — tudo isso para satisfazer de cem a duzentos hóspedes. A cozinha estava situada a quase trinta metros e o refeitório estava entre cinquenta a sessenta metros de distância. Tudo que mandávamos no elevador de serviço precisava ser registrado em uma comanda, e as comandas precisavam ser preenchidas cuidadosamente, e podíamos ter problemas se deixássemos passar até mesmo um torrão de açúcar. Além disso, precisávamos fornecer pão e café para o restante da equipe e pegar as refeições dos garçons no andar de cima. Considerando tudo, era um trabalho complicado.

Calculei que tinha de caminhar e correr uns vinte e cinco quilômetros por dia, e ainda assim o desgaste do trabalho era mais mental do que físico. Olhando pela superfície, nada poderia ser mais fácil do que esse trabalho estúpido de ajudante de cozinha, mas é incrivelmente difícil quando se está apressado. É necessário pular de lá para cá entre uma multidão de trabalhos — é como organizar um baralho de cartas contra o relógio. Você está, por exemplo, fazendo torradas, e *bang!*, aparece um elevador de serviço com um pedido de chá, pãezinhos e três tipos diferentes de geleia e, simultaneamente, *bang!*, surge outro elevador exigindo ovos mexidos, café e toranja; você corre para a cozinha em busca dos ovos e para o refeitório a fim de pegar a fruta, e volta, veloz como um raio, antes que a torrada queime, e tendo de lembrar a respeito do chá e do café, além de uma dúzia de outros pedidos ainda em curso; ao mesmo tempo, um garçom lhe segue e cria caso a respeito de uma garrafa perdida de água com gás, e você discute com ele. Precisa de mais cérebro do que alguém poderia imaginar. Mario disse, verdadeiramente, sem dúvida, que leva um ano para treinar um bom *cafetier*.

O tempo entre as oito e as dez e meia transcorria como se eu estivesse em delírio. Às vezes, trabalhávamos como se só tivéssemos mais cinco minutos restantes de vida; às vezes, havia calmarias nas quais os pedidos acabavam e tudo parecia quieto por um momento. Então, varríamos o lixo do chão, jogávamos serragem nova e bebíamos moringas de vinho, café ou água — qualquer coisa, só precisava ser líquida. Com frequência, quebrávamos pedaços de gelo para chupá-los enquanto trabalhávamos. O calor nas imediações das caldeiras a gás era nauseante; tomávamos litros de qualquer bebida durante o dia e, depois de horas, até mesmo nossos aventais estavam empapados de suor. Às vezes, atrasávamos o trabalho irremediavelmente, e alguns clientes teriam saído sem seu café da manhã, mas Mario sempre nos salvava. Ele trabalhou por catorze anos na *cafeterie*, e tinha a habilidade de nunca perder um segundo entre trabalhos. O Magiar era muito estúpido e eu era inexperiente, e Boris tinha a tendência de fugir do trabalho, em parte por sua perna manca, em parte porque tinha vergonha de trabalhar na *cafeterie* depois de ter sido garçom; mas Mario era maravilhoso. O jeito que ele esticava seus braços enormes na *cafeterie* para encher uma cafeteira com uma mão e ferver um ovo com a outra enquanto cuidava das torradas e gritava instruções para o Magiar, e nesse meio-tempo cantando partes do *Rigoletto*, era incrivelmente admirável. O *patron* sabia do valor dele, e ele ganhava mil francos por mês em vez dos quinhentos francos que o restante de nós ganhava.

O pandemônio do café da manhã se esvaía às dez e meia. Era então que esfregávamos as mesas da *cafeterie*, varríamos o chão e políamos o latão e, em manhãs melhores, íamos um por um ao lavatório para fumar. Esse era o nosso descanso — descanso relativo, porém, já que tínhamos apenas dez minutos para almoçar e nunca conseguíamos comer sem interrupções. A hora do almoço dos clientes, entre o meio-dia e as duas da tarde, era outro período agitado, tal qual o café da manhã. A maior parte de nosso trabalho era levar os pratos da cozinha, o que significava *engueulades* constantes dos cozinheiros. A essa hora, os cozinheiros já tinham suado na frente das fornalhas por quatro ou cinco horas, e estavam de cabeça quente.

Às duas horas, de repente, éramos homens livres. Tirávamos nossos aventais, vestíamos os casacos, saíamos de lá e, quando tínhamos dinheiro, íamos ao bistrô mais próximo. Era estranho sair desses porões flamejantes e voltar à rua. O clima parecia tão claro que cegava, e era gelado como o verão ártico; como era agradável o odor de petróleo depois do fedor do suor e da comida! Às vezes, encontrávamos nossos cozinheiros e garçons nos bistrôs, e eles eram amigáveis e nos pagavam drinques. Lá dentro, éramos seus escravos, mas é parte da etiqueta da vida de hotel que, nos intervalos, todos são iguais, e as *engueulades* não contam.

Às quinze para as cinco, voltávamos ao hotel. Até as seis e meia, não recebíamos nenhum pedido e usávamos o tempo para polir a prataria, limpar as cafeteiras e cumprir outros trabalhos menores. Então, o maior agito do dia começava — a hora do jantar. Queria ser Zola, só por uns momentos, para poder descrever aquela hora do jantar. A essência da situação era que cem ou duzentas pessoas exigiam, individualmente, diferentes refeições de cinco ou seis pratos, e que cinquenta ou sessenta pessoas tinham de cozinhar, servir e limpar a bagunça depois; qualquer um com experiência de bufê sabe do que estou falando. E, a essa hora, quando tínhamos o dobro de trabalho, a equipe inteira estava exausta, e muitos estavam bêbados. Eu poderia escrever páginas a respeito disso sem fazer justiça à cena. A correria de um lado para o outro nas passagens estreitas, as colisões, os gritos, a dificuldade com caixas, bandejas e blocos de gelo, o calor, a escuridão, as querelas furiosas e crescentes sem haver tempo para brigas — isso ultrapassa quaisquer descrições. Quem entrasse no porão pela primeira vez se depararia em um covil de maníacos. Só depois, quando já entendia o funcionamento de um hotel, é que enxerguei ordem em todo esse caos.

Às oito e meia, o trabalho parava subitamente. Só nos liberavam às nove, mas costumávamos nos jogar no chão e ficar lá, descansando as pernas, com preguiça até mesmo para ir ao armário de gelo para pegar uma bebida. Às vezes, o *chef du personnel* aparecia com garrafas de cerveja, já que o hotel nos dava uma cerveja extra quando tínhamos um dia difícil. A comida que nos davam era só comível, mas o *patron* não era cruel a respeito da bebida; ele nos permitia consumir dois litros de vinho diários por cabeça, ciente de que, se um *plongeur* não ganhar dois litros, ele vai roubar três. Também podíamos ficar com o restante de bebidas, então era comum bebermos em demasia — o que era bom, já que parecia que trabalhávamos mais depressa quando estávamos parcialmente bêbados.

Quatro dias da semana eram assim; nos outros dois dias de trabalho, um era melhor e o outro era pior. Depois de uma semana vivendo assim, senti que precisava de um descanso. Era sábado à noite, então as pessoas em nosso bistrô estavam ocupadas se embebedando e, com um dia de folga diante de mim, eu estava pronto para me unir a eles. Às duas da manhã, todos fomos para a cama, bêbados, o que significava dormir até o meio-dia. Às cinco e meia, fui acordado de repente. Um vigia noturno, mandado pelo hotel, estava de pé ao lado de minha cama. Ele puxou as cobertas e me sacudiu com violência.

— Levante-se! — ordenou. — *Tu t'es bien saoulé la gueule, eh*[60]? Bem, não importa, faltou uma pessoa no hotel. Você precisa ir trabalhar hoje.

— E por que eu trabalharia? — protestei. — Hoje é meu dia de folga.

— Dia de folga, nada! Tem trabalho a fazer. Levante-se!

Levantei e saí, sentindo minhas costas quebradas e meu crânio estava repleto de cinzas quentes. Não achava que seria capaz de trabalhar um dia inteiro. Ainda assim, após uma hora no porão, notei que estava perfeitamente bem. Parecia que, em tal calor subterrâneo, como em um banho turco, era possível eliminar por meio do suor o álcool de qualquer bebida. *Plongeurs* sabem e contam com isso. O poder de tomar um quarto de vinho e então suá-lo corpo afora antes de que cause danos em excesso é uma das compensações de sua vida.

60 "Você encheu bem a cara, né?", em francês no original.

CAPÍTULO 12

Sem dúvida, minha melhor época no hotel foi quando fui ajudar o garçom no quarto andar. Trabalhávamos em uma despensa pequena, conectada à *cafeterie* pelos elevadores de serviço. Era fresca e agradável depois dos porões e, na maior parte do tempo, o trabalho consistia em polir a prataria e os copos, o que é um serviço mais humano. Valenti, o garçom, era um sujeito decente, e me tratava quase como um igual quando estávamos a sós, apesar de ter de falar com severidade comigo quando havia outros por perto, já que um garçom não pode ser amigável com um *plongeur*. Às vezes, em seus dias bons, dava-me uma gorjeta de cinco francos. Era um jovem gracioso, de vinte e quatro anos, mas parecia ter dezoito e, como a maior parte dos garçons, tinha bom porte e sabia como se vestir. Com sua casaca preta e gravata branca, rosto barbeado e cabelos castanhos e penteados, parecia um menino de Eton; contudo, ele se sustentava desde os doze anos e crescera na vida, vindo literalmente da sarjeta. Estavam entre suas experiências: atravessar a fronteira italiana sem passaporte, vender castanhas de um carrinho de mão nos bulevares nortenhos, passar cinquenta dias na cadeia em Londres por trabalhar sem uma licença, dormir com uma velha rica no hotel, que lhe deu um anel de diamante e depois o acusou de roubá-lo. Eu gostava de falar com ele durante o descanso quando nos sentávamos para fumar no poço do elevador.

Meu dia ruim era quando eu lavava louça no refeitório dos empregados. Eu não devia lavar os pratos, tarefa que era executada na cozinha, mas apenas as outras louças, a prataria, facas e copos; ainda assim, isso significava treze horas de trabalho, e eu usava entre trinta e quarenta panos de prato durante o dia. Os métodos antiquados usados na França dobram o trabalho de lavar louça. Desconhecem escorredores de prato, não há sabão em flocos, apenas o viscoso sabão em pasta, que se recusa a espumar na água dura de Paris. Eu trabalhava em um cubículo sujo e cheio, com a despensa e a área de serviço no mesmo lugar, que dava direto no refeitório. Além de lavar louça, tinha de pegar as comidas dos garçons e servi-las; e a maior parte deles era intolerável de tão insolente, e tive de usar meus punhos mais de uma vez para obter um pouco de civilidade. A pessoa que lavava os pratos normalmente era uma mulher, e eles tornavam a vida dela miserável.

Era engraçado olhar em volta da área de serviço imunda e pensar que havia apenas uma porta dupla entre nós e o refeitório. Lá, estavam os clientes em todo o seu resplendor — toalhas de mesa sem manchas, jarros de flores, espelhos, cornijas douradas e querubins pintados; e aqui, a meros metros de distância, nós em nossa imundície asquerosa. Realmente era uma imundície asquerosa. Não tínhamos tempo de limpar o chão até o fim da tarde, e deslizávamos em uma mistura de água ensaboada, folhas de alface, papel rasgado e comida pisoteada. Uma dúzia de garçons sem paletó, mostrando suas axilas suadas, estava sentada à mesa combinando saladas e enfiando os polegares nos potes de creme. A sala tinha um cheiro misto e sujo de comida e suor. Em tudo que era canto dos armários, atrás das pilhas de louça, estavam escondidas as comidas roubadas pelos garçons. Só havia duas pias, mas nenhuma de banheiro, e não era incomum que os garçons lavassem o rosto na água onde a louça limpa estava sendo enxaguada. Mas os clientes não viam nada disso. Havia um tapete de fibra de coco e um espelho do lado externo da sala, e os garçons costumavam se arrumar e sair de lá parecendo perfeitamente limpos.

É instrutivo ver um garçom entrar no refeitório de um hotel. Assim que passa pela porta, é acometido por uma mudança súbita. A posição de seus ombros muda; a sujeira, a pressa e a irritação desaparecem em um instante. Ele flutua no tapete com a postura solene de um padre. Lembro-me de nosso *maître d'hôtel* auxiliar, um italiano fogoso, pausando na sala para falar com um aprendiz que quebrara uma garrafa de vinho. Sacudindo o punho acima da própria cabeça, ele gritou (por sorte, a porta era mais ou menos à prova de som):

— *Tu me fais chier*[61]. Você se diz garçom, seu garotinho maldito? Você, um garçom! Não serve nem para esfregar o chão dos bordéis onde sua mãe trabalha. *Maquereau*!

Ao ficar sem palavras, virou-se para a porta; e, enquanto a abria, deixou ali o último insulto, do mesmo jeito que o Escudeiro Western em *Tom Jones*.

Então, entrava no refeitório e navegava por ele com o prato em mãos, gracioso como um cisne. Dez segundos depois, fazia uma reverência profunda para um cliente. Não dava para deixar de pensar, vendo-o fazer uma mesura e sorrir, com aquele sorriso benigno de garçom experiente, que o cliente ficaria envergonhado de ver um aristocrata daqueles servindo-o.

61 "Você fez uma cagada", em francês no original. (N.E.)

A lavagem era um trabalho verdadeiramente detestável — não era difícil, mas era mais maçante e bobo do que se pode descrever. É terrível pensar que algumas pessoas passam décadas em serviços assim. A mulher que eu estava substituindo já devia ter sessenta anos, e ficava na pia treze horas por dia, seis dias por semana, o ano inteiro; além disso, era horrivelmente maltratada pelos garçons. Acabou deixando escapar que, um dia, havia sido atriz — na verdade, imagino, uma prostituta; a maior parte das prostitutas acaba virando faxineira. Era estranho que, apesar da idade e da vida que levava, ela ainda usava uma peruca muito loira, passava rímel e pintava o rosto como uma garota de vinte anos. Aparentemente, mesmo um trabalho de setenta e oito horas por semana é capaz de deixar um pouco de vitalidade na pessoa.

CAPÍTULO 13

Em meu terceiro dia no hotel, o *chef du personnel*, que geralmente falava comigo com um tom bastante agradável, me chamou e disse de forma brusca:

— Ei, você, tire esse bigode já! *Nom de Dieu*, quem já viu um *plongeur* de bigode?

Comecei a protestar, mas ele me cortou.

— Um *plongeur* de bigode; nem pensar! Acho bom eu não ver você com isso amanhã!

No caminho para casa, perguntei para Boris o que significava isso. Ele deu de ombros.

— Deve obedecê-lo, *mon ami*. Ninguém tem bigode no hotel, além dos cozinheiros. Achei que você teria notado. O motivo? Não tem motivo. É só costume.

Percebi que fazia parte da etiqueta, como não usar gravata branca com um paletó de jantar, e raspei meu bigode. Mais tarde, descobri a explicação para o costume: garçons em hotéis de qualidade não usam bigode e, para mostrar sua superioridade, não deixam os *plongeurs* usarem também; os cozinheiros o usam para demonstrar seu desdém com relação aos garçons.

Isso mostra um pouco do funcionamento do elaborado sistema de castas em um hotel. Nossa equipe, que chegava a ter cento e dez funcionários, mantinha hierarquias de prestígio tão elaboradas quanto as dos soldados, e um cozinheiro ou garçom estava muito acima de um *plongeur*, assim como um capitão está acima de um soldado raso. Acima de todos está o gerente, que pode demitir quem quiser, até mesmo os cozinheiros. Nunca víamos o *patron*, e tudo que sabíamos sobre ele era que seus pratos precisavam ser preparados com ainda mais cuidado do que o dos clientes; toda a disciplina do hotel dependia do gerente. Era um homem meticuloso, sempre à procura de qualquer tipo de relapso, mas éramos espertos demais para ele. Havia um sistema de campainhas de serviço no hotel, e os membros da equipe inteira usavam essas campainhas para mandar sinais uns aos outros. Um toque longo e um toque curto, seguido de outros dois toques longos, significava a vinda do gerente e, quando ouvíamos esse som, tomávamos o cuidado de parecermos bem ocupados.

Abaixo do gerente estava o *maître d'hôtel*. Ele não atendia mesas, a não ser que fosse um lorde ou alguém desse calibre, mas direcionava os garçons e ajudava no bufê. Suas gorjetas e o bônus que ganhava das empresas de champagne (dois francos por rolha devolvida) chegavam aos duzentos francos por dia. Sua posição era bem distante do restante da equipe, e ele comia suas refeições em uma sala privada, com prataria na mesa e dois aprendizes de jaquetas brancas e limpas que o serviam. Um pouco abaixo do chefe dos garçons estava o cozinheiro-chefe, que chegava a tirar cinco mil francos por mês; ele jantava na cozinha, mas em uma mesa separada dos demais, e um dos aprendizes de cozinheiro o servia. Então, vinha o *chef du personnel*; ele só ganhava mil e quinhentos francos por mês, mas vestia um paletó preto, não executava trabalhos manuais e podia demitir *plongeurs* e multar garçons. Então vinham os outros cozinheiros, ganhando entre três mil a setecentos e cinquenta francos por mês; os garçons, que podiam chegar a setenta francos por dia em gorjetas, além de uma pequena remuneração fixa; as lavadeiras e costureiras; os aprendizes de garçons, que não ganhavam gorjetas, mas recebiam setecentos e cinquenta francos por mês; os *plongeurs,* também com setecentos e cinquenta francos; as camareiras, de quinhentos a seiscentos francos por mês; e, por último, os *cafetiers*, com quinhentos por mês. Nós, na *cafeterie*, éramos a verdadeira escória do hotel, odiados e *tutoyados*[62] por todos.

Havia outros serviços — os empregados de escritório, chamados geralmente de *couriers*, o estoquista, o adegueiro, carregadores e mensageiros, o funcionário do gelo, os padeiros, o guarda-noturno, o porteiro. Diferentes funções eram ocupadas por etnias diferentes. Os empregados do escritório, os cozinheiros e as costureiras eram franceses, os garçons eram italianos e alemães (basicamente não se vê um garçom francês em Paris), os *plongeurs* eram de qualquer etnia europeia além de árabes e negros. O francês era a língua franca, e até mesmo os italianos falavam uns com os outros em francês.

Todos os departamentos tinham seus privilégios particulares. Em todos os hotéis parisienses, é costume vender os pães rachados em padarias por dezesseis soldos o quilo, e vender os restos da cozinha para cuidadores de porcos por uma bagatela, e

62 "Tutoyer" é um verbo de tratamento em ambiente extremamente informal no francês e muitas vezes utilizado de forma ofensiva. Aqui, Orwell faz um jogo de palavras brincando com o sufixo "-ied", em inglês ("*tutoied*"), com a intenção de deixar a palavra conjugada no pretérito perfeito em inglês, indicando que o personagem está se sentindo inferior, assim como demonstrado anteriormente na mesma frase. (N.E.)

dividia-se o ganho de tais vendas entre os *plongeurs*. Há muitos furtos, também. Todos os garçons roubavam comida — na verdade, poucas vezes vi um garçom se incomodar de comer as porções dadas pelo hotel — e os cozinheiros roubavam em grande escala na cozinha, e nós da *cafeterie* emborcávamos chá e café ilícitos. O adegueiro roubava conhaque. Nas regras do hotel, os garçons não podiam guardar destilados, então precisavam ir ao adegueiro para cada drinque pedido pelos clientes. Enquanto o adegueiro servia os drinques, ele tirava aproximadamente uma colher de chá de cada copo, acumulando vastas quantidades dessa forma. Ele vendia o conhaque roubado por cinco soldos cada gole se achasse que podia confiar em você.

Havia ladrões na equipe e, se deixasse dinheiro nos bolsos de seu casaco, em geral o pegavam. O porteiro, que pagava nossos salários e procurava comida roubada, era o maior ladrão do hotel. Dos meus quinhentos francos por mês, este homem conseguiu surrupiar cento e catorze francos em seis semanas. Pedi para ser pago diariamente, então o porteiro me dava dezesseis francos a cada tarde e, ao não pagar nos domingos (onde, obviamente, eu deveria ter sido pago), ele ficava com sessenta e quatro francos. Além disso, eu trabalhava às vezes nos domingos, e não sabia que eu tinha direito a ganhar mais vinte e cinco francos por isso. O porteiro nunca me pagou nada disso, então ele ganhou outros setenta e cinco francos às minhas custas. Só notei que estava sendo roubado na minha última semana e, como não tinha como provar o que estava acontecendo, só recebi o reembolso por vinte e cinco francos. O porteiro aplicava golpes semelhantes com qualquer empregado que fosse tolo o suficiente para cair na dele. Ele dizia ser grego, mas, na verdade, era armênio. Depois de conhecê-lo, entendi a origem do provérbio “Confie em uma cobra antes de confiar em um judeu, e em um judeu antes de confiar em um grego, mas não confie em um armênio".

Havia sujeitos estranhos entre os garçons. Um deles era um cavalheiro — um jovem com ensino superior, que ganhava um bom salário em um escritório. Pegou uma doença venérea, perdeu o emprego, o rumo, e agora se considerava sortudo por ser garçom. Muitos dos garçons chegaram à França sem passaporte, e um ou dois deles eram espiões — era comum entre espiões que se tornassem garçons. Certo dia, houve uma briga assustadora no refeitório dos garçons, envolvendo Morandi, um homem de aparência perigosa e olhos separados demais, e outro italiano. Ao que parece, Morandi roubara a amante do outro homem, um fracote que obviamente morria de medo de Morandi, e que fez ameaças vagas.

Morandi riu dele.

— Bem, e o que pretende fazer a respeito? Dormi com sua garota, dormi com ela três vezes. Foi bom. E aí, o que vai fazer, hein?

— Posso denunciá-lo à polícia secreta. Você é um espião italiano.

Morandi não negou. Ele só tirou uma navalha de sua casaca e estocou o ar duas vezes, como se estivesse cortando as bochechas do outro homem, deixando-as abertas. O outro garçom retirou o que havia dito.

O tipo mais esquisito que vi no hotel era um sujeito chamado de "extra". Ele fora contratado para substituir Magiar, que estava doente. Era sérvio, uma pessoa sagaz e parruda de cerca de vinte e cinco anos, e que falava seis idiomas, inclusive o inglês. Ele parecia saber tudo a respeito do ramo hoteleiro e até o meio-dia trabalhava como se fosse alguém escravizado. Então, assim que batiam as doze horas, ele ficava de cara amarrada, fugia do trabalho, roubava vinho e, para piorar, vadiava abertamente com um cachimbo na boca. Fumar, é claro, era proibido e podia levar a várias punições. O próprio gerente soube disso e foi falar com o sérvio, furioso.

— O que diabos está pensando ao fumar aqui? — exclamou.

— O que diabos você quer dizer, tendo uma cara dessas? — respondeu o sérvio, calmo.

Não sei descrever a blasfêmia de tal comentário. O cozinheiro-chefe teria jogado uma panela cheia de sopa fervente na cara de um *plongeur* se ouvisse uma resposta dessas. O gerente disse, de imediato:

— Está demitido!

E, às duas horas, o sérvio recebeu seus vinte e cinco francos e foi demitido. Antes de sair, Boris lhe perguntou em russo que tipo de brincadeira era essa. Segundo ele, o sérvio respondeu:

— Olha só, *mon vieux*[63], eles precisam pagar meu salário diário se eu trabalhar até o meio-dia, não precisam? É o que diz a lei. E qual é o sentido de trabalhar depois de receber o salário? Vou lhe dizer o que faço. Chego em um hotel, consigo trabalho como extra, e me esforço até o meio-dia. Assim que o ponteiro bate, às doze, me comporto tão mal que eles não terão escolha além de me despedir. Boa, não? Na maior parte das vezes, sou demitido às doze e trinta; hoje, foi às duas; mas não ligo. Livrei-me de quatro horas de trabalho. O único problema é que não posso fazer isso duas vezes no mesmo hotel.

Parece que ele já o fizera em metade dos hotéis e restaurantes de Paris. Devia ser um plano fácil no verão, apesar de os hotéis se protegerem como podem de situações assim, mantendo uma lista de ex-funcionários malvistos.

---

63 “Meu velho”, em francês no original. (N.E.)

CAPÍTULO 14

Em alguns dias, compreendi os princípios básicos sob os quais o hotel era gerenciado. O que chocaria qualquer um que viesse pela primeira vez às áreas de serviço de um hotel é o barulho assustador e o caos nas horas de maior movimento. É diferente do trabalho contínuo de uma loja ou fábrica, já que parece, à primeira vista, um caso de simples má gestão. Mas a verdade é que é inevitável por esta razão: o trabalho em hotéis não é particularmente complicado mas, por natureza, vem em fluxos e não se pode economizar tempo. Não se pode, por exemplo, grelhar um filé duas horas antes de ser pedido; é preciso aguardar até o último momento, no qual uma massa de outros trabalhos foram acumulados, e fazer tudo ao mesmo tempo, correndo freneticamente. O resultado é que, na hora das refeições, todos estão trabalhando em dobro, o que é impossível sem barulho e sem briga. As discussões são, de fato, parte necessária do processo, já que o ritmo nunca seria mantido se todos não estivessem acusando uns aos outros de ociosidade. Era por essa razão que, nos períodos de maior correria, a equipe inteira esbravejava e praguejava como demônios. Nesses momentos, parecia não existir verbo algum no hotel além de "*foutre*[64]". Uma menina da padaria, de dezesseis anos, xingava de tal modo que teria derrotado um cocheiro. (Hamlet não dizia "praguejar como um ajudante de cozinha"? Sem dúvida, Shakespeare deve ter visto ajudantes de cozinha com as mãos na massa.) Mas não estávamos perdendo a cabeça ou desperdiçando tempo; estávamos apenas estimulando uns aos outros rumo ao esforço de estufar quatro horas de trabalho em duas.

O que mantém um hotel funcionando é o fato de que os empregados se orgulham genuinamente de seu trabalho, por mais besta e bobo que isso seja. Se alguém está ocioso, os outros vão encontrá-lo e arranjar um modo de demiti-lo. Cozinheiros, garçons e *plongeurs* têm visões de mundo muito diferentes, mas todos concordam em se orgulhar de sua eficiência.

Sem dúvida, a classe mais competente, e a menos servil, é a dos cozinheiros. Apesar de não ganharem tanto quanto os garçons, seu prestígio é maior e seu emprego é mais estável. O cozinheiro não vê a si mesmo como um criado, mas como um trabalhador habilidoso; costuma ser chamado "*un ouvrier*[65]", o que jamais acontece com garçons. Ele sabe de seu poder — sabe que só ele constrói ou destrói um restaurante e que, se estiver cinco minutos atrasado, tudo sai do controle. Ele despreza aqueles da equipe que não são cozinheiros, e faz questão de insultar todos abaixo do chefe dos garçons, como se fosse uma medalha de honra. E sente orgulho artístico genuíno por seu trabalho, que requer grande talento. Não é a culinária em si que é tão difícil, mas fazer tudo no tempo correto. Entre o café da manhã e o almoço, o cozinheiro-chefe do Hôtel X recebia pedidos de centenas de pratos diferentes, para serem servidos em momentos diferentes; ele mesmo cozinhava apenas alguns deles, mas dava instruções a respeito de todos e inspecionava cada prato antes de

64 Literalmente, "foder", em francês no original. (N.E.)

65 "Um trabalhador", em francês no original. (N.E.)

mandá-los para cima. Sua memória era maravilhosa. As comandas ficavam pregadas em um quadro, mas o cozinheiro-chefe mal as olhava; tudo ficava armazenado em sua mente e, no minuto correto, enquanto cada prato era finalizado, ele chamava "*Faites marcher une côtelette de veau*[66]" (ou seja lá o que fosse) sem falhar. Era um valentão insuportável, mas também um artista. É pela pontualidade deles, e não por superioridade técnica, que cozinheiros homens são contratados no lugar de mulheres.

A visão do garçom é diferente. Ele também sente orgulho de sua habilidade, mas esta consiste, em grande parte, em ser servil. O trabalho lhe confere a mentalidade não de um operário, mas de um esnobe. Vive perpetuamente cercado de pessoas ricas, serve suas mesas, escuta suas conversas, lisonjeia os clientes com sorrisos e piadinhas discretas. Sente prazer de gastar dinheiro por tabela. Mais do que isso, há sempre a chance de ele mesmo ficar rico, já que, apesar de a maior parte dos garçons morrer pobre, também tem longos e ocasionais períodos de sorte. Em determinados cafés do Grand Boulevard, ganha-se tanto dinheiro que os garçons pagam os *patrons* por seu emprego. O resultado é que, de tanto ver dinheiro e torcer para ganhá-lo, o garçom começa a se identificar com os empregadores, de alguma forma. Ele se dá ao trabalho de servir um prato em grande estilo porque se sente um participante da refeição.

Lembro-me de Valenti contar a respeito de algum banquete em Nice, no qual ele trabalhou uma vez, de como o evento custou duzentos mil francos e tornou-se assunto por meses subsequentes a fio.

— Foi esplêndido, *mon p'tit, mais magnifique*! Jesus Cristo! O champagne, a prataria, as orquídeas; nunca vi algo assim, e já vi muita coisa. Ah, foi glorioso!

— Mas — repliquei — você estava lá como garçom?

— Ah, é claro. Ainda assim, foi esplêndido.

66 "Saindo uma costeleta de vitela", em francês no original. (N.E.)

A moral é: nunca sinta pena de um garçom. Às vezes, quando você se senta em um restaurante, ainda enchendo o bucho meia hora antes de o horário de fechar, sente que o garçom cansado perto da sua mesa deve certamente detestá-lo. Mas ele não detesta. Ele não está pensando, ao olhar para você, "Que idiota, comeu demais"; ele está pensando "Um dia, quando eu guardar dinheiro suficiente, vou poder imitar esse homem". Ele está servindo a um tipo de prazer que entende e admira, e é por isso que garçons raramente são socialistas, não possuem sindicatos eficientes e trabalham doze horas por dia — trabalham quinze horas, sete dias por semana em muitos cafés. São esnobes e acreditam que a natureza servil de seu emprego lhes é bastante favorável.

Os *plongeusr*, de novo, têm uma visão diversa. Seu trabalho não oferece perspectivas, é intensamente exaustivo e, ao mesmo tempo, não requer um pingo de habilidade ou interesse; é o tipo de trabalho que sempre seria feito por mulheres, se as mulheres fossem robustas o suficiente. Tudo que lhes é solicitado é que estejam sempre com pressa, aguentem longas jornadas de trabalho e uma atmosfera sufocante. Eles não têm como escapar a essa vida, já que não conseguem guardar um único centavo do salário, e trabalham de sessenta a cem horas por semana, o que não lhes permite ter tempo para aprender qualquer outro ofício. O melhor com que podem sonhar é encontrar um trabalho um pouquinho mais leve, como guarda-noturno ou atendente de banheiro.

Contudo, os *plongeurs*, independentemente de quão abaixo estejam na hierarquia, nutrem também certo orgulho. É o orgulho do burro de carga — o homem que é igual, não importa a quantidade de trabalho. Nesse nível, a mera capacidade de continuar trabalhando como um boi é a única virtude possível. "*Débrouillard*" é como todo *plongeur* quer ser chamado. Um *débrouillard* é um homem que, mesmo quando ordenam que faça o impossível, ele vai se *débrouiller*[67] — vai dar um jeito, de alguma forma. Um dos *plongeurs* da cozinha do Hôtel X, um alemão, era bem conhecido como um *débrouillard*. Certa noite, um lorde inglês chegou ao hotel e os garçons se desesperaram, já que o lorde pediu pêssegos e não havia nenhum na despensa; era tarde da noite e as lojas estavam fechadas.

— Deixem comigo — disse o alemão.

Ele saiu e, em dez minutos, estava de volta com quatro pêssegos. Ele foi a um restaurante da vizinhança e os roubou. É isso que quer dizer *débrouillard*. O lorde inglês pagou vinte francos por cada pêssego.

Mario, que mandava na *cafeterie*, tinha a típica mentalidade de burro de carga. Tudo que ele pensava era em sobreviver ao "*boulot*[68]" e nos desafiava a dar tudo de nós. Catorze anos no subsolo o deixou com tanta preguiça quanto a haste de um pistão. "*Faut être dur*[69]", ele costumava dizer quando alguém reclamava. É comum ouvir os *plongeurs* gabando-se: "*Je suis dur*[70]" — como se fossem soldados, não faxineiros.

Assim, todos no hotel tinham um código de honra e, quando o trabalho começava a apertar, estávamos todos prontos para um enorme esforço coletivo de fazer tudo dar certo. A guerra constante entre departamentos distintos também ajudava na eficiência, já que todos se agarravam aos seus privilégios e tentavam parar os outros de ficarem ociosos ou roubarem.

Esse é o lado bom de trabalhar em um hotel. Em hotéis, uma máquina enorme e complicada continua em movimento, mesmo com uma equipe inadequada, já que cada homem tem seu trabalho bem definido, e o cumpre escrupulosamente. Mas também há um

67 "Desenrolar", em francês no original. (N.E.)

68 "Trabalho duro", em francês no original. (N.E.)

69 "Necessário ser duro", em francês no original. (N.E.)

70 "Eu sou duro", em francês no original. (N.E.)

ponto fraco, que é: o trabalho da equipe não é necessariamente o trabalho que os clientes pagam para receber. Na opinião do cliente, ele paga por um bom serviço; na opinião do empregado, ele é pago pelo *boulot* — ou seja, como regra, a imitação de um bom serviço. O resultado é que, apesar de hotéis serem milagres da pontualidade, são piores do que as piores casas nos quesitos realmente importantes.

Considere-se a limpeza, por exemplo. A sujeira no Hôtel X, assim que se adentrava a ala de serviço, era revoltante. Nossa *cafeterie* tinha imundície de mais de ano em todos seus cantos escuros, e a cesta de pão estava infestada de baratas. Certa vez, sugeri a Mario que deveríamos matá-las.

— Por que matar as coitadas? — ele falou, com tom de reprovação.

Os demais riram quando comentei que queria lavar as mãos antes de tocar na manteiga. Mas estávamos todos limpos quando reconhecíamos a limpeza como parte do *boulot*. Esfregávamos as mesas e políamos a lataria regularmente, porque nos mandavam fazê-lo; não nos mandavam ser genuinamente limpos e, de qualquer modo, não havia tempo para sê-lo. Apenas cumpríamos o nosso dever; se nosso dever mais importante era a pontualidade, então estávamos ganhando tempo ao continuarmos sujos.

Na cozinha, a sujeira era ainda pior. Não se trata de um exagero de linguagem, é a mera constatação de um fato dizer que um cozinheiro francês vai cuspir na sopa — se ele não for tomá-la, é claro. É um artista, mas limpeza não faz parte de sua arte. De certa maneira, ele é sujo porque é um artista, já que comida, para parecer elegante, precisa ser tratada com sujeira. Quando um filé, digamos, é levado à inspeção do cozinheiro-chefe, ele não o segura com um garfo. Ele o segura com os dedos, estapeia a carne, esfrega o polegar no prato e lambe o filé para sentir o gosto do caldo, vira-o, lambe-o de novo, então dá um passo para trás e contempla o pedaço de carne como se fosse um artista julgando um quadro, daí o pressiona de volta ao seu lugar com seus dedos gordos e rosados, cada um deles lambido centenas de vezes na mesma manhã. Depois de satisfeito, ele pega um pano e limpa as marcas de dedo do prato e o devolve ao garçom. E o garçom, é claro, enfia *seus* dedos no caldo da carne — seus dedos imundos e oleosos, que ficaram desse jeito porque ele está sempre passando os dedos no cabelo cheio de brilhantina. Quando alguém paga mais do que, digamos, dez francos por um prato de carne em Paris, pode ter certeza de que a comida foi dedilhada dessa maneira. Em restaurantes muito baratos é diferente; nesse caso, não há a mesma preocupação com a comida, e só retiram o bife da panela com um garfo para jogá-lo no prato, sem tocá-lo. Colocando de modo grosseiro, quanto mais se paga, mais se consome suor e saliva junto à comida.

A sujeira é inerente aos hotéis e restaurantes porque a comida saudável é sacrificada em prol da pontualidade e da elegância. O funcionário do hotel está ocupado demais em aprontar o alimento para lembrar que foi feito para ser comido. Uma refeição é apenas "*une commande*[71]" para ele, assim como um homem morrendo de câncer é simplesmente "um caso" para um médico. Um cliente pede, por exemplo, uma torrada. Alguém, pressionado a trabalhar em um cômodo subterrâneo, precisa prepará-la. Como ele poderia parar e dizer a si mesmo: "Esta torrada vai ser consumida — devo deixá-la comestível?". Tudo o que ele sabe é que precisa ter boa aparência e estar pronta em três minutos. Grandes gotas de suor caem de sua testa na torrada. Por que ele deveria se preocupar? Logo, a torrada cai no meio da serragem imunda que cobre o chão. Por que ter o trabalho de preparar uma nova torrada? É muito mais rápido limpar a serragem. A caminho do andar de cima, a torrada cai de novo, o lado com manteiga virado para baixo. Só precisa de mais um esfregão. E isso se aplica a tudo. A única comida do Hôtel X que era

71 "Uma ordem", em francês no original. (N.E.)

preparada de maneira higiênica era a comida da equipe e do *patron*. A máxima repetida por todos era: "Cuide do *patron*, mas quanto aos clientes, *s'en fout pas mal*[72]!" Toda a ala dos funcionários era infestada de sujeita — uma veia secreta de sujeira, correndo pelo hotel amplo e espalhafatoso como intestinos dentro do corpo de um homem.

Além da sujeira, o *patron* ludibriava totalmente os clientes. Na maior parte do tempo, os insumos alimentícios eram muito ruins, apesar de os cozinheiros saberem como servir os pratos com estilo. A carne era, na melhor das hipóteses, ordinária, e nenhuma dona de casa que se preze teria sequer olhado para aqueles vegetais em um mercado. O creme, por ordem expressa, era diluído com leite. O chá e o café eram de qualidade inferior, e a geleia era um produto sintético de grandes latas sem rótulo. Todos os vinhos baratos, segundo Boris, eram arrolhados como *vin ordinaire*[73]. Havia uma regra de que os empregados tinham de pagar por qualquer item que estragassem e, por culpa disso, itens avariados raramente eram jogados fora. Certa vez, o garçom do terceiro andar jogou uma galinha assada no poço do elevador de serviço, e a galinha caiu em uma pilha de lixo que incluía pedaços quebrados de pão, papel rasgado e coisas do gênero. Nós só limpamos o prato e o mandamos de volta para cima. Nos andares superiores, corriam histórias de lençóis usados não serem lavados, e sim umedecidos, passados e colocados de volta na cama. O *patron* era tão ruim conosco quanto o era com os clientes. Em todo o vasto hotel não havia algo como uma escova e uma pá de lixo; precisávamos nos virar com uma vassoura e um pedaço de papelão. O banheiro dos funcionários era digno da Ásia Central, e não havia lugar para lavar as mãos além da pia que usávamos para lavar louça.

72 "Que se fodam", em francês no original. (N.E.)

73 "Vinho comum", em francês no original. (N.E.)

Apesar disso, o Hôtel X estava entre os dez hotéis mais caros de Paris, e os clientes pagavam sumas impressionantes. O valor padrão de um pernoite no hotel, sem contar o café da manhã, era duzentos francos. O tabaco e o vinho eram vendidos pelo dobro do preço das lojas, apesar de o *patron* comprá-los por preço de atacado. Se o cliente dispunha de um título ou da reputação de ser milionário, todos os valores aumentavam automaticamente. Em determinada manhã, um americano do quarto andar estava fazendo dieta e pediu apenas sal e água quente no café da manhã. Valenti ficou furioso.

— Jesus Cristo! — ele reclamou. — E meus dez por cento? Dez por cento de sal e água!

E ele cobrou vinte e cinco francos pelo café da manhã. O cliente pagou sem pestanejar.

Segundo Boris, o mesmo acontecia em todos os hotéis de Paris, ou ao menos nos hotéis grandes e caros. Mas imagino que os hóspedes do Hôtel X eram particularmente fáceis de enganar, já que eram, em sua maioria, americanos, uns raros ingleses — nunca franceses —, e pareciam não saber nada a respeito de boa comida. Eles só enchiam o bucho com "cereais" americanos nojentos, comiam marmelada na hora do chá, bebiam vermute depois do jantar e pediam um *poulet à la reine*[74] por cem francos, que depois encharcavam em molho Worcester. Um hóspede de Pittsburgh jantava todas as noites em seu quarto, comendo apenas cereais matinais, ovos mexidos e chocolate. Talvez não faça diferença se esse tipo de gente é enganada ou não.

74 "Frango à moda da rainha", em francês no original. (N.E.)

CAPÍTULO 15

Ouvi histórias estranhas no hotel. Havia histórias de viciados, de velhos pervertidos que frequentavam o hotel à procura de mensageiros jovens e bonitos, de roubos e chantagens. Mario me contou sobre um hotel em que trabalhara, onde a camareira roubou um anel de diamante valiosíssimo de uma americana. A equipe foi revistada durante dias na hora de sair, e dois detetives investigaram o hotel de cima a baixo, mas nunca encontraram o anel. A camareira tinha um amante na padaria e ele assara o anel dentro de um pãozinho, e ali permaneceu até a busca chegar ao fim.

Um dia, Valenti, durante a folga, me contou uma história a respeito dele mesmo.

— Sabe, *mon p'tit*, essa vida de hotel até que é muito boa, mas é um inferno quando se está sem trabalho. Acredito que saiba como é ficar sem comer, não? *Forcément*, ou você não estaria lavando louça. Bem, não sou um pobre-diabo como um *plongeur*; sou garçom, e passei cinco dias sem comer uma vez. Cinco dias sem comer nem mesmo uma casca de pão... Jesus Cristo!

"Vou lhe dizer, esses cinco dias foram o inferno. A única coisa boa foi que paguei meu aluguel adiantado. Eu estava morando em um hotelzinho imundo e barato na Rue Sainte Éloise, no bairro latino. Era chamado de Hotel Suzanne May por causa de uma prostituta famosa na época do Império. Eu passava fome e não tinha nada que pudesse fazer; não podia nem ir aos cafés onde os proprietários do hotel vão para contratar garçons porque eu não tinha como pagar um drinque. Tudo que eu podia fazer era me deitar na cama, cada vez mais fraco, assistindo à caminhada dos insetos no teto. Asseguro-lhe que não quero passar por isso de novo.

"Durante o quinto dia, à tarde, comecei a ficar meio louco; ao menos é o que me parece, agora. Na parede do meu quarto havia uma ilustração velha e desbotada de uma cabeça de mulher, e fiquei conjecturando quem seria ela; depois de uma hora, notei que deveria ser Sainte Éloise, que era a santa padroeira do bairro. Nunca tinha notado a pintura antes, mas ali, deitado olhando para ela, uma ideia extraordinária passou pela minha cabeça.

"'*Écoute, mon cher*[75]', eu disse a mim mesmo. 'Vai passar fome até a morte se isso continuar por mais tempo. Precisa tomar uma atitude. Por que não tenta rezar para Sainte Éloise? Ponha-se de joelhos e peça a ela que mande algum dinheiro. Mal não faz. Tente!'

"Loucura, não? Ainda assim, um homem faz qualquer coisa quando passa fome. Além disso, mal não podia fazer. Saí da cama e comecei a oração. Disse:

"'Cara Sainte Éloise, se você existir, por favor, me mande um pouco de dinheiro. Não peço muito, só o suficiente para comprar pão e uma garrafa de vinho, e assim eu possa recuperar minhas forças. Três ou quatro francos são o suficiente. Não sabe o quanto ficarei grato, Sainte Éloise, se me ajudar desta vez. E, tenha certeza,

75 "Escuta, meu querido", em francês no original. (N.E.)

se me mandar algo, a primeira coisa que farei será acender uma vela em homenagem à senhora, na sua igreja aqui perto. Amém.'

"Acrescentei a parte da vela porque ouvira falar que santos gostam de que as pessoas lhes acendam velas. Pretendia manter minha promessa, é claro. Mas sou ateu e não acreditava que algo aconteceria.

"Bem, depois de retornar para a cama, alguém bateu à porta. Era uma menina chamada Maria, uma camponesa grande e gorda que morava em nosso hotel. Era uma menina muito estúpida, mas boa, e eu não me importava se ela me visse no estado em que eu estava.

"Ela gritou ao me ver. '*Nom de Dieu!*', ela disse. 'O que aconteceu com você? Por que está na cama a esta hora? *Quelle mine que tu as*[76]! Parece mais morto do que vivo.'

"Eu provavelmente estava com uma cara horrível. Não comia havia cinco dias e passava a maior parte do tempo na cama; além disso, fazia três dias que eu não me lavava ou barbeava. O quarto também estava um chiqueiro.

"'Qual é o problema?', Maria perguntou de novo.

"'O problema!', exclamei. 'Jesus Cristo! Estou faminto. Não como nada há cinco dias. Esse é o problema.'

"Maria ficou horrorizada.

"'Não come há cinco dias?', ela indagou. 'Mas por quê? Não tem nenhum dinheiro, então?'

"'Dinheiro!', respondi. 'Acha que eu estaria assim se tivesse dinheiro? Só tenho cinco soldos e já penhorei tudo. Olhe ao seu redor e veja se há mais alguma coisa que eu possa vender ou penhorar. Se conseguir achar algo que renda cinquenta *centimes*, é mais esperta do que eu.'

76 "Com que cara você está!", em francês no original. (N.E.)

"Maria começou a procurar no quarto. Ela cutucou um monte de besteiras e, de súbito, ficou bem empolgada. Sua boca grande e carnuda se abriu, estonteada.

"'Seu idiota!', exclamou. 'Imbecil! O que é *isto*, então?'

"Vi que ela pegara um *bidon* vazio de óleo jogado em um canto. Eu o comprara semanas antes, para usar na lâmpada a óleo que eu tinha antes de vender minhas coisas.

"'Isso?', falei. 'É um *bidon* de óleo. O que tem?'

"'Imbecil! Não pagou um depósito de três francos e cinquenta por ele?'

"É claro que eu pagara três francos e cinquenta. Eles sempre exigem um depósito por um *bidon*, e você o recebe de volta ao retorná-lo. Mas eu tinha esquecido a respeito disso.

"'Sim...', comecei.

"'Idiota!', gritou Maria mais uma vez. Ela ficou tão empolgada que começou a dançar até eu achar que os tamancos dela sairiam voando. 'Idiota! *T'es fou*! *T'es fou*[77]! O que precisa fazer além de levá-lo de volta à loja e recuperar o depósito? Passando fome com três francos e cinquenta embaixo do seu nariz! Imbecil!'

"Mal posso acreditar agora que, durante esses cinco dias, sequer passou pela minha cabeça devolver o *bidon* à loja. Três francos e cinquenta e isso nem passou pela minha cabeça! Sentei na cama.

"'Rápido!', gritei para Maria. 'Pegue-o para mim. Leve-o até o mercadinho da esquina... Corra como o diabo e traga comida!'

"Maria não precisou ouvir mais nada. Ela pegou o *bidon* e desceu as escadas em disparada, seus tamancos tilintando como uma manada de elefantes e, em três minutos, ela estava de volta com quase um quilo de pão debaixo do braço e meio litro de vinho debaixo do outro. Nem sequer agradeci; só agarrei o pão e cravei os dentes nele. Já notou o gosto do pão depois de passar fome por

77 "Você está doido! Você está doido", em francês no original. (N.E.)

muito tempo? Frio, molhado, massudo — quase como se fosse almécega. Mas Jesus Cristo, como era bom! Bebi o vinho todo em um único gole, que pareceu ir direto para minhas veias e fluir pelo meu corpo como sangue novo. Ah, que diferença isso fez!

"Devorei o quilo de pão sem nem parar para respirar. Maria ficou lá, com as mãos na cintura, assistindo enquanto eu comia.

"'Bom, agora se sente melhor, não?', ela comentou quando acabei.

"'Melhor!', disse eu. 'Sinto-me perfeito! Não sou o mesmo homem que era há cinco minutos. Tem só uma coisa no mundo que preciso agora... Um cigarro.'

"Maria colocou a mão no bolso do avental.

"'Não tem como', ela falou. 'Não tenho dinheiro. Isso é tudo que sobrou dos seus três francos e cinquenta... Sete soldos. Não tem jeito; os cigarros mais baratos custam doze soldos por maço.'

"'Então posso comprar um maço!', exclamei. 'Jesus Cristo, que sorte! Tenho cinco soldos aqui... É o suficiente!'

"Maria pegou os doze soldos e se virou para ir à tabacaria. E, então, algo que eu tinha esquecido por todo esse tempo voltou à minha cabeça. Ali estava a maldita Sainte Éloise! Prometi uma vela se ela mandasse dinheiro; e, de verdade, quem poderia dizer que minha oração não deu certo? Eu pedira 'três ou quatro francos' e, no momento seguinte, apareceram três francos e cinquenta. Não tinha como evitar. Precisava gastar os doze soldos em uma vela.

"Chamei Maria para que voltasse.

"'Não vai dar', eu disse. 'Tem a Sainte Éloise... Prometi-lhe uma vela. Vou ter que usar os doze soldos nisso. Bobo, não? Não vou poder fumar meus cigarros, afinal.'

"'Sainte Éloise?', perguntou Maria. 'O que tem Sainte Éloise?'

"'Rezei para ela pedindo dinheiro e prometi acender uma vela em troca', expliquei. 'Ela respondeu a oração...

Enfim, o dinheiro chegou. Preciso comprar a vela. É inconveniente, mas acho que preciso manter minha promessa.'

"'Mas de onde veio esse pensamento sobre Sainte Éloise?', questionou Maria.

"'A imagem dela', respondi, explicando a história. 'Ali está ela, vê?', continuei, apontando para o quadro na parede.'

"Maria olhou para o quadro e, para minha surpresa, começou a gargalhar sem parar. Ela riu mais e mais, pisoteando o chão e segurando seus flancos gordos como se fossem estourar. Achei que tivesse ficado louca. Demorou dois minutos antes de ela conseguir falar:

"'Idiota!', ela disse, por fim. '*T'es fou*! *T'es fou*! Está dizendo que realmente se ajoelhou para rezar para esse quadro? Quem disse que é Sainte Éloise?'

"'Mas eu me assegurei de que era Sainte Éloise!', repliquei.

"'Imbecil! Essa não é Sainte Éloise. Quem acha que é?'

"'Quem?', respondi.

"'É Suzanne May, a mulher que dá nome a este hotel.'

"'Eu rezei para Suzanne May, a famosa prostituta do Império...'

"Mas, no final das contas, não me arrependi. Maria e eu rimos muito e, depois disso, concordamos que eu não devia nada a Sainte Éloise. Obviamente, não tinha sido ela que respondera às minhas preces, e não tinha motivo para eu acender uma vela para ela. Então, no fim, comprei meu maço de cigarros."

CAPÍTULO 16

O tempo passava e o Auberge de Jehan Cottard não dava sinais de abrir. Boris e eu fomos lá um dia, em nosso horário de intervalo, e descobrimos que nenhuma reforma tinha sido feita além dos desenhos indecentes, e que agora havia três credores em vez de dois. O *patron* nos cumprimentou da mesma forma e, no instante seguinte, virou-se para mim (o lavador de louça em potencial) e pediu cinco francos emprestados. Aí tive certeza de que o restaurante nunca sairia do papel. O *patron*, contudo, jurava que o restaurante abriria "exatamente dali a uma quinzena", e nos apresentou à cozinheira, uma russa báltica que tinha um metro e meio de altura e cujos quadris tinham um metro de largura. Ela disse que fora cantora antes de virar cozinheira, que era muito artística e adorava literatura inglesa, especialmente *La Case de l'Oncle Tom*.

Em duas semanas, eu me acostumara tanto à rotina de *plongeur* que tinha dificuldade de imaginar algo diferente disso. Era uma vida sem grandes mudanças. Às quinze para as seis, acordava de súbito, cambaleava para entrar em roupas duras e engorduradas e saía de casa de cara suja e músculos reclamando. Amanhecia, e as janelas estavam escuras, com exceção dos cafés dos operários. O céu era uma parede vasta e achatada de cobalto, com telhados e pináculos de papel preto grudados nela. Homens sonolentos esfregavam a calçada com vassouras de três metros e famílias maltrapilhas catavam lixo. Operários e meninas com um pedaço de chocolate em uma mão e um croissant na outra entravam nas estações de metrô. Bondes repletos de operários passavam, melancólicos. Era preciso se apressar rumo à estação e lutar por um lugar — é preciso literalmente lutar no metrô parisiense às seis da manhã —, ficando de pé, comprimido pelas massas de passageiros, o nariz quase encostado ao nariz de alguma cara francesa horrorosa, com cheiro de vinagre e alho. E, então, descia para o porão labiríntico do hotel, esquecendo-se da luz diurna até as duas da tarde, quando o sol estava a pino e a cidade estava preta com pessoas e carros.

Depois da primeira semana no hotel, eu sempre passava o intervalo da tarde dormindo ou, quando tinha dinheiro, em um bistrô. Exceto por alguns garçons ambiciosos que faziam aulas de inglês, a equipe inteira gastava as horas livres da mesma maneira; depois do trabalho matutino, ficávamos preguiçosos demais para fazer algo melhor. Às vezes, meia dúzia de *plongeurs* formavam um grupo e iam a um bordel abominável na Rue de Sieyes, onde só se cobravam cinco francos e vinte e cinco *centimes* — dez centavos e meio. Era apelidado de "preço fixo", e costumavam descrever suas experiências lá como uma grande piada. Era um dos lugares preferidos dos funcionários hoteleiros. O salário de *plongeur* não permitia que se casassem e, sem dúvida, o trabalho no porão não encorajava sentimentos delicados.

Por quatro horas, ficava-se nos porões, e depois emergia-se, suando, na rua fresca. Estava iluminada por postes — aquela luz tremulante e violácea dos postes de Paris — e, além do rio, a

Torre Eiffel brilhava até o topo com luzes em zigue-zague, como enormes serpentes de fogo. O fluxo de carros deslizava silenciosamente de um lado para o outro, e belas mulheres andavam para cima e para baixo em galerias à meia-luz. Às vezes, uma mulher olhava de relance para Boris ou para mim e, ao notar nossas roupas gordurosas, apressava-se em virar a cara. Lutava-se outra batalha no metrô, só para chegar em casa às dez. Geralmente, das dez à meia-noite eu ia ao bistrô de nossa rua, um lugar do submundo frequentado por operários árabes. Não era um bom lugar para brigas e, às vezes, via garrafas sendo jogadas, primeiro para assustar, mas, como regra, os árabes lutavam entre si e deixavam os cristãos em paz. Raki, a bebida árabe, era muito barata, e o bistrô ficava aberto vinte e quatro horas, mas os árabes — sortudos — conseguiam trabalhar o dia inteiro e beber a noite inteira.

Era a típica vida de um *plongeur*, e na época não parecia ruim. Eu não me sentia pobre, já que, mesmo depois de pagar o aluguel e deixar dinheiro separado para tabaco, transporte e minha alimentação aos domingos, ainda sobravam quatro francos por dia para beber. E quatro francos era uma fortuna. Havia — é difícil de explicar — um tipo de contentamento pesado, o contentamento que uma fera bem alimentada deve sentir, em uma vida que se tornou tão simples. Nada pode ser mais simples do que a vida de um *plongeur*. Viver em um ritmo entre trabalhar e dormir, sem tempo para pensar, mal notando o mundo à sua volta; a sua Paris encolheu-se até virar o hotel, o metrô, os poucos bistrôs que frequenta e sua cama. Se ele sair desse caminho, é só por algumas ruas, em um passeio com alguma jovem empregada sentada em seus joelhos, comendo ostras e tomando cerveja. No dia de folga, ele fica na cama até o meio-dia, coloca uma camisa limpa, joga dados em troca de bebida e, depois do almoço, volta para a cama.

Nada parece real além do *boulot*, da bebida e do sono; e, de todos esses, o sono é a parte mas importante.

Determinada noite, nas primeiras horas da madrugada, houve um assassinato bem embaixo da minha janela. Fui acordado por uma comoção assustadora e, quando dirigi-me à janela, deparei-me com um homem caído duro nas pedras da rua; consegui ver os assassinos, três deles, escapando no fim da rua. Alguns de nós desceram e descobriram que o homem estava mesmo morto, com o crânio quebrado com um pedaço de cano de chumbo. Lembro da cor de seu sangue, curiosamente roxo, como o vinho; ainda estava nos paralelepípedos quando voltei para casa naquela noite, e disseram que as crianças da escola tinham andado quilômetros para vê-lo. Mas o que mais me impressiona ao olhar para trás é que, três minutos depois do assassinato, eu estava dormindo em minha cama. O mesmo pode ser afirmado sobre as outras pessoas da minha rua; apenas confirmamos se o homem estava mesmo morto e voltamos para a cama. Éramos trabalhadores, por que perderíamos nossas horas de sono por causa de um assassinato?

Trabalhar no hotel me ensinou o verdadeiro valor do sono, assim como a fome me ensinou o verdadeiro valor da comida. Dormir deixou de ser uma mera necessidade física; era algo voluptuoso, mais libertinagem do que alívio. Não me incomodava mais com os insetos. Mario me ensinou um bom remédio para eles: a pimenta, espalhada nos lençóis. Fazia-me espirrar, mas os insetos a odiavam e se mudaram para outros quartos.

CAPÍTULO 17

Com trinta francos por semana para gastar em bebida, eu podia participar da vida social do quarteirão. Tínhamos algumas noites alegres nos sábados, no pequeno bistrô aos pés do Hôtel des Trois Moineaux.

O salão do piso de tijolo, de menos de cinco metros quadrados, estava lotado com vinte pessoas, e o ar estava pesado pela fumaça. O barulho era ensurdecedor, já que todos falavam o mais alto possível ou cantavam. Às vezes, era só uma confusão tumultuosa de vozes; às vezes, todos começavam a cantar a mesma música — a "Marselhesa", ou "A Internacional", ou "Madelon", ou "Les Fraises et les Framboises". Azaya, uma jovem camponesa robusta que trabalhava catorze horas por dia em uma fábrica de vidro, cantou uma música a respeito de "*Il a perdu ses pantalons, tout en dansant le Charleston*[78]". Sua amiga, Marinette, uma menina córsica morena e magra, de virtude obstinada, amarrava os joelhos um ao outro e dançava a *danse du ventre*. O velho casal Rougier deambulava de dentro para fora, mendigando por bebidas e tentando contar

78 "Ele perdeu as calças dançando o Charleston", em francês no original. (N.E.)

uma história longa e enrolada a respeito de alguém que, certa vez, enganara-os a respeito de uma armação de cama. R., cadavérico e silencioso, sentava-se em seu canto, enchendo a cara em silêncio. Charlie, bêbado, meio dançava, meio cambaleava de um lado para o outro com seu copo de absinto falso equilibrado em uma mão roliça, beliscando os seios das mulheres e declamando poesia. As pessoas jogavam dardos e dados por drinques. Manuel, um espanhol, arrastava as garotas para o bar e sacudia o copo de dados nas barrigas delas para dar sorte. Madame F. ficava no bar, servindo *chopines* de vinho rapidamente com o funil de peltre, com um pano molhado sempre à disposição, já que todos os homens da sala tentavam possuí-la. Duas crianças, bastardos do grande Louis, o pedreiro, sentavam-se em um canto, compartilhando um copo de *sirop*[79]. Todos estavam muito felizes, inundados da sensação de que o mundo era um lugar bom, e nós, um grupo notável de indivíduos.

Por uma hora, o barulho mal abaixava. Daí, à meia-noite, havia um grito cortante de "*Citoyens*[80]!" e o barulho de uma cadeira caindo. Um operário loiro de cara vermelha tinha ficado de pé e estava batendo uma garrafa contra a mesa. Todos pararam de cantar; começaram a murmurar "*Shh!* Furex está começando!". Furex era uma criatura estranha, um canteiro limosino que trabalhava bem toda a semana e enchia a cara até ter uma espécie de paroxismo aos sábados. Ele tinha perdido a memória e não conseguia se lembrar de nada anterior à guerra, e teria se arruinado na bebedeira se a Madame F. não tivesse cuidado dele. Aos sábados, por volta das cinco, ela diria a alguém: "Segure Furex antes de ele gastar todo o seu salário" e, quando o segurávamos, ela lhe tirava o dinheiro, deixando só a quantidade necessária

79 "Xarope", em francês no original. (N.E.)

80 "Cidadãos", em francês no original. (N.E.)

para um bom drinque. Em determinada semana, ele escapou e, rolando, ébrio, na Place Monge, foi atropelado por um carro e ficou seriamente ferido.

A coisa bizarra a respeito de Furex é que, apesar de ser comunista quando sóbrio, ficava violentamente patriota quando bêbado. Ele começava a tarde com bons princípios comunistas, mas depois de quatro ou cinco litros, ele era um chauvinista desenfreado, denunciava espiões, desafiava estrangeiros a lutarem e, se não fosse parado, jogava garrafas. Era a essa altura que ele fazia seu discurso — ele proferia um discurso patriota todo sábado à noite. O discurso era sempre o mesmo, palavra por palavra. Dizia:

— Cidadãos da República, ainda tem algum francês aqui? Se houver algum francês aqui, me ergo para lembrá-los; para lembrar, de fato, os dias gloriosos da guerra. Quando nos voltamos para aquela época de camaradagem e heroísmo, olhamos, de fato, aquela época de camaradagem e heroísmo. Quando nos lembramos dos heróis já mortos, lembramos, de fato, os heróis já mortos. Cidadãos da República, eu fui ferido em Verdun...

Aqui, ele retirava parte da roupa para mostrar a ferida que sofreu em Verdun. Ouviam-se gritos e aplausos. Para nós, nada no mundo era mais hilário do que o discurso de Furex. Ele era um espetáculo conhecido no quarteirão; as pessoas costumavam vir de outros bistrôs para assistir aos seus surtos, quando começavam.

Todos conspiravam para atiçar Furex. Com uma piscadela aos outros, alguém pedia por silêncio, e pediam que cantasse a "Marselhesa". Ele a cantava bem, com uma bela voz de baixo, com ruídos patrióticos e gorgolejantes no fundo do peito ao chegar na parte de "*Aux arrmes, citoyens! Forrmez vos bataillons*[81]*!*". Lágrimas de verdade corriam por suas bochechas; Furex estava bêbado demais para ver que todos riam dele. Então, antes de terminar, dois

81 "Às arrmas, cidadãos! Forrmem seus batalhões", em francês no original. (N.E.)

fortes operários agarravam seus braços e o seguravam, enquanto Azaya gritava "*Vive l'Allemagne*!" fora do alcance dele. A cara de Furex ficava roxa diante de tamanha infâmia. Todo mundo no bistrô começava a gritar ao mesmo tempo: "*Vive l'Allemagne! À bas la France!*[82]" enquanto Furex lutava em sua tentativa de alcançá-los. Mas, do nada, ele arruinava a diversão. Seu rosto ficava pálido e dolorido, seus membros amoleciam e, antes que alguém o parasse, ele vomitava na mesa. Madame F., então, erguia-o como se fosse um saco e o levava para a cama. Reaparecia na manhã seguinte, quieto e civilizado, e comprava uma cópia do *L'Humanité*.

Limpávamos a mesa com um pano, Madame F. trazia mais vinho e pão, e aí começávamos a beber de verdade. Havia mais música. Um cantor itinerante vinha com seu banjo e tocava por moedas de cinco soldos. Um árabe e uma menina do bistrô do outro lado da rua fizeram uma dança, com o homem segurando um falo de madeira pintada do tamanho de um rolo de abrir massa. Havia intervalos entre o barulho. As pessoas começavam a falar de seus casos de amor, da guerra, da pesca de barbilho no Sena, da melhor forma de *faire la révolution*[83], e contavam histórias. Charlie, sóbrio mais uma vez, capturou a conversa e falou sobre a própria alma por cinco minutos. As portas e janelas estavam abertas para refrescar a sala. A rua se esvaziava e, à distância, era possível ouvir o trem solitário transportando leite e retumbando no Boulevard St. Michel. O ar frio se chocava contra nossas testas, e o vinho barato africano continuava bom; ainda estávamos felizes, mas meditativos, já que a gritaria e o clima divertido haviam acabado.

À uma da manhã, ninguém mais estava feliz. Sentíamos a alegria noturna se esvair, e pedíamos mais garrafas secamente, mas Madame F. agora diluía o vinho em água, e já não tinha mais o

82 "Viva a Alemanha! Abaixo a França!", em francês no original. (N.E.)

83 "Fazer a revolução", em francês no original. (N.E.)

mesmo sabor. Os homens estavam briguentos. As meninas eram beijadas com violência, e seus decotes eram invadidos, e elas saíam de lá antes que algo pior acontecesse. O grande Louis, o canteiro, estava bêbado, e rastejava pelo chão, latindo e fingindo ser um cão. Os outros se cansaram dele, chutando-o enquanto ele passava. As pessoas se agarravam pelo braço e davam início a confissões tortuosas, e ficavam com raiva se os outros não lhes prestavam atenção. A multidão diminuiu. Manuel e outro homem, ambos apostadores, foram ao bistrô árabe, onde os jogos de cartas continuavam até o amanhecer. Do nada, Charlie pediu trinta francos emprestados para Madame F. e desapareceu, provavelmente indo a algum bordel. Homens começavam a esvaziar os copos, dizer "*Sieurs, dames*[84]!" e ir para a cama.

À uma e meia, a última gota de prazer evaporara, deixando apenas dores de cabeça. Percebemos que não éramos os habitantes esplendorosos de um mundo esplendoroso, mas um grupo de operários mal pagos, esquálida e abismalmente bêbados. Continuamos a tomar vinho, mas só por força do hábito, e a bebida começava a nos nausear. A cabeça inchava como a de um balão, o chão balançava, a língua e os lábios estavam manchados de roxo. Enfim, não havia mais motivo para continuar. Vários homens iam ao pátio atrás do bistrô e vomitavam. Rastejávamos até a cama, cambaleávamos, semivestidos, e permanecíamos dez horas lá.

A maior parte dos meus sábados era assim. Ao todo, as duas horas onde éramos perfeita e loucamente felizes pareciam fazer valer a dor na cabeça que as seguia. Para muitos homens do quarteirão, solteiros e sem futuro para planejar, os porres da semana faziam a vida valer a pena.

---

84 "Senhores, senhoras", em francês no original. (N.E.)

CAPÍTULO 18

Em um dos sábados à noite, Charlie nos contou uma história interessante no bistrô. Tente imaginá-lo — bêbado, mas sóbrio o suficiente para conseguir falar consecutivamente. Ele bate no bar de zinco e grita por silêncio:

— Silêncio, *messieurs et dames*! Silêncio, eu lhes imploro! Ouçam esta história que vou lhes contar agora. Uma história memorável, instrutiva, um dos suvenires de uma vida refinada e civilizada. Silêncio, *messieurs et dames*!

"Aconteceu quando eu estava duro. Sabem como é — como é execrável, que um homem de berço jamais esteja em tal condição. Meu dinheiro não vinha de casa; penhorei tudo, e não havia nada aberto para mim além do trabalho, que é algo que me recuso a fazer. Eu estava morando com uma moça na época — ela se chamava Yvonne —, uma camponesa grandona e meio estúpida como a Azaya logo ali, com cabelo amarelo e pernas gordas. Nós dois passamos três dias sem comer. *Mon Dieu*, que sofrimento! A menina costumava ir de um lado para o outro do quarto com as mãos na barriga, uivando como um cachorro e dizendo que estava morrendo de fome. Era terrível.

"Mas, para um homem de inteligência, nada é impossível. Propus a mim mesmo a seguinte questão: 'Qual é a melhor forma de ganhar dinheiro sem trabalhar?'. A resposta veio de imediato. 'Para conseguir dinheiro fácil, é preciso ser mulher. Toda mulher tem algo a vender, não é mesmo?'. E, então, conforme eu estava deitado, refletindo sobre as coisas que eu faria se fosse mulher, uma ideia passou por minha cabeça. Lembrei-me dos hospitais de maternidade do governo — sabem a respeito dos hospitais de maternidade do governo? São locais onde mulheres que estão *enceinte*[85] ganham refeições de graça, sem serem questionadas. Isso é feito para incentivar a natalidade. Qualquer mulher pode ir lá e pedir por comida, e ela ganha um prato imediatamente.

"'*Mon Dieu*!', pensei. 'Se eu fosse uma mulher! Comeria em um lugar assim todos os dias. Quem é que vai saber se uma mulher está *enceinte* ou não, sem examiná-la?

"Virei-me para Yvonne.

"'Pare de choramingar, é insuportável', eu a repreendi. 'Pensei em uma forma de conseguir comida.'

"'Como?', ela perguntou.

"'Simples', falei. 'Vá ao hospital de maternidade do governo. Diga a eles que está *enceinte* e peça comida. Eles vão lhe dar, sem fazer perguntas.'

"Yvonne ficou horrorizada.

"'*Mais mon Dieu*', ela exclamou. 'Não estou *enceinte*!'

"'Quem se importa?', falei. 'Isso é facilmente resolvido. Do que precisa, além de uma almofada ou duas? Tive essa ideia por inspiração do céu, *ma chère*. Não a desperdice.'

85 "Grávidas", em francês no original. (N.E.)

"Bem, consegui convencê-la, afinal de contas. Conseguimos uma almofada emprestada e eu a arrumei e a levei para o hospital de maternidade. Eles a receberam de braços abertos. Deram sopa de repolho, ragu de filé, purê de batatas, pão, queijo e cerveja, e todo tipo de conselho a respeito de seu bebê. Yvonne encheu o bucho até quase explodir, e conseguiu colocar um pouco de pão e queijo no bolso para mim. Levei-a lá todos os dias, até ter dinheiro de novo. Minha inteligência nos salvou.

"Deu tudo certo até um ano depois. Eu estava com Yvonne de novo e, um dia, estávamos andando no Boulevard Port Royal, perto do quartel. De repente, a boca de Yvonne se abriu, e ela começou a ficar vermelha, branca e vermelha mais uma vez.

"'*Mon Dieu*!', ela exclamou. 'Olhe quem está vindo! É a enfermeira encarregada do hospital de maternidade! Estou acabada!'

"'Rápido!', eu disse. 'Corra!'

"Mas era tarde demais. A enfermeira reconheceu Yvonne, e ela veio até nós, sorrindo. Era uma mulher grande e gorda com um pincenê dourado e bochechas vermelhas como uma maçã. O tipo de mulher intrometida e maternal.

"'Espero que esteja bem, *ma petite*?', ela disse, gentil. 'E seu bebê, ele também está bem? Era um menino, como você queria?'

"Yvonne começou a tremer tanto que precisei agarrar seu braço.

"'Não', falou, afinal.

"'Ah, então, *évidemment*, era uma menina?'

"Então Yvonne, a idiota, perdeu a cabeça.

"'Não!', ela realmente repetiu!

"A enfermeira ficou pasma.

"'*Comment*[86]!', exclamou ela. 'Nem menino nem menina! Como pode ser?'

86 "Como?!", em francês no original. (N.E.)

"Imaginem só, *messieurs et dames*, era um momento perigoso. Yvonne ficou da cor de uma beterraba e parecia prestes a se debulhar em lágrimas; só mais um segundo e ela teria confessado tudo. Só Deus sabe o que poderia acontecer. Mas eu mantive a cabeça no lugar; dei um passo à frente e salvei a situação.

"'Gêmeos', falei calmamente.

"'Gêmeos!', exclamou a enfermeira. E ela estava tão contente que pegou Yvonne pelos ombros e a beijou nas bochechas, em público.

"'Sim, gêmeos…'"

CAPÍTULO 19

Um dia, quando já estávamos trabalhando no Hôtel X há cinco ou seis semanas, Boris desapareceu sem aviso. À noite, encontrei-o à minha espera na Rue de Rivoli. Ele me deu um tapinha amigável no ombro.

— Enfim livres, *mon ami*! Pode avisá-los na primeira hora. O Auberge abre amanhã.

— Amanhã?

— Bem, é possível que precise de um dia ou dois para tudo ficar arrumado. Mas, de qualquer forma, adeus, *cafeterie*! *Nous sommes lancés*[87], *mon ami*! Já tirei minha casaca do penhor.

O modo dele era tão alegre que eu sabia que havia algo de errado, e não queria abandonar meu emprego seguro e confortável no hotel. Eu havia prometido a Boris, porém, então os avisei na manhã seguinte e fui ao Auberge de Jehan Cottard às sete da manhã. Estava trancado, e eu fui procurar Boris, que mais uma vez tinha escapado de seu alojamento, e estava ficando em um quarto na Rue de la Croix Nivert. Eu o encontrei dormindo com

87 "Nós estamos lançados", em francês no original. (N.E.)

uma moça com quem ele saíra na noite anterior e que, segundo ele, "tinha um temperamento bastante afável". Quanto ao restaurante, ele alegou que tudo estava arranjado; só havia mais alguns detalhes a serem finalizados antes de abrir.

Às dez, consegui tirar Boris da cama, e destrancamos o restaurante. De cara, vi o que "só alguns detalhes" significava. Em poucas palavras: a água e a eletricidade não estavam ligadas, e o local precisava ser pintado, polido e reformado. Nada além de um milagre abriria o restaurante no período de dez dias e, pela cara, tudo poderia vir abaixo mesmo sem abrir. Era óbvio o que tinha acontecido. O *patron* estava sem dinheiro, e tinha contratado a equipe (havia quatro de nós) para nos usar como operários. Ele teria nossos serviços quase de graça, já que garçons não ganham salário, e apesar de ter de me pagar, não me alimentaria até o restaurante abrir. Ou seja, ele nos passara a perna e fizera perder várias centenas de francos ao nos chamar antes da abertura. Nós tínhamos perdido um bom emprego por nada.

Boris, por outro lado, estava otimista. Ele tinha uma única ideia na cabeça: que aqui, enfim, estava a sua chance de voltar a ser garçom e vestir casaca mais uma vez. Por isso, ele estava disposto a trabalhar de graça por dez dias, mesmo se isso possivelmente significasse o desemprego.

— Paciência! — ele repetia. — As coisas vão se ajustar sozinhas. Espere até o restaurante abrir, e vamos conseguir tudo de novo. Paciência, *mon ami*!

Precisávamos ter paciência, já que dias se passaram e o restaurante não dava sinal de progresso. Limpamos os porões, arrumamos os armários, envernizamos as paredes, polimos as madeiras, caiamos o teto, pintamos o chão; mas o principal, que eram os encanamentos, o gás e a eletricidade, ainda não estavas arrumados porque o *patron* não podia pagar as contas. Era evidente que não dispunha de um tostão, já que recusava até as menores cobranças, e ele tinha um truque de desaparecer rapidamente assim que alguém pedia dinheiro. A mistura de comportamento volúvel e aristocrático o tornavam alguém muito difícil de se lidar. Credores melancólicos o procuravam a todas as horas, e fomos instruídos a sempre lhes dizer que o *patron* estava em Fontainebleau ou Saint Cloud, ou em algum lugar distante o suficiente. Nesse meio-tempo, eu estava cada vez mais faminto. Parti do hotel com trinta francos e tive de voltar imediatamente à dieta de pão seco. No começo, Boris conseguiu tirar do *patron* um adiantamento de sessenta francos, mas ele gastou metade disso arrumando o uniforme de garçom e a outra metade na menina de temperamento afável. Ele pediu emprestado três francos por dia de Jules, o segundo garçom, e gastava esse dinheiro em pão. Havia dias em que não conseguíamos nem mesmo comprar tabaco.

Às vezes, a cozinheira passava lá para ver como estava a situação e, quando via a cozinha praticamente nua de panelas e frigideiras, ela chorava. Jules, o segundo garçom, se recusava a ajudar com o trabalho. Ele era húngaro, um sujeitinho tenebroso de traços finos e óculos, e era tagarela; fora estudante de medicina, mas abandonara a formação por falta de dinheiro. Gostava de falar enquanto os outros trabalhavam, e me contava tudo a respeito de si mesmo e suas ideias. Parece que era comunista e tinha várias teorias estranhas (ele conseguia provar com números que trabalhar era errado) e era, como todos os húngaros, apaixonadamente orgulhoso. Homens orgulhosos e preguiçosos não são bons garçons. Jules contava vantagem de, certa vez, depois de um cliente insultá-lo em um restaurante, ter derramado sopa quente por dentro do colarinho do cliente, e então sair sem sequer esperar a demissão.

A cada dia que passava, Jules se enraivecia mais com a pilantragem do *patron*. Ele tinha uma maneira gaguejante, retórica de falar. Costumava andar de um lado para o outro sacudindo o punho fechado, tentando me convencer a não trabalhar:

— Abaixe essa escova, seu tolo! Eu e você somos partes de raças altivas; não trabalhamos sem receber algo em troca, como esses malditos russos servis! Vou lhe dizer: ser enganado assim é tortura para mim. Houve vezes em minha vida, nas quais me roubaram apenas cinco soldos, e vomitei... Sim, vomitei de raiva.

"Além do mais, *mon vieux*[88], não esqueça que sou comunista. *À bas la bourgeoisie*[89]! Existe algum homem vivo que tenha me visto trabalhar quando pude evitar? Não. E não só me recuso a me cansar trabalhando, como vocês, tolos, mas também roubo, para mostrar minha independência. Certa vez, o *patron* de um restaurante achou que poderia me tratar que nem um cão. Bem, como vingança, descobri um jeito de roubar leite das latas de leite e as selar novamente, para ninguém notar. Vou lhe dizer, eu enchia a cara com aquele leite da manhã até a noite. Bebia quatro litros de leite todos os dias, além de meio litro de creme. O *patron* estava ficando louco, tentando entender onde o leite ia parar. Não é que eu quisesse tomar leite, entende, porque eu odiava aquele negócio; era por princípio, apenas por princípio.

"Bem, depois de três dias, comecei a sentir dores de barriga terríveis e fui ao médico.

"'O que anda comendo?', ele indagou.

"'Bebo quatro litros de leite por dia e meio litro de creme.'

"'Quatro litros!', ele exclamou. 'Então pare imediatamente. Vai explodir se continuar assim.'

"'E eu me importo?', falei. 'Para mim, meus princípios são tudo. Vou continuar bebendo aquele leite mesmo se eu explodir.'

"Bem, no dia seguinte, o *patron* me pegou roubando leite.

88 "Meu velho", em francês no original. (N.E.)

89 "Abaixo a burguesia", em francês no original. (N.E.)

"'Está demitido', ele disse. 'Vai embora daqui no fim da semana.'

"'*Pardon, monsieur*', falei. 'Vou embora agora de manhã, mesmo.'

"'Não vai, não', ele disse. 'Preciso dos seus serviços até sábado.'

"*Muito bem,* mon patron, pensei. *Vamos ver quem desiste primeiro*. E, então, comecei a quebrar a louça. Quebrei nove pratos no primeiro dia, treze no segundo; depois disso, o *patron* ficou feliz em nunca mais me ver."

— Ah, não sou um de seus *moujiks* russos...

Dez dias se passaram. Foi uma época muito ruim. Eu quase não tinha mais dinheiro, e meu aluguel estava bem atrasado. Vadiamos no restaurante abismalmente vazio, famintos demais para continuar trabalhando nas tarefas remanescentes. Boris era o único a acreditar que o restaurante abriria. Ele havia decidido ser *maître d'hôtel*, e inventou uma teoria de que o dinheiro do *patron* havia sido investido em ações, e ele estava esperando um momento favorável para vendê-las. No décimo dia, eu não tinha nada para comer ou fumar, e disse ao *patron* que não podia mais continuar trabalhando sem um adiantamento do meu salário. Da mesma maneira insossa de sempre, o *patron* prometeu o adiantamento e, como fazia habitualmente, desapareceu. Andei parte do caminho de volta para casa, mas não sentia que poderia ver Madame F. e discutir sobre o aluguel, então passei a noite no banco de um bulevar. Foi muito desconfortável — o braço do banco machuca as costas — e muito mais frio do que eu esperava. Havia muito tempo, entre as horas entediantes entre o amanhecer e o trabalho, para pensar como eu fora um tolo de me entregar nas mãos desses russos.

Na manhã seguinte, a sorte mudou. Era evidente que o *patron* fizera um acordo com os credores, já que chegou com dinheiro nos bolsos, acatou as reformas e me deu um adiantamento. Boris e eu compramos macarrão e um pedaço de fígado de cavalo, e comemos nossa primeira refeição quente em dez dias.

Os operários vieram e as reformas foram feitas, de modo rápido e com incrível desleixo. As mesas, por exemplo, deviam ter sido cobertas de baeta, mas, quando o *patron* descobriu que a baeta é cara, ele comprou, em vez disso, cobertores usados do exército, impregnados de um fedor incorrigível de suor. As toalhas de mesa (elas eram xadrez, para combinar com a decoração "*Normand*") os cobririam, é claro. Na última noite, precisávamos trabalhar até as duas da manhã, deixando tudo pronto. As louças só chegaram às oito horas e, como eram novas, precisavam ser lavadas. Os talheres só chegaram na manhã seguinte, assim como os guardanapos de linho, então tivemos de secar a louça com uma camisa do *patron* e uma fronha de travesseiro do zelador. Boris e eu fizemos o trabalho inteiro. Jules estava amuado, o *patron* e sua esposa estavam sentados no bar com um credor e alguns amigos russos, brindando ao sucesso do restaurante. A cozinheira estava na cozinha com a cabeça apoiada na mesa, chorando, já que precisaria cozinhar para cinquenta pessoas, e não havia panelas suficientes para preparar uma refeição para dez clientes. Lá pela meia-noite, houve um encontro assustador com alguns credores, que vieram pegar oito caçarolas de cobre que o *patron* conseguiu comprar a crédito. Eles foram comprados com meia garrafa de conhaque.

Jules e eu perdemos o último *Métro* e tivemos de dormir no chão do restaurante. A primeira coisa que vimos ao acordar foram dois ratos enormes na mesa da cozinha, comendo um presunto deixado lá. Parecia um mau presságio, e tive mais certeza do que nunca de que o Auberge de Jehan Cottard seria um fracasso.

CAPÍTULO 20

O *patron* me contratara como *plongeur* da cozinha, ou seja, meu trabalho era lavar louça, manter a cozinha limpa, preparar vegetais, preparar chá, café e sanduíches, cozinhar pratos simples e fazer alguns serviços menores. O acordo era, como sempre, receber quinhentos francos por mês e comida, mas eu não tinha dias livres ou horário fixo de trabalho. No Hôtel X, eu vira o melhor de um restaurante, com dinheiro irrestrito e gerência de qualidade. Agora, no Auberge, aprendi como são feitas as coisas em um restaurante ruim. Vale a descrição, já que existem centenas de restaurantes parecidos em Paris, e visitantes sempre comem em algum deles, ocasionalmente.

Devo acrescentar, aliás, que o Auberge não era o tipo de estabelecimento barato frequentado por estudantes e operários. Não oferecíamos uma refeição adequada por menos de vinte e cinco francos, e éramos vistos como um local pitoresco e artístico, o que aumentava o valor social do restaurante. Havia ilustrações indecentes no bar, e a decoração normanda — vigas falsas nas paredes, lâmpadas elétricas em castiçais, louça "camponesa" e até mesmo um bloco de montagem perto da porta —, o *patron* e o chefe dos garçons eram oficiais russos, e muitos dos clientes ajudavam refugiados russos. Enfim, éramos considerados *chic*, definitivamente.

Mesmo assim, a situação atrás da porta da cozinha era adequada para um chiqueiro. Assim eram nossos arranjos de serviço.

O tamanho da cozinha era de quatro metros e meio de comprimento e dois metros e meio de largura, com fogões e mesas ocupando metade desse espaço. Todas as panelas precisavam ser mantidas em armários difíceis de alcançar, e só havia espaço para uma única lixeira. A lixeira costumava ficar cheia lá pelo meio-dia, e o chão ficava coberto de um composto de comida pisoteada.

Só tínhamos três fogões a gás, sem fornos, e todas as peças de carne precisavam ser enviadas para assar na padaria.

Não havia despensa. Nosso substituto era um barraco semicoberto no pátio, com uma árvore crescendo bem no meio. A carne, os vegetais e tudo o mais ficavam lá, na terra, atacados por ratos e gatos.

Não havia instalação de água quente. A água usada para lavar louça precisava ser aquecida em panelas e, como não havia espaço para essas panelas nos fogões enquanto cozinhávamos, a maior parte dos pratos precisava ser lavada em água fria. Isto, junto do sabão em pasta e a água dura de Paris, significava que precisávamos tirar a gordura dos pratos com pedaços de jornal.

Dispúnhamos de tão poucas caçarolas que eu precisava lavar uma tão logo era usada, em vez de deixá-las de lado até a tarde. Só isso provavelmente gastava uma hora por dia.

Graças a alguma gambiarra para baixar os custos da instalação, as luzes elétricas costumavam pifar às oito da noite. O *patron* só permitia três velas na cozinha, e a cozinheira dizia que três era o número do azar, então só acendíamos duas.

Nosso moedor de café fora emprestado por um bistrô ali perto, e nossa lixeira e vassouras foram emprestadas pelo zelador. Após a primeira semana, uma quantidade considerável de guardanapos de linho não voltaram da lavanderia, já que a conta não foi paga. Estávamos com problemas com o fiscal de trabalho, que descobrira que a equipe não incluía nenhum funcionário francês; ele encontrou o *patron* em privado várias vezes e, acredito eu, o *patron* foi obrigado a suborná-lo. A companhia elétrica ainda nos cobrava e, quando os credores descobriram que os compraríamos com *apéritifs*, começaram a vir todas as manhãs. Tínhamos dívidas no armazém e teríamos perdido o crédito se a esposa do dono (uma mulher bigoduda de sessenta anos) não tivesse se encantando com Jules, que era enviado lá todas as manhãs para persuadi-la. Da mesma maneira, eu precisava gastar uma hora todos os dias pechinchando vegetais na Rue du Commerce, só para economizar alguns *centimes*.

Estes são os resultados de se abrir um restaurante sem capital suficiente. E eram tais as condições em que era esperado que a cozinheira e eu servíssemos trinta ou quarenta pratos por dia e, mais tarde, cem. Era demais para nós desde o primeiro dia. As horas de trabalho da cozinheira iam das oito da manhã até a meia-noite, e as minhas iam das sete da manhã até meia-noite e meia — dezessete horas e meia, quase sem descanso. Até as cinco da tarde, nunca tínhamos tempo para sentar e, mesmo assim, não havia local para sentar além da lixeira. Boris, que morava perto e não precisava pegar o último metrô para voltar para casa, trabalhava das oito da manhã até as duas da madrugada — dezoito horas por dia, sete dias por semana. Estes horários, apesar de incomuns, não são extraordinários em Paris.

A vida se assentou em uma rotina que fazia o Hôtel X parecer férias. Todas as manhãs, às seis, eu me tirava da cama, não fazia a barba, às vezes me lavava, me apressava a chegar à Place d'Italie e brigava por um lugar no metrô. Às sete, eu chegava na cozinha gelada, imunda e desoladora, com cascas de batata, ossos e espinhas de peixe entulhando o chão, e uma pilha de pratos, grudados uns aos outros por causa da oleosidade, esperando desde a noite anterior. Eu não podia começar a lavar a louça porque a água estava fria e eu precisava pegar o leite e fazer café, já que os outros chegavam às oito da manhã e esperavam ter café pronto. Além disso, havia várias caçarolas de cobre para lavar. Essas caçarolas de cobre são a maldição de um *plongeur*. Elas precisam ser esfregadas com areia e esponjas de aço, por dez minutos cada, e então polidas com Brasso. Felizmente, a arte de produzir essas caçarolas foi perdida, e estão sumindo de modo gradual das cozinhas francesas, apesar de ainda ser possível comprar caçarolas usadas.

Quando eu começava a lavar os pratos, a cozinheira me mandava descascar cebolas, e quando eu começava as descascá-las, o *patron* chegava e me mandava comprar repolhos. Quando eu retornava com os repolhos, a esposa do *patron* me dizia para ir a uma loja a quase um quilômetro dali para comprar um pote de ruge; quando eu estava de volta, havia mais vegetais aguardando por mim, e os pratos ainda por lavar. Desta forma, nossa incompetência empilhava uma tarefa na outra durante o dia, tudo em um grande atraso.

Até as dez, as coisas eram fáceis em comparação com o que viria depois, e, apesar de trabalharmos rápido, ninguém perdia a cabeça. A cozinheira achava tempo para falar de sua natureza artística, e perguntar se eu não achava Tolstói *épatant*[90], cantando com uma bela voz de soprano enquanto picava carne na tábua. Mas, às dez, os garçons começavam a clamar por seu almoço, pois comiam cedo e, às onze, os primeiros clientes começavam

---

90 "Admirável", em francês no original. (N.E.)

a chegar. De repente, tudo virava pressa e mau humor. Não era o mesmo tipo de pressa furiosa e a gritaria do Hôtel X, mas uma atmosfera de confusão, birra maldosa e exasperação. O motivo era o desconforto. A cozinha era insuportavelmente atolada, e precisávamos deixar a louça no chão, então estávamos constantemente tomando cuidado para não pisar nos pratos. As nádegas vastas da cozinheira batiam contra mim enquanto ela se movia de lá para cá. Um coro incessante e irritante de ordens vinha dela:

— Seu grande idiota! Quantas vezes preciso dizer para não drenar as beterrabas? Rápido, me deixe chegar até a pia! Deixe essas facas de lado; comece as batatas. O que você fez com o meu escorredor? Ah, deixe essas batatas em paz. Não disse para você drenar o *bouillon*? Tire essa lata de água do fogão. Deixe a lavagem para lá, pique este aipo. Não, não assim, seu tolo, *assim*. Aqui! Olhe para você, deixando essas ervilhas transbordarem! Agora vá trabalhar e descame estes arenques. Você chama esse prato de limpo? Limpe-o no avental. Coloque essa salada no chão. Isso, coloque bem onde eu posso pisar! Cuidado, aquela panela está transbordando! Pegue aquela caçarola para mim. Não, a outra. Coloque isto na grelha. Jogue essas batatas fora. Não perca tempo, jogue-as no chão. Pise nelas. Agora jogue um pouco de serragem; este chão está parecendo uma pista de patinação. Olhe, seu tolo, o filé está queimando! *Mon Dieu*, por que eles me mandaram esse idiota como *plongeur*? Com quem está falando? Sabe que minha tia era uma condessa russa?

Etc. etc. etc.

Isso continuava até as três da tarde sem muita variação, exceto que, às onze, a cozinheira costumava ter uma *crise de nerfs*[91] e se debulhava em lágrimas. Das três às cinco, os garçons tinham bastante tempo livre, mas a cozinheira continuava ocupada, e eu

91 "Crise de nervos", em francês no original. (N.E.)

trabalhava o mais rápido que conseguia, já que pilhas de pratos sujos aguardavam por mim, e era uma corrida para acabar a lavagem, ou quase acabar, antes do início do jantar. O tempo de lavagem era dobrado pelas condições primitivas — uma tábua de escorrer lotada, água morna, panos de prato encharcados, e uma pia que entupia de hora em hora. Às cinco, a cozinheira e eu mal nos aguentávamos de pé, sem comer ou sentar desde as sete. Costumávamos despencar, ela na lixeira e eu no chão, beber uma garrafa de cerveja e pedir desculpas por algumas das coisas que havíamos dito durante a manhã. O que nos fazia continuar era o chá. Tomávamos cuidado de sempre ter uma chaleira no fogo, e bebíamos litros durante o dia.

Às cinco e meia, a pressa e as brigas voltavam, mas agora piores do que antes, já que estávamos todos exaustos. A cozinheira tinha outra *crise de nerfs* às seis e mais uma às nove; elas aconteciam de maneira tão regular que era fácil de saber a hora só por isso. Ela caía sentada na lixeira, chorava histericamente e lamentava que nunca, não, nunca imaginara que levaria uma vida assim; que os nervos dela não aguentariam; que ela estudara música em Viena; que tinha um marido acamado para cuidar; etc. etc. Em outras ocasiões, seria possível sentir pena dela, mas, como estávamos todos cansados, a voz dela choramingando nos deixava meramente furiosos. Jules costumava ficar na porta e imitá-la chorando. A esposa do *patron* enchia o saco, Boris e Jules brigavam o dia inteiro, já que Jules ficava fugindo do trabalho, e Boris, como o chefe dos garçons, queria a maior parte das gorjetas. Já no segundo dia após a abertura do restaurante, eles caíram na porrada por uma gorjeta de dois francos, e a cozinheira e eu precisamos apartá-los. A única pessoa que nunca se esquecia das boas maneiras era o *patron*. Ele cumpria o mesmo número de horas que nós, mas não fazia nada, já que era sua esposa que de fato cuidava das coisas.

Seu único trabalho, além de encomendar suprimentos, era ficar no bar fumando cigarros e parecendo um cavalheiro, tarefa que ele cumpria à perfeição.

A cozinheira e eu costumávamos achar tempo para jantar entre as dez e as onze da noite. À meia-noite, a cozinheira roubava um pacote de comida para o marido, enfiava-o debaixo das roupas, e ia embora, choramingando que esses horários a matariam e ela iria embora na manhã seguinte. Jules também partia à meia-noite, em geral depois de brigar com Boris, que precisava cuidar do bar até as duas da manhã. Entre a meia-noite e a meia hora seguinte, eu tentava concluir a lavagem. Não havia tempo para limpar tudo direito, então só tirava a oleosidade dos pratos com guardanapos. Quanto à sujeira do chão, eu a deixava lá, ou varria a pior parte para baixo dos fogões, fora de nosso campo de visão.

À meia-noite e meia, eu vestia meu casaco e corria para ir embora. O *patron*, insosso como sempre, parava-me enquanto eu caminhava no beco ao lado do bar.

— *Mais, mon cher monsieur*, como parece cansado! Faça-me o favor de aceitar esse copo de conhaque.

Ele me entregava um copo de conhaque, de maneira tão cortês, que eu parecia um duque russo, e não um *plongeur*. Ele tratava todos nós da mesma maneira. Era nossa compensação por trabalhar dezessete horas por dia.

O último metrô estava sempre praticamente vazio — uma grande vantagem, já que era possível sentar e dormir por quinze minutos. Eu costumava ir para a cama à uma e meia da manhã. Às vezes, eu perdia o metrô e dormia no chão do restaurante, mas não importava, já que eu poderia ter dormido em paralelepípedos naquela época.

CAPÍTULO 21

Esta vida continuou por duas semanas, com leve aumento no trabalho ao passo que mais clientes vinham ao restaurante. Eu poderia ter economizado uma hora por dia se tivesse me mudado para um quarto perto do restaurante, mas parecia impossível achar tempo para mudar de alojamento — ou para cortar o cabelo, ler jornal, até mesmo ficar nu por completo. Depois de dez dias, consegui encontrar quinze minutos livres e mandei uma carta ao meu amigo B., de Londres, perguntando se ele poderia conseguir para mim algum emprego — qualquer coisa, contanto que eu pudesse dormir mais de cinco horas por noite. Eu simplesmente não conseguia aguentar dezessete horas por dia, apesar de muita gente conseguir. Uma boa cura para aqueles momentos em que sentimos pena de nós mesmos quando estamos sobrecarregados é pensar nas milhares de pessoas em restaurantes de Paris que trabalham essa quantidade de horas, e vão continuar trabalhando, não por semanas, mas por anos. Havia uma garota no bistrô perto de meu hotel que trabalhou das sete da manhã até a meia-noite por um ano inteiro, sentando apenas para comer. Eu me lembro de convidá-la para dançar uma vez, e ela riu, dizendo que não tinha ido mais longe do que a esquina da rua por muitos meses. Ela era tuberculosa, e morreu perto da época em que deixei Paris.

Após uma única semana, estávamos todos neurastênicos de fadiga, com exceção de Jules, que continuava a safar-se persistentemente. As brigas, intermitentes a princípio, eram agora contínuas. Por horas, chuviscavam reclamações inúteis, que viravam tempestades abusivas depois de minutos.

— Pegue aquela caçarola para mim, idiota! — a cozinheira gritava (ela não era alta o suficiente para alcançar o armário onde guardávamos as caçarolas).

— Vá pegar você mesma, sua puta velha — eu retrucava.

Esse tipo de comentário parecia sair espontaneamente no clima da cozinha.

Brigávamos pelas pequenezas mais inconcebíveis. A lixeira, por exemplo, era uma fonte interminável de brigas — se deveríamos colocá-la onde eu queria, que era no caminho da cozinheira, ou onde ela queria, entre mim e a pia. Uma vez, ela reclamou tanto que, de pura birra, ergui a lixeira e a coloquei no meio do chão, onde ela certamente tropeçaria.

— Agora, sua vaca — eu disse —, mude de lugar você mesma.

Pobre velha, a lixeira era muito pesada para que ela movesse, e ela se sentou, apoiou a cabeça na mesa e começou a chorar. E eu zombei dela. Esse é o efeito que a fadiga tem em nosso comportamento.

Após alguns dias, a cozinheira parou de falar sobre Tolstói e a própria natureza artística, e não nos falávamos mais, a não ser quando precisávamos para o trabalho. Boris e Jules também não se falavam mais, e nenhum deles falava com a cozinheira. Até mesmo Boris e eu mal nos falávamos. Antes de começar, havíamos concordado que as *engueulades* das horas de trabalho não contavam nos intervalos; mas nos chamáramos de coisas que eram ruins demais para serem esquecidas — e, além do mais, não havia intervalos. Jules estava cada vez mais preguiçoso e roubava comida constantemente — era seu dever, ele dizia. E chamou o restante de nós de *jaune* — fura-greve — quando lhe dissemos que não roubaríamos com ele. Ele tinha um curioso espírito maligno. Ele me contou, com orgulho, que às vezes colocava um pano de prato sujo na sopa de clientes antes de levá-las, só para se vingar de um membro da burguesia.

A cozinha estava mais imunda e os ratos mais ousados, apesar de conseguirmos pegar alguns deles. Olhando para aquela sala podre, com carne crua no meio dos dejetos do chão, as caçarolas frias e grudentas por tudo que é lado e a pia entupida e coberta de gordura, eu costumava me perguntar se, no mundo inteiro, era possível existir um restaurante tão ruim quanto o nosso. Mas os outros três afirmavam já terem visto lugares mais sujos. Jules sentia um prazer em especial de ver a sujeira. À tarde, quando não tinha muito a fazer, ele ficava na porta, zombando de nós por trabalharmos demais:

— Tolo! Por que limpa esse prato? Esfregue-o nas calças. Quem liga para os clientes? *Eles* não sabem o que está acontecendo. O que é o trabalho em restaurantes? Está cortando um frango e ele cai no chão. Você pede desculpas, abaixa a cabeça, sai; e, em cinco minutos, você volta por outra porta, com o mesmo frango. Esse é o trabalho em um restaurante.

Etc.

É estranho afirmar que, apesar de toda essa imundície e incompetência, o Auberge de Jehan Cottard era, de fato, um sucesso. Nos primeiros dias, todos os nossos clientes eram russos, amigos do *patron*, e estes foram seguidos de americanos e outros estrangeiros — nenhum francês. Então, houve uma comoção incrível, pois nosso primeiro francês havia chegado. Por um momento, nossas brigas foram esquecidas e estávamos todos unidos para servir um bom jantar. Boris foi pé ante pé à cozinha, sacudiu o polegar sobre o ombro, e murmurou, em tom de conspiração:

— *Shh! Attention, un Français!*[92]

Um momento depois, a esposa do *patron* veio e murmurou:

— *Un Français*! Cuidem para lhe darem uma porção dupla de todos os nossos vegetais.

Enquanto o francês comia, a esposa do *patron* ficava atrás do gradeamento da porta da cozinha, observando a expressão em seu rosto. Na noite seguinte, o francês voltou com dois outros franceses. Isso significava que estávamos ganhando fama; o maior sinal de um restaurante ser ruim é ser frequentado apenas por estrangeiros. Provavelmente, parte do motivo de nosso sucesso era que o *patron*, com o único vislumbre de bom senso que mostrou ao equipar o restaurante, comprara facas de mesa muito afiadas. Facas afiadas, é claro, são *o* segredo de um restaurante bem-sucedido. Fico feliz que isso tenha acontecido, já que destruiu uma de minhas ilusões, a saber, de que os franceses sabem distinguir o que é uma comida boa. Ou talvez *fôssemos* um restaurante razoável para o padrão de Paris; se for o caso, os restaurantes ruins devem estar além da imaginação.

Poucos dias depois de minha carta, B. respondeu dizendo que havia um emprego que ele poderia conseguir para mim. Eu cuidaria de um deficiente mental congênito, o que parecia um descanso curativo esplêndido após o Auberge de Jehan Cottard. Imaginei-me vadiando por estradas do campo, derrubando cardos com minha bengala, comendo cordeiro assado e torta de melaço, dormindo dez horas por noite em lençóis com cheiro de lavanda. B. enviou uma nota de cinco libras para eu pagar minha

92 "Atenção, um francês!", em francês no original. (N.E.)

passagem e retirar minhas roupas da casa de penhores e, assim que o dinheiro chegou, avisei que estava saindo do restaurante. Minha partida súbita constrangeu o *patron*, já que, como sempre, ele estava sem dinheiro, e não conseguiu pagar trinta francos do meu salário. Ainda assim, ele me ofereceu um copo de conhaque Courvoisier de 1848, e acho que pensou que isso compensava a diferença. Em meu lugar, contrataram um tcheco, um *plongeur* muito competente, e a pobre cozinheira foi demitida semanas depois. Mais tarde, soube que, com duas pessoas de primeira linha na cozinha, o trabalho do *plongeur* diminuiu para quinze horas por dia. Mais do que isso seria impossível, caso não modernizassem a cozinha.

CAPÍTULO 22

Gostaria de dar minha opinião sobre a vida de um *plongeur* parisiense, se é que ela vale alguma coisa. Se pensarmos bem, é estranho que milhares de pessoas em uma grande cidade moderna passem horas lavando pratos em porões quentes e subterrâneos. A questão que levanto aqui é: por que essa vida continua? A qual propósito serve, quem quer que isto continue, e por que não estou assumindo uma atitude meramente *fainéant*[93] e rebelde. Estou tentando analisar o significado social da vida de um *plongeur*.

Acredito que seja necessário começar afirmando que o *plongeur* é um dos escravos do mundo moderno. Não é necessário choramingar a seu respeito, já que está em melhores condições do que muitos outros trabalhadores braçais, mas, ainda assim, ele não é mais livre do que seria se fosse comprado e vendido. Seu trabalho é servil e não possui valor artístico; paga-se apenas o necessário para a subsistência; suas únicas férias são a demissão. Ele não pode se casar ou, se por um acaso vier a se casar, a esposa também precisa trabalhar. Exceto por coincidências da sorte, não há escapatória dessa vida, a não ser que seja preso.

93 "Preguiçosa", em francês no original. (N.E.)

Neste momento, há homens com diplomas universitários esfregando pratos em Paris durante dez ou quinze horas por dia. Não se pode alegar que é mera preguiça de sua parte, já que um preguiçoso não pode ser *plongeur*, eles estão simplesmente aprisionados em uma rotina que impossibilita qualquer pensamento. Se os *plongeurs* pensassem, já teriam criado um sindicato muito tempo atrás, e fariam greve até obterem um tratamento melhor. Mas eles não pensam, porque não sobra tempo livre para isso; a vida os escravizou.

A pergunta é: por que essa escravidão continua? As pessoas têm o hábito de achar que todo trabalho é executado por um motivo razoável. Quando veem outra pessoa em um emprego desagradável, pensam que resolveram tudo ao dizer que o trabalho é necessário. Mineração de carvão, por exemplo, é um trabalho duro, mas necessário — precisamos de carvão. Trabalhar com esgoto é desagradável, mas alguém precisa trabalhar com esgoto. É parecido com o trabalho de um *plongeur*. Alguém precisa comer em restaurantes, então outras pessoas precisam lavar louça durante oito horas por semana. É um feito da civilização, ou seja, é inquestionável. Este ponto deve ser considerado.

Será o trabalho do *plongeur* realmente necessário para a civilização? Temos a impressão de que é trabalho "honesto" por ser difícil e desagradável, e nutrimos algum tipo de fetiche por trabalhos braçais. Vemos um homem derrubando uma árvore e nos asseguramos de que ele está cumprindo uma função social pelo simples fato de que usa seus músculos; não passa em nossa cabeça que ele pode estar só derrubando uma linda árvore para liberar espaço e instalar ali uma estátua repugnante. Acredito que o mesmo ocorre com um *plongeur*. Ele ganha o próprio pão com o suor escorrendo por sua testa, mas não é que esteja fazendo algo útil; ele pode estar apenas fornecendo um luxo que, muitas vezes, não é um luxo.

Como exemplo do que quero dizer quando falo de luxos que não são luxos, considere um caso mais extremo, raramente visto na Europa. Pegue um puxador de riquixá ou o pônei que puxa a carruagem indiana, o *gharry*. Em qualquer cidade do Extremo Leste, há centenas de puxadores de riquixá, pessoas negras miseráveis de cinquenta quilos, vestindo tangas. Alguns deles estão doentes; outros têm cinquenta anos. Por quilômetros, trotam no sol ou na chuva, de cabeça baixa, puxando os cabos, com suor pingando de seus bigodes grisalhos. Quando vão devagar demais, os passageiros os chamam de *bahinchut*. Ganham trinta ou quarenta rúpias por mês, e, anos depois, quase vomitam seus pulmões de tanto tossir. Os pôneis de *gharry* são criaturas más e macilentas, vendidas por tão pouco dinheiro quanto os anos que ainda lhe restam. Seus mestres acreditam que o chicote é o substituto da alimentação. Seu trabalho é expresso em uma equação — chicote mais comida significa energia; geralmente, é 60% chicote e 40% comida. Às vezes, uma grande ferida circula seus pescoços, então puxam o carro todo o dia em carne viva. Ainda é possível fazê-los trabalhar, porém; é só uma questão de açoitá-los tanto que a dor atrás é mais forte que a dor da frente. Depois de alguns anos, o chicote é despido de sua virtude, e o pônei é enviado ao matadouro. Estes são bons exemplos de trabalho desnecessário, já que não há necessidade real de *gharries* e riquixás; eles apenas existem porque os orientais acreditam que andar é vulgar. São luxos e, como qualquer um que já andou neles sabe, são luxos miseráveis. Apenas oferecem uma quantidade ínfima de conveniência, que não é equilibrada em comparação com o sofrimento dos homens e dos animais.

Algo semelhante ocorre com o *plongeur*. Ele é um rei em comparação com o puxador de riquixá ou com o pônei de *gharry*, mas o caso dele é análogo. Foi escravizado pelo hotel ou restaurante, e sua escravidão é um tanto inútil. Já que, afinal, qual é a necessidade *real* de grandes hotéis e restaurantes elegantes? Eles deveriam ser um luxo, mas, na realidade, só oferecem uma imitação barata e inferior de um luxo. Quase todo mundo odeia hotéis. Há restaurantes melhores do que outros, mas é impossível obter uma refeição tão boa quanto a que se pode conseguir em um lar privado, e pelo mesmo preço. Sem dúvida, hotéis e restaurantes precisam existir, mas não há necessidade de escravizarem centenas de pessoas. O que gera trabalho neles não é o aspecto essencial; são as farsas que deveriam representar o luxo. O significado prático da elegância, como é conhecida, é que a equipe trabalhará mais e o cliente pagará mais; ninguém se beneficia além do proprietário, que com tal dinheiro comprará para si mesmo uma vila em Deauville. Essencialmente, um hotel "elegante" é um local onde cem pessoas labutam como condenados para que duzentas outras pessoas paguem um rim por coisas que não querem de verdade. Se as bobagens fossem eliminadas de hotéis e restaurantes, e o trabalho fosse feito com simples eficácia, *plongeurs* poderiam trabalhar de seis a oito horas por dia em vez das quinze habituais.

Digamos que o trabalho do *plongeur* é mais ou menos inútil. Então, a pergunta a seguir é: por que alguém quer que ele siga trabalhando? Estou tentando ir além da causa econômica imediata e considerar qual é o prazer que algumas pessoas tiram de pensar em homens esfregando pratos pelo resto da vida. Não há dúvida de que algumas pessoas — pessoas confortavelmente situadas — sentem mesmo prazer pensando no assunto. Um escravo, disse Marco Catão, deve trabalhar enquanto não está dormindo. Não importa se seu trabalho é necessário ou não, ele deve trabalhar, porque o trabalho por si só é bom — bom para escravos, ao menos. Tal ideia sobrevive até hoje, e acumula pilhas de trabalho enfadonho e inútil.

Acredito que o instinto de perpetuar trabalhos inúteis é, no fundo, medo em relação ao povo. O povo, costuma-se pensar, é composto por animais tão baixos que seria perigoso se tivessem tempo livre; é mais seguro mantê-los ocupados demais para que pensem. Caso perguntassem a um rico que fosse intelectualmente honesto a respeito da melhoria nas condições de trabalho, ele de modo geral diria algo assim:

— Sabemos que a pobreza é desagradável; de fato, já que é tão remota, gostamos bastante de nos angustiar ao pensar em quão desagradável é. Mas não espere que façamos algo a respeito. Sentimos muito por vocês, classes baixas, assim como sentimos muito por um gato sarnento, mas vamos lutar até o fim contra a melhoria de sua condição. Acreditamos que vocês são muito mais seguros assim. A situação atual é boa para nós, e não vamos correr o risco de libertá-los, nem mesmo por uma hora diária. Então, caros irmãos, já que é evidente que precisam suar para pagar nossas viagens à Itália, suem e que se danem.

Esta é, particularmente, a atitude de gente inteligente e culta; é possível ver a essência desse pensamento em centenas de ensaios. Poucas pessoas cultas recebem menos de, digamos, quatrocentas libras esterlinas por ano e, naturalmente, eles apoiam os ricos, já que imaginam que qualquer liberdade concedida aos pobres é uma ameaça à liberdade deles. Prevendo alguma utopia marxista abismal como alternativa, o homem culto prefere manter as coisas do jeito que elas estão. É possível que não goste muito de seus colegas ricos, mas supõe que mesmo os mais vulgares dentre eles são menos inimigos de seus prazeres, que são mais parecidos com ele próprio do que os pobres, e que é melhor se manter ao lado deles. Aquilo que torna conservadoras quase todas as pessoas inteligentes é o medo da formação de uma multidão supostamente perigosa.

O medo com relação ao povo é um medo supersticioso. É embasado na ideia de que existe uma diferença fundamental e misteriosa entre pobres e ricos, como se fossem duas raças diferentes, como negros e brancos. Mas, na realidade, tal diferença não existe. A massa dos ricos e dos pobres é diferenciada por nada além de seu capital, e o milionário típico é apenas o lavador de louça típico, só que de terno novo. Mude o local e tente adivinhar quem é o juiz e quem é o ladrão. Todos aqueles que se misturaram com os pobres sabem bem disso. Mas o problema é que as pessoas cultas e inteligentes, as pessoas que deveriam ter opiniões liberais, nunca se misturam com pobres. O que é que a maior parte das pessoas estudadas sabe a respeito de pobreza? Em meu exemplar dos poemas de Villon, o editor achou necessário explicar o verso "*Ne pain ne voyent qu'aux fenestres*[94]" em uma nota de rodapé; é nesse nível que a fome é remota da experiência do homem educado.

Dessa ignorância, o medo com relação ao povo surge de modo bem natural. O homem educado imagina um rebanho de sub-humanos à espera de um dia de liberdade para saquear as casas dos ricos, queimar seus livros e forçá-los a trabalhar em uma máquina ou esfregando o chão de um banheiro. *É preferível qualquer coisa*, pensa ele, *qualquer injustiça, em vez de libertar o povo*. Ele não vê que, uma vez que não há diferença entre a massa dos ricos e a dos pobres, não há questão de soltar o povo por aí. Na verdade, o povo já está solto e — na forma de homens ricos — usa esse poder a fim de montar enormes moinhos de tédio, como é o caso de hotéis "elegantes".

Resumindo: um *plongeur* é um ser escravizado, e um ser escravizado que é mal utilizado, cujo trabalho é estúpido e, em sua maioria, desnecessário. Ele é mantido no trabalho, afinal, pelo sentimento vago de que seria perigoso caso tivesse tempo livre. E as pessoas cultas, que deveriam ficar do seu lado, concordam com o processo, pois não sabem nada a respeito dele e, consequentemente, o temem. Digo isto a respeito de *plongeurs* porque é o caso que tenho analisado; mas isso também deve se aplicar da mesma forma a muitos outros tipos de operário. Esta é a minha própria visão a respeito dos fatos essenciais da vida de um *plongeur*, sem fazer referência às questões econômicas imediatas e, sem dúvidas, clichês em sua maioria. Apresento-a como amostra dos pensamentos colocados em nossas cabeças quando estamos trabalhando em um hotel.

94 "Não vendo pão senão nas janelas", em francês no original. (N.E.)

CAPÍTULO 23

Assim que deixei o Auberge de Jehan Cottard, fui para a cama e dormi por onze horas. Então, escovei meus dentes pela primeira vez em duas semanas, tomei banho, cortei o cabelo e tirei minhas roupas da casa de penhores. Desfrutei de dois dias gloriosos sem fazer coisa alguma. Até mesmo fui com meu melhor terno até o Auberge, inclinei-me no bar e gastei cinco francos em uma garrafa de cerveja inglesa. É uma sensação curiosa, a de ser um cliente em um lugar onde você já foi o escravo de um escravo. Boris achou uma pena eu ter saído do restaurante bem quando estávamos *lancés* e havia chance de ganhar dinheiro. Falamos um pouco desde então, e ele me disse que está ganhando cem francos por dia, e está com uma menina *très serieuse* que nunca cheira a alho.

Passei o dia vagando por nosso quarteirão, despedindo-me de todos. Foi nesse dia que Charlie me contou a respeito da morte do velho Roucolle, o sovina que um dia morou no quarteirão. Charlie provavelmente estava mentindo, como sempre, mas a história era boa.

Roucolle morreu aos setenta e quatro anos, um ano ou dois antes de eu ir a Paris, mas as pessoas do quarteirão ainda falavam dele quando eu estava lá. Ele nunca se equiparou a um Daniel Dancer ou qualquer pessoa do tipo, mas era um sujeito interessante. Ia ao Les Halles todas as manhãs para catar verduras estragadas, comia carne de gato, vestia jornal em vez de roupas de baixo, usava o lambri do quarto como lenha e fez calças para si mesmo usando um saco — tudo isso com um investimento de meio milhão de francos. Eu gostaria muito de tê-lo conhecido.

Como muitos sovinas, Roucolle acabou mal ao investir seu dinheiro em um esquema ilegal. Certo dia, um judeu apareceu no quarteirão, um camarada jovem e alerta com jeito de empresário, que tinha um plano de primeira linha para contrabandear cocaína para a Inglaterra. Era bastante fácil, é claro, comprar cocaína em Paris, e o contrabando seria simples por si só, o problema é que sempre tem algum espião que dedura o plano para a alfândega ou a polícia. Parece que isso costuma ser feito pelos próprios traficantes de cocaína, já que o tráfico está nas mãos de uma ampla fusão comercial, que não deseja competição. O judeu, contudo, jurou que não haveria perigo algum. Ele conhecia um jeito alternativo de obter cocaína diretamente de Viena, e não precisariam subornar ninguém. Ele tinha contatado Roucolle por meio de um jovem polonês, estudante da Sorbonne, que investiria quatro mil francos no esquema se Roucolle investisse seis mil. Com isso, poderiam comprar quatro quilos e meio de cocaína, o que valeria uma pequena fortuna na Inglaterra.

O polonês e o judeu lutaram muito para conseguir tirar o dinheiro das garras do velho Roucolle. Seis mil francos não era muito dinheiro — ele tinha muito mais do que isso costurado no colchão de seu quarto — mas, para ele, era um sofrimento dar um soldo que fosse. O polonês e o judeu o incomodaram por semanas a fio, explicando, assediando, persuadindo, discutindo, pedindo de joelhos, implorando-lhes que desse o dinheiro. O velho estava meio desvairado entre a avareza e o medo. Suas entranhas se enchiam de desejo ao pensar e, conseguir, talvez, cinquenta mil francos de lucro e, ainda assim, ele não conseguia arriscar a perda de algum dinheiro. Costumava se sentar em um canto com a cabeça entre as mãos, grunhindo e por vezes gritando de agonia, e muitas vezes ele se ajoelhava (era muito fiel) e rezava pedindo força, mas ainda assim não conseguia fazê-lo. Todavia, finalmente, mais por exaustão do que por qualquer outra coisa, ele cedeu de súbito; cortou o colchão onde escondia o dinheiro e entregou seis mil francos ao judeu.

O judeu trouxe a cocaína no mesmo dia e sumiu. Enquanto isso, como era nada surpreendente depois do escândalo todo que Roucolle fez, todos se meteram no quarteirão. Na manhã seguinte, o hotel foi invadido e revistado pela polícia.

Roucolle e o polonês sofriam. A polícia estava no prédio, subindo as escadas e revistando cada quarto, e havia um grande pacote de cocaína na mesa, sem lugar para escondê-lo e sem chance de escapar escadaria abaixo. O polonês queria jogar a coisa pela janela, mas Roucolle se recusava a ouvi-lo. Charlie alegou estar presente na cena. Contou que, quando tentaram tirar o pacote de Roucolle, ele o agarrou contra o peito e lutou como um lunático, mesmo aos setenta e quatro anos. Estava selvagem de medo, mas preferia ir à prisão a perder dinheiro.

Por fim, enquanto a polícia revistava o andar logo abaixo, alguém teve uma ideia. Um homem do andar de Roucolle tinha uma dúzia de latas de pó de arroz que ele vendia por encomenda; sugeriu que colocassem a cocaína nas latas e dissessem que era pó de arroz. O pó foi jogado pela janela rapidamente, o conteúdo substituído por cocaína, e as latas deixadas à mostra na mesa de

Roucolle, como se não tivessem nada a esconder. Minutos depois, a polícia entrou para revistar o quarto de Roucolle. Eles apalparam as paredes, inspecionaram a chaminé, reviraram as gavetas, examinaram as tábuas do chão e, então, quando estavam prestes a desistir sem ter encontrado nada, o detetive notou as latas na mesa.

— *Tiens* — ele disse. — Olhe essas latas. Eu não as notei antes. O que tem nelas, hein?

— Pó de arroz — respondeu o polonês com toda a calma que conseguiu reunir. Mas, naquele mesmo instante, Roucolle deixou escapar um grunhido alto, de susto, e os policiais ficaram desconfiados de imediato. Eles abriram uma das latas, viraram o conteúdo e, depois de cheirá-las, o detetive afirmou que acreditava ser cocaína. Roucolle e o polonês começaram a jurar pelos nomes de todos os santos que era apenas pó de arroz; mas não importava, quanto mais protestavam, maior era a desconfiança dos policiais. Os dois homens foram presos e levados à delegacia, sendo seguidos por metade do quarteirão.

Na estação, Roucolle e o polonês foram interrogados pelo *commissaire* enquanto uma lata de cocaína era mandada para análise. Charlie afirmou que Roucolle fez um escândalo e tanto. Ele chorou, rezou, fez declarações contraditórias e denunciou o polonês, tudo ao mesmo tempo, falando tão alto que poderia ter sido ouvido na rua mais próxima. Os policiais quase explodiram de tanto rir dele.

Depois de uma hora, um policial voltou com a lata de cocaína e um bilhete do analista. Ele estava rindo.

— Isto não é cocaína, *monsieur* — disse ele.

— Quê? Não é cocaína? — indagou o *commissaire*. — *Mais, alors*... O que é, então?

— É pó de arroz.

Roucolle e o polonês foram liberados, isentos de culpa, porém muito irritados. O judeu passara a perna neles. Depois, quando a empolgação acabou, descobriram que ele tinha feito a mesma coisa em duas outras pessoas do quarteirão.

O polonês ficou contente de se safar da prisão, mesmo perdendo os quatro mil francos, mas o velho Roucolle ficou deprimido. Foi para a cama assim que chegou e, durante todo aquele dia e metade daquela noite, ouviram-no praguejar, balbuciar e, às vezes, gritar a plenos pulmões:

— Seis mil francos! *Nom de Jésus-Christ*! Seis mil francos!

Três dias depois, ele teve uma espécie de derrame e, em quinze dias, morreu — de tristeza, alegou Charlie.

CAPÍTULO 24

Viajei à Inglaterra na terceira classe, via Dunkirk e Tilbury, que é o método mais barato, mas não o pior, de cruzar o Canal da Mancha. Era preciso pagar um valor extra pela cabine, então dormi no salão, com a maior parte dos passageiros de terceira classe. Eis aqui a página de meu diário daquele dia:

"Dormindo no salão, onde há vinte e sete homens, e dezesseis mulheres. Das mulheres, nenhuma lavou o rosto de manhã. A maior parte dos homens foi ao banheiro; as mulheres só tiraram *necessaires* da bolsa e cobriram a sujeira com pó de arroz. Pergunta: seria uma distinção sexual secundária?"

Durante a viagem, conversei com um casal de romenos, praticamente crianças, que estavam indo para a Inglaterra em sua lua de mel. Eles perguntaram inúmeras coisas a respeito da Inglaterra e respondi com algumas mentiras perturbadoras. Eu estava tão feliz de voltar para casa, depois de ter passado por poucas e boas durante meses em uma cidade estrangeira, que a Inglaterra me parecia uma espécie de paraíso. Há, decerto, muitas coisas na Inglaterra que me deixam feliz de voltar para casa; banheiros, poltronas, molho de menta, batatas novas e bem cozidas, pão integral, geleias de frutas, cerveja feita com lúpulo de verdade — todos esses itens são maravilhosos, caso possa pagar por elas. A Inglaterra é um país muito bom quando você não é pobre e, é claro, com um deficiente inofensivo para cuidar, eu não seria pobre. A ideia de não ser pobre me deixou muito patriota. Quanto mais perguntas os romenos faziam, mais eu elogiava a Inglaterra; o clima, a paisagem, a arte, a literatura, as leis — tudo na Inglaterra era perfeito.

— A arquitetura na Inglaterra é bonita? — os romenos perguntavam.

— Esplêndida! — eu respondia. — Vocês precisam ver as estátuas londrinas! Paris é vulgar... Metade grandiosa, metade pobreza. Mas Londres...

Então o barco atracou no porto de Tilbury. O primeiro prédio que vimos na orla foi um desses hotéis enormes feitos de estuque e pináculos, que encaram a costa inglesa como idiotas mirando a parede de um sanatório. Notei que os romenos eram educados demais para comentar qualquer coisa, espiando de relance para o hotel.

— Foi construído por arquitetos franceses — assegurei. E, mesmo mais tarde, com o trem rastejando para dentro de Londres, pelos bairros mais pobres na zona leste, continuei falando das maravilhas da arquitetura inglesa. Nada que eu falasse era bom o suficiente para se afirmar a respeito da Inglaterra, agora que eu estava de volta para casa e não estava mais duro.

Fui ao escritório de B., e as primeiras palavras que ele disse jogaram tudo por água abaixo.

— Sinto muito — ele disse. — Seus empregadores viajaram para o exterior, com o paciente e tudo. Eles vão voltar em um mês, porém. Acredito que possa aguentar até lá?

Eu já estava na rua quando me dei conta de que a ideia de pedir dinheiro emprestado sequer passou pela minha cabeça. Teria de esperar um mês e tinha exatamente dezenove xelins e seis pêni em mãos. A notícia me deixou sem ar. Por um bom tempo, não conseguia pensar no que fazer. Passei o dia vagando pelas ruas e, à noite, sem a mínima noção de como conseguir uma cama barata em Londres, fui a um hotel "familiar" cuja diária custava sete xelins e seis pêni. Depois de pagar a conta, eu tinha apenas dez xelins e dois pêni.

De manhã, comecei a bolar um plano. Eu logo precisaria pedir dinheiro para B., mas não me parecia decente fazê-lo de cara e, até lá, eu precisava existir em algum canto oculto. Minha experiência me desencorajou de penhorar meu melhor terno. Eu deixaria todas as minhas coisas no guarda-volumes da estação, exceto pelo meu segundo melhor terno, que eu poderia trocar por algumas roupas baratas e, talvez, uma libra esterlina. Se eu fosse sobreviver por um mês com trinta xelins, deveria ter roupas ruins — sim, quanto piores, melhor. Não sabia se era possível ou não viver um mês com trinta xelins, já que eu não conhecia Londres como eu conhecia Paris. Talvez eu pudesse pedir dinheiro na rua, ou vender cadarços, o que me fez lembrar de artigos que li nos jornais de domingo a respeito de pedintes que tinham duas mil libras costuradas nas calças. Era, de qualquer forma, impossível passar fome em Londres, então eu não tinha nada a temer.

Para vender minhas roupas, fui a Lambeth, onde as pessoas são pobres e há muitos brechós. No primeiro brechó, tentei falar com um proprietário que, apesar de educado, não ajudou em nada; o segundo foi grosseiro; o terceiro era extremamente surdo, ou fingia muito bem sê-lo. O quarto vendedor era um homem grande e loiro, muito rosado, como uma fatia de presunto. Ele olhou para as roupas que eu estava vestindo e as tocou com desprezo, entre o indicador e o polegar.

— Qualidade ruim — concluiu. — É coisa muito ruim mesmo.

— Era um terno bem bom. — Quanto quer por elas?

Expliquei que queria algumas roupas velhas e o máximo de dinheiro que ele pudesse pagar. Ele pensou por um momento, então pegou alguns trapos com cara de sujos e os jogou sobre o balcão.

— E o dinheiro? — perguntei, esperando por uma libra esterlina.

Ele apertou os lábios e depois pegou *um xelim* e o deixou ao lado das roupas. Não reclamei — eu pretendia, mas, quando abria a boca, ele fez menção de pegar o xelim novamente; notei que não tinha opção além de aceitar. Ele deixou que eu me trocasse em um quartinho atrás da loja.

As roupas consistiam em um casaco que algum dia fora marrom, um par de calças pretas de algodão pesado, um cachecol e um boné de tecido; mantive minha própria camisa, bem como meias e botas, e tinha um pente e uma navalha no bolso. Vestir roupas assim é uma sensação muito estranha. Eu já vestira roupas desgastadas antes, mas nada como essas peças; elas não eram apenas sujas e sem forma, faltava-lhes — como explicar? — graciosidade, uma pátina de sujeira antiga, à diferença de roupas meramente esfarrapadas. São o tipo de roupa que se vê em um vendedor de cadarços ou um mendigo. Uma hora depois, em Lambeth, avistei um homem de aparência miserável, obviamente um mendigo, vindo em minha direção e, quando olhei de novo, era eu mesmo, refletido na vitrine de uma loja. A sujeira já se espalhava em meu rosto. A sujeira é uma grande respeitadora de pessoas; deixa-o em paz quando se está bem-vestido, mas, assim que seu colarinho vai embora, gruda em tudo que é canto.

Fiquei na rua até tarde, movendo-me o tempo inteiro. Vestido assim, tinha um pouco de medo que a polícia me prendesse, achando que eu era um vagabundo, e não me atrevi a falar com ninguém, imaginando que poderiam notar uma disparidade entre meu sotaque e minhas roupas. (Mais tarde, descobri que isso nunca aconteceu.) Minhas novas roupas me colocaram de modo instantâneo em um novo mundo. O comportamento de todos parecia ter mudado de maneira abrupta. Ajudei um vendedor de rua a pegar um carrinho de compras que ele derrubara.

— Obrigado, meu chapa — ele agradeceu com um sorriso.

Ninguém nunca me chamara de "meu chapa" antes — foram as roupas que levaram a isso. Pela primeira vez, também, notei como a atitude das mulheres muda conforme mudam as roupas de um homem. Quando um homem malvestido passa por elas, elas estremecem para longe do homem com um olhar óbvio de asco, como se fosse um gato morto. Roupas são poderosas. É difícil não se sentir genuinamente degradado ao vestir roupas de mendigo pela primeira vez. Pode-se sentir o mesmo tipo de vergonha, irracional, mas muito real, ao passar a noite na prisão pela primeira vez.

Lá pelas onze, comecei a procurar um lugar para dormir. Ouvi falar de *doss-houses*, albergues de baixo custo (eles nunca são chamados de *doss-houses*, aliás) e supus que conseguiria uma cama por quatro pêni ou algo assim. Ao ver um homem, operário ou algo do tipo, parado no meio-fio da Waterloo Road, parei para pedir informação. Disse-lhe que estava completamente duro e buscava o lugar mais barato possível.

— Ah — replicou ele. — É só ir naquela casa do outro lado da rua, com a placa que diz "Camas Boas para Solteiros". Lá é um bom *kip* [local para dormir], é, sim. Eu mesmo fico lá de vez em quando. É barato *e* limpo.

Era uma casa alta, de aparência surrada, com meia-luz em todas as janelas, algumas das quais remendadas com papel pardo. Passei pela entrada de pedra e um menininho estiolado, com olhos sonolentos, apareceu de uma porta que levava a um porão. Sons murmurantes vinham de lá, junto a uma baforada de ar quente e queijo. O menino bocejou e estendeu a mão.

— Quer uma *kip*? É uma moeda, chefia.

Paguei o xelim e o menino me conduziu a uma escada vacilante e escura que levava a um quartinho. Tinha um fedor doce de elixir paregórico e roupa de cama imunda; as janelas pareciam trancadas e, no começo, o ar pareceu sufocante. Havia uma vela acesa e notei que o quarto media menos de cinco metros quadrados por dois metros e meio de altura, e havia oito camas ali. Seis hóspedes já estavam na cama, formas estranhas que pareciam caroços, todos com as próprias roupas, até mesmo as botas, empilhadas em cima de si. Alguém tossia de maneira repugnante em um canto.

Quando cheguei à cama, descobri que era tão dura quanto uma tábua, e o travesseiro era apenas um cilindro duro, como um bloco de madeira. Era pior do que dormir em uma mesa, na verdade, já que a cama mal tinha um metro e oitenta de comprimento, era muito estreita e o colchão era convexo, então eu precisava me segurar para não cair. O lençol fedia tanto a suor que eu mal conseguia mantê-lo perto do nariz. Além disso, a roupa de cama consistia apenas em lençóis e uma colcha de algodão que, apesar de asfixiante, não era muito quente. Muitos barulhos se repetiam durante a noite. De hora em hora, o homem à minha esquerda — acho que era marinheiro — acordava, xingava da forma mais vil possível e acendia um cigarro. Outro homem, vítima de alguma doença de bexiga, se levantava, barulhento, e usava seu penico meia dúzia de vezes por noite. O homem do canto tinha uma crise de tosse a cada vinte minutos, de modo tão regular que era possível escutá-lo como se escuta o próximo latido de um cão uivando para a lua. Era um som inexprimivelmente asqueroso; um borbulhar hediondo, regurgitante, como se as entranhas se revirassem dentro dele. Certa vez, quando acendeu um fósforo, percebi que era um homem muito velho, com um rosto cinzento como o de um cadáver, e que vestia as calças ao redor da cabeça como touca de dormir, uma coisa que, por algum motivo, me enojava profundamente. Todas as vezes que ele tossia ou o outro homem xingava, uma voz sonolenta de uma das outras camas exclamava:

— Calem a boca! Ah, pelo amor de *Deus*, calem a boca!

Consegui dormir mais ou menos uma hora. De manhã, fui acordado pela impressão mal iluminada de uma coisa grande e marrom vindo em minha direção. Abri meus olhos e vi que eram os pés de um dos marinheiros, saindo para fora da cama mais próxima de meu rosto. Era marrom-escuro, um marrom bem escuro, como de um indiano, mas por causa da sujeira. As paredes eram leprosas, e os lençóis, que não eram lavados há três semanas, estavam da cor de argila escura. Eu me levantei, me vesti e desci as escadas. No porão, havia fileiras de bacias e duas toalhas resvaladias com as extremidades costuradas. Eu tinha um pedaço de sabão no bolso e pretendia me lavar, quando notei que todas as bacias estavam borradas de sujeira — uma porqueira sólida, gosmenta, preta como graxa de calçado. Saí de lá sem me lavar. Ao todo, o albergue não estava à altura de sua descrição como barata e limpa. Era, contudo, como descobri depois, uma representação justa de um albergue.

Atravessei o rio e caminhei por muito tempo rumo ao leste, entrando finalmente em um café em Tower Hill. Um café londrino ordinário, como milhares de outros, parecia esquisito e estrangeiro depois de Paris. Era uma salinha abafada com bancos de encosto alto, como os de igreja, que foram moda na década de 1840, com o menu do dia escrito em um espelho com um pedaço de sabão e uma menina de catorze anos cuidando da louça. Operários comiam em embrulhos feitos de jornal e bebiam chá em enormes canecas de porcelana sem pires e sem hastes. Sozinho em um canto, um judeu com o rosto enfiado na comida devorava um pedaço de bacon, com cara de culpado.

— Pode me trazer um chá e pão com manteiga? — falei para a garota.

Ela me encarou.

— Não tem manteiga, só margarina — ela disse, surpresa. E repetiu o pedido daquele jeito que é para Londres o que o eterno *coup de rouge*[95] é para Paris: — Chá grande e duas fatias!

Na parede perto de meu banco, um aviso dizia "É proibido roubar açúcar" e, logo abaixo, um cliente com veia poética escrevera:

Aquele que tomar o açúcar
Será chamado de um imundo filho da ——

mas alguém se dera o trabalho de riscar a última palavra. Esta é a Inglaterra. O chá-e-duas-fatias custou três pêni e meio, o que me deixou com oito xelins e dois pêni.

95 "Uma taça de vinho tinto", em francês no original. (N.E.)

CAPÍTULO 25

Os oito xelins duraram três dias e quatro noites. Depois de minha experiência ruim na Waterloo Road[96], mudei-me para o leste e passei a noite seguinte em um albergue em Pennyfields. Era um albergue típico, como muitos outros em Londres. Havia espaço para acomodar entre cinquenta e cem homens, e era cuidado por um "adjunto" — adjunto representando o dono, em outras palavras, já que esses albergues são negócios lucrativos e os donos são ricos. Quinze ou vinte de nós dormiam no mesmo dormitório; de novo, as camas eram frias e duras, mas fazia uma semana que haviam lavado os lençóis, o que era uma melhoria. A diária custava nove pêni ou um xelim (no dormitório de um xelim, as camas ficavam a quase dois metros de distância em vez de um metro e vinte) e o combinado era que o pagamento era feito em dinheiro vivo às sete da noite, ou você era mandado para fora.

---

96 É um fato curioso, mas bem conhecido, que insetos são muito mais comuns na zona sul de Londres do que na zona norte. Por algum motivo, eles não parecem ter atravessado o rio ainda em grandes números. (N.A.)

No andar de baixo havia uma cozinha comunitária para todos os hóspedes, com fogão gratuito e suprimento de panelas, chaleiras e garfos para assados. Havia dois grandes fogões a carvão, mantidos acesos todo dia e noite, o ano inteiro. O trabalho de cuidar do fogo, varrer a cozinha e arrumar as camas era feito pelos hóspedes em rodízio. Um hóspede mais antigo, um estivador com uma bela aparência de normando chamado Steve, era conhecido como o "chefe da casa", sendo juiz de brigas e o encarregado não remunerado das expulsões, quando necessário.

Eu gostava da cozinha. Era um porão de pé-direito baixo, bem no subterrâneo, muito quente e soporífero com os gases do carvão, iluminada apenas pelo fogo, que lançava sombras negras e aveludadas nos cantos das paredes. Trapos lavados pendiam de barbantes do teto. Homens iluminados em vermelho, em sua maioria estivadores, moviam-se ao redor do fogão com panelas; alguns deles estavam quase inteiramente nus depois de terem lavado roupa, e agora esperavam as peças secarem. À noite, jogávamos Napoleão e damas, e cantávamos — "I'm a chap what's done wrong by my parents" era uma das favoritas, assim como outra canção popular a respeito de um naufrágio. Às vezes, tarde da noite, os homens chegavam com um balde de caramujos comestíveis e baratos que haviam comprado, e os compartilhavam. Compartilhávamos comida, de modo geral, e era esperado que alimentássemos os homens que trabalhavam fora. Um serzinho encarquilhado, um tanto pálido e obviamente à beira da morte, era alimentado regularmente pelos outros, que diziam "coitado do Brown, sempre no médico e já o abriram três vezes".

Dois ou três dos hóspedes eram pensionistas de terceira idade. Até conhecê-los, nunca pensara que existem pessoas na Inglaterra que vivem apenas de pensão de terceira idade, às vezes só com alguns xelins por semana. Nenhum desses velhos tinha qualquer outro tipo de renda. Um deles era tagarela e lhe perguntei como ele conseguia sobreviver. O homem disse:

— Bem, pago nove pêni por noite pelo *kip*... Isso dá cinco xelim e três pêni por semana. Daí tem três pêni nos sábado, quando vou no barbeiro... Isso dá cinco xelim e seis pêni. Então, digamos que tu corte os cabelo uma vez por mês por seis pêni... mais três pêni por semana. Então tu tem uns quatro xelim e quatro pêni por semana pra comer e fumar.

Ele não conseguia imaginar outras despesas. Comia pão com margarina e tomava chá — e, quando chegava o fim da semana, pão seco e chá sem leite — e, talvez, conseguira as roupas graças à caridade dos outros. Parecia contente com a vida, valorizando a cama e o fogo mais do que a comida. Mas, com uma renda de dez xelins por semana, gastar dinheiro para se barbear é inspirador.

Eu passava o dia inteiro deambulando pela rua, para leste, até chegar em Wapping, e para oeste, até chegar em Whitechapel. Era bizarro, depois de morar em Paris; tudo era muito mais limpo, mais calmo e mais deprimente. Sentia falta dos gritos dos bondes, da vida barulhenta e contagiosa das ruelas e dos homens armados retinindo pelas praças. As multidões eram mais bem-vestidas e as caras eram mais agradáveis, amenas e parecidas entre si, sem aquela individualidade feroz e a malícia dos franceses. Havia menos bêbados, menos sujeira e menos brigas, e mais ócio. Via amontoados de homens parados em todas as esquinas, um pouco subnutridos, mas que continuavam de pé com o chá-e-duas-fatias que o londrino engole a cada duas horas. O ar parecia menos febril do que em Paris. Era a terra da chaleira e da agência de empregos, assim como Paris era a terra do bistrô e da semiescravidão contemporânea.

Era interessante observar os transeuntes. Na zona leste de Londres, as mulheres são bonitas (é a mistura de sangue, talvez), e Limehouse estava cheia de orientais: chineses, lascares do Chatigão, dravidianos vendendo lenços de seda, até mesmo alguns siques, só Deus sabe como. Deparava-se com encontros nas ruas aqui e ali. Em Whitechapel, alguém conhecido como O Evangelho Que Canta estava decidido a salvá-lo do inferno por seis pêni. Na East India Dock Road, o Exército da Salvação oficiava um culto. Eles cantavam o verso "Há alguém aqui que goste do sorrateiro Judas?" seguindo a melodia de "What's to be done with a drunken sailor?". Em Tower Hill, dois mórmons tentavam falar com um grupo de pessoas. Ao redor deles, uma multidão de homens gritava e os interrompia. Alguém os denunciava por poligamia. Um homem barbado e coxo, evidentemente ateu, ouviu a palavra "Deus" e interferia, irado. A seguir, houve um tumulto confuso de vozes.

— Meus caros amigos, se nos deixarem acabar o que estávamos dizendo...

— !

— É verdade, deixem que eles falem. Não comecem a discutir!

— Não, não, me responda. Pode me *mostrar* Deus? *Mostre*-o, e eu acreditarei nele.

— Ah, cala a boca, pare de interrompê-los!

— Interrompa a si mesmo!

— Polígamos!

— Bem, há muito o que se dizer a respeito da poligamia. Pegue, por exemplo...

— ... tirar as mulheres da indústria, de qualquer forma.

— Meus caros amigos, se nos deixarem...

— Não, não, não mude de assunto. Já *viu* Deus? Já *tocou* em Deus? Apertou a *mão* de Deus?

— Ah, não discuta, Jesus Cristo, não *discuta*!

Etc. etc.

Ouvi tudo aquilo por vinte minutos, ansiando por aprender algo a respeito do mormonismo, mas o encontro nunca passou desses gritos. É o destino dos encontros de rua, de modo geral.

Na Middlesex Street, em meio à multidão do mercado, uma mulher suja e em farrapos arrastava um pirralho de cinco anos pelo braço. Ela brandia um trompete de latão diante da cara dele. O pirralho choramingava.

— Divirta-se! — gritava a mãe. — Por que acha que te trouxe até aqui e comprei um trompete e tudo, hein? Quer levar uma surra? Tu *vai* se divertir, seu pequeno desgraçado!

Gotas de saliva caíam do trompete. A mãe e o filho desapareceram, ambos aos berros. Era tudo muito estranho depois de Paris.

Na última noite que passei no albergue de Pennyfields, houve uma briga entre dois hóspedes, uma cena vil. Um dos pensionistas de terceira idade, um homem de aproximadamente setenta anos, seminu (ele estivera lavando roupa), agredia violentamente um estivador baixo e parrudo, que estava de costas para o fogo. Eu podia ver o rosto do velho iluminado pelo fogo, e ele estava quase chorando de raiva e desgosto. Era evidente que algo muito sério acontecera.

O pensionista de terceira idade: Seu ••••!

O estivador: Cala a boca, seu velho ••••, antes que eu a cale por ti!

O pensionista de terceira idade: Experimenta calar, seu—! Sou trinta anos mais velho do que você, mas não precisaria muito para enchê-lo de porrada e enfiá-lo em um balde cheio de mijo!

O estivador: Ah, então talvez então eu vá mesmo acabar contigo, seu velho ••••!

E continuou assim por cinco minutos. Os hóspedes se sentaram ao redor deles, infelizes, tentando fazer pouco da briga. O estivador só olhava, emburrado, mas o velho estava ficando mais e mais furioso. Ele continuava fazendo investidas contra o outro, esticando a cara para a frente e berrando a poucos centímetros de distância, como um gato em um muro, e cuspia. Estava tomando coragem para desferir um golpe, mas não estava sendo bem-sucedido nisso. Finalmente, explodiu:

— Um ••••, é isso que você é, um ••••! Enfie tudo na boca e chupe, seu ••••! Por ••••, vou arrebentá-lo antes de acabar com você. Um ••••, é isso que você é, seu filho de uma ••••. Lamba isso, seu ••••! É isso que acho de você, seu ••••, seu ••••, seu ••••, seu NEGRO MALDITO!

Foi aí que desabou em um banco, cobriu o rosto com as mãos e desatou a chorar. O outro homem, notando que os outros estavam contra ele, saiu.

Mais tarde, ouvi Steve contando o motivo da briga. Parece que foi tudo por um xelim de comida. De alguma maneira, o velho perdera sua reserva de pão com margarina, e não teria mais nada para comer pelos próximos três dias, exceto o que ganhasse dos outros, por caridade. O estivador, que tinha emprego e estava bem alimentado, zombou dele; por isso a briga.

Quando meu dinheiro baixou para um xelim e quatro pêni, passei a noite em um albergue em Bow, onde a diária custava só oito pêni. Para chegar lá, atravessava-se uma área e um beco para entrar em um porão sufocante e profundo, de um metro quadrado. Dez homens, em sua maioria operários, estavam sentados diante do olhar feroz do fogo. Era meia-noite, mas o filho do adjunto, uma criança pálida e magrela de cinco anos, estava brincando nos joelhos dos operários. Um velho irlandês assobiava para um dom-fafe cego em uma gaiola minúscula. Havia outros pássaros canoros lá — coisinhas sem brilho, que passaram a vida inteira no subterrâneo. Em geral, os hóspedes urinavam na lareira, para economizar a ida até o banheiro. Sentei diante da mesa, sentindo algo se mexer perto de meus pés e, ao olhar para baixo, uma onda de coisas pretas se moveu pelo chão; eram baratas-orientais.

O dormitório contava com seis camas, e os lençóis, marcados em letras garrafais dizendo "Roubado da Estrada Nº ••••", tinham um fedor horrível. Na cama ao meu lado estava deitado um homem muito velho, um artista de rua, cuja coluna tinha uma curvatura extraordinária que fazia com que parecesse estar projetada da cama, com as costas a meio metro de minha cara. Estavam nuas, marcadas com redemoinhos curiosos de sujeira, como uma tampa de mármore. Durante a noite, um homem chegou bêbado e vomitou no chão perto de minha cama. Havia insetos, também; não tantos quanto em Paris, mas o suficiente para me manter acordado. Era uma imundície. Ainda assim, o adjunto e a esposa dele eram pessoas amigáveis, prontos para preparar uma xícara de chá a qualquer momento do dia ou da noite.

CAPÍTULO 26

Na manhã seguinte, depois de pagar pelo chá-e-duas-fatias de sempre e comprar quinze gramas de tabaco, só me restava meio pêni. Ainda não queria falar com B. para lhe pedir dinheiro emprestado, então não havia nada que eu pudesse fazer além de ir para um abrigo. Eu não sabia muito bem como o faria, mas sabia que havia um abrigo em Romton, então caminhei até lá e cheguei às três ou quatro da tarde. Um velho irlandês enrugado estava encostado em um dos chiqueiros do mercado de Romton; um mendigo, obviamente. Fui até ele, encostei-me lá e lhe ofereci minha cigarreira. Ele a abriu e olhou para o tabaco, perplexo:

— Meu Deus — disse ele —, tem uns bons seis pêni de tabaco aqui! Como diabos cê conseguiu isso tudo? *Você* não tá nessa vida faz tempo.

— Por quê? Vocês não conseguem tabaco na rua? — perguntei.

— Ah, nós *consegue*. Olha.

Ele pegou uma lata enferrujada que um dia armazenara cubos de caldo. Ali dentro havia vinte ou trinta tocos de cigarro que ele catara na rua. O irlandês contou que raramente dispunha de outro tipo de tabaco; acrescentou que, com cuidado, era possível coletar uns cinquenta gramas de tabaco por dia nas calçadas de Londres.

— Veio de um dos abrigos de Londres, hein? — ele quis saber.

Confirmei que sim, achando que isso o faria me aceitar como seu semelhante, e lhe perguntei como era o abrigo de Romton. Ele respondeu:

— Bem, é um abrigo-chocolate. Existem abrigos-chá, abrigos--chocolate e abrigos-papa. Eles não dão papa em Romton, graças a Deus... Ao menos, não davam da última vez em que vim aqui. Estive lá pelas bandas de York e por Wales desde então.

— O que é papa? — falei.

— Papa? Uma lata de água quente com uma aveia maldita no fundo, isso é papa. Os abrigos-papa são sempre os piores.

Ficamos conversando por uma hora ou duas. O irlandês era um homem simpático, mas cheirava muito mal, o que não era surpreendente, quando descobri a quantidade de doenças das quais ele padecia. Parece (ele descreveu os sintomas com muitos detalhes) que, de cima a baixo, era tudo isso que havia de errado com ele: no topo da cabeça, que era calva, tinha eczema; era míope e não possuía óculos; tinha bronquite crônica; havia alguma dor não diagnosticada nas costas; tinha dispepsia, uretrite, varizes, joanetes e pé chato. Com tal assembleia de doenças, ele havia morado na rua por quinze anos.

Lá pelas cinco da tarde, o irlandês disse:

— Tu quer uma xícara de chá? O abrigo não abre até as seis.

— Acho que sim.

— Bom, tem um lugar aqui que dá uma xícara de chá e um pãozinho de graça. Um *bom* chá, aquilo ali. Eles fazem a gente dizer um monte de bobagens e rezar, mas, diabos! Faz o tempo passar. Vem cá comigo.

Ele guiou o caminho até uma barraca de teto de zinco em uma rua lateral, parecido com um pavilhão de críquete de um vilarejo interiorano. Uns vinte e cinco mendigos aguardavam lá. Alguns deles eram vagabundos sujos e comuns, a maior parte era composta por jovens de aparência decente vindos do norte, provavelmente mineiros ou operários de algodão desempregados. Logo, a porta se abriu e uma mulher com vestido de seda azul, óculos dourados e um crucifixo nos convidou a entrar. Ali dentro, havia umas trinta ou quarenta cadeiras duras, um harmônio e uma litografia bem sangrenta da Crucificação.

Desconfortáveis, tiramos nossas boinas e nos sentamos. A mulher serviu chá e, enquanto comíamos e bebíamos, ela se movia de um lado para o outro, falando de maneira bondosa. Tratava de assuntos religiosos — como Jesus Cristo sempre teve uma fraqueza por pobres como nós, como o tempo passa rápido quando se está na igreja, a diferença que faz quando um homem na rua reza regularmente. Odiávamos aquilo. Sentamo-nos contra a parede, mexendo em nossas boinas (um mendigo se sente exposto de modo indecente sem a sua boina), enrubescendo e balbuciando alguma coisa quando a mulher falava conosco. Não restava dúvida de que suas intenções eram boas. Quando se dirigiu até um dos rapazes do norte com um prato cheio de pãezinhos, disse-lhe:

— E você, meu menino, quanto tempo faz que se ajoelhou e falou com seu Pai no Céu?

Pobre garoto, não conseguia dizer uma palavra; mas a barriga respondeu por ele, com um ronco vergonhoso ao fitar a comida à sua frente. Depois, ficou tão constrangido que mal conseguia engolir o pãozinho. Só um homem conseguiu responder à mulher no estilo dela, e foi um sujeito vivaz de nariz vermelho que parecia um cabo que perdeu o cargo pela bebedeira. Ele conseguia pronunciar as palavras "o querido Senhor Jesus Cristo" sem um pingo de vergonha, como nunca vi em ninguém. Sem dúvida, havia aprendido tal manha na prisão.

O chá terminou, e os mendigos começaram a trocar olhares furtivos. Havia um pensamento implícito transmitido de homem para homem — será que podíamos partir antes de as orações começarem? Alguém se remexeu na cadeira — não saiu, não de verdade, mas olhou de relance para a porta, como se sugerisse em parte a ideia de ir embora. A mulher o repreendeu com um único olhar. Ela disse, em um tom mais bondoso do que nunca:

— Não acho que precisem ir, não *ainda*. O abrigo só abre às seis, e dá tempo para nos ajoelharmos e dizermos algumas palavras ao nosso Pai antes disso. Acredito que todos vamos nos sentir melhor depois, não vamos?

O homem do nariz vermelho foi muito prestativo, colocando o harmônio no lugar e distribuindo os livros de oração. Estava de costas para a mulher enquanto fazia isso, e achou engraçado passar os livros como se fossem um baralho de cartas, murmurando para cada homem:

— Pode pegar, meu chapa, aqui vai uma carta de •••• pra ti! Quatro ases e um rei.

Etc.

Com a cabeça descoberta, nos ajoelhamos entre as xícaras sujas e começamos a balbuciar que não havíamos acabado as coisas que deveríamos ter feito, e que fizemos coisas que não deveríamos ter feito e que não éramos saudáveis. A mulher rezava de modo fervoroso, mas os seus olhos passavam por nós o tempo todo, para ter certeza de que estávamos atentos. Quando ela não estava olhando, trocávamos sorrisos e piscadelas e murmurávamos piadas sujas, só para mostrar que não dávamos a mínima; mas aquilo ficava um pouco preso em nossas gargantas. Ninguém além do homem do nariz vermelho era controlado o suficiente para responder mais alto do que um sussurro. Foi melhor quando cantamos, exceto por um mendigo que não sabia nenhuma melodia além de "Avante, soldados cristãos" e voltava a cantar isso, arruinando a harmonia.

As orações duraram meia hora e, depois de um aperto de mãos na porta, saímos de lá.

— Bem — falou alguém assim que estávamos fora do alcance da mulher. — Acabou o problema. Achei que aquelas rezas de •••• nunca iam acabar.

— Você comeu seu pão — alguém respondeu —, então precisa pagar por ele.

— Rezei por ele, quer dizer. Ah, é difícil conseguir muita coisa a troco de nada. Eles não podem nem dar uma •••• de uma xícara de chá de dois pêni sem fazer você ficar de joelhos.

Os outros murmuraram em concordância. Era evidente que os mendigos não eram gratos pelo chá. Era, contudo, um chá excelente, tão diferente do chá servido em um café quanto um bom Bordeaux é diferente da gororoba que é o clarete colonial, e todos estávamos contentes por isso. Também tenho certeza de que foi dado de boa vontade, sem intenção de nos humilhar; então é justo afirmar que deveríamos ter ficado gratos — mesmo assim, não ficamos.

CAPÍTULO 27

Às quinze para as seis, o irlandês me levou ao abrigo. Era um cubo nefasto de alvenaria, amarelo-cinzento, que ficava em um canto do asilo para pobres. Com fileiras de janelinhas gradeadas, muro alto e portão de ferro que o separava da rua, parecia bastante uma prisão. Uma longa fila de homens esfarrapados já se formara, esperando que os portões se abrissem. Eram homens de todos os tipos e idades, o mais novo deles era um garoto jovial de dezesseis anos, e o mais velho, uma múmia curvada e desdentada de setenta e cinco. Alguns eram mendigos casca grossa, fáceis de reconhecer pelos bastões, panelas de lata e rostos escurecidos pela poeira; outros eram operários de fábrica desempregados, alguns deles trabalhadores rurais, um deles era um atendente de colarinho e gravata, dois deles certamente eram deficientes mentais. Vistos em conjunto, relaxados, eram uma visão asquerosa; nada vilanesco ou perigoso, mas um bando sarnento, sem graça, quase todo maltrapilho e visivelmente subnutrido. Muitos me ofereceram tabaco — ou seja, bitucas de cigarro.

Recostamo-nos contra a parede, e os mendigos começaram a falar de outros abrigos onde estiveram recentemente. Pelo que diziam, parecia que todos os abrigos eram diferentes, cada qual com seus méritos e deméritos, e era importante saber tudo isso quando se vive na rua. Os mais experientes podem contar as peculiaridades de todos os abrigos da Inglaterra, como: no A, é permitido fumar, mas há insetos nas celas; no B, as camas são confortáveis, mas o porteiro é maldoso; no C, eles o deixam sair bem cedo, mas o chá é intragável; no D, os funcionários roubam seu dinheiro, se tiver alguma coisa — e assim vai, interminavelmente. Há trajetos de costume, bem conhecidos, onde os abrigos ficam a um dia de caminhada um do outro. Disseram-me que a rota de Barnet até St. Albans é a melhor, e me avisaram para não chegar perto de Billericay e Chelmsford ou Ide Hill, em Kent. Contaram que Chelsea era o abrigo mais luxuoso na Inglaterra; alguém, elogiando o local, disse que os lençóis de lá eram mais como os de uma prisão do que os de um abrigo. Mendigos vão longe no verão e, no inverno, cercam o quanto for possível as grandes cidades, onde faz mais calor e encontram mais caridade. Todavia precisam permanecer em movimento, já que não se pode entrar em um abrigo, ou dois abrigos em Londres, mais do que uma vez por mês, sob o risco de ficar preso por uma semana.

Pouco depois das seis, os portões se abriram e começamos a entrar, um por vez. No pátio, havia um escritório onde um funcionário anotava nossos nomes, profissões e idades em um livro, assim como os locais de onde viemos e para onde íamos — este último era para ficar de olho na movimentação dos mendigos. Informei que trabalhava como "pintor"; já pintara aquarelas — quem nunca pintou? O funcionário também perguntou se tínhamos dinheiro; todos negaram. Era contra a lei entrar no abrigo com mais do que oito pêni, e qualquer quantia menor do que essa precisava ser entregue no portão. Mas, via de regra, mendigos preferem contrabandear o dinheiro para dentro do abrigo, amarrando-o apertado em um pedaço de roupa, para a moeda não tilintar. Em geral, o dinheiro é colocado no saquinho de chá e açúcar que todo mendigo carrega, ou no meio de seus "documentos". Os "documentos" são considerados sagrados e nunca são revistados.

Depois do registro no escritório, fomos levados ao abrigo por um funcionário conhecido como o Prefeito dos Mendigos (seu trabalho é supervisionar os visitantes casuais e, geralmente, ele é um morador do asilo de pobres) e um enorme porteiro de uniforme azul, rufião e vociferante, que nos tratava como gado. O abrigo consistia apenas de um banheiro e lavatório e, de resto, longas fileiras duplas de celas de pedra, talvez cem celas ao todo. Era um local lúgubre e vazio, feito de pedra e caiado, relutantemente limpo, com um cheiro que, por algum motivo, eu previra mediante sua aparência: cheiro de sabão em pasta, desinfetante Jeyes e latrinas — um cheiro frio e desalentador, como o de uma prisão.

O porteiro nos guiou corredor adentro, disse para entrarmos no banheiro de seis em seis, e que seríamos revistados antes do banho. Procuravam dinheiro e tabaco, já que Romton era um desses abrigos onde se pode fumar, desde que se entre com o tabaco às escondidas, ou os cigarros seriam confiscados, caso os vissem. Os mais experientes nos disseram que o porteiro nunca procura abaixo do joelho, então, antes de entrar, todos escondemos o tabaco nos tornozelos das botas. Depois, enquanto tirávamos a roupa, nós o colocamos dentro dos casacos, que podíamos manter para usar como travesseiros.

A cena do banheiro foi extraordinariamente repulsiva. Cinquenta homens, nus em pelo e imundos, trocando cotoveladas em uma sala de quase seis metros quadrados, com apenas duas banheiras e duas toalhas pegajosas costuradas nas extremidades para dividir entre todos. Nunca vou esquecer o fedor dos pés sujos. Menos da metade dos mendigos tomou banho — ouvi-os dizendo que água quente "enfraquece" a imunidade —, mas todos lavaram o rosto, os pés e os asquerosos paninhos oleosos conhecidos como "pano de dedão", que eles amarram ao redor dos dedos dos pés. Só os homens que tomavam um banho completo tinham direito à água limpa, então muitos homens precisavam usar a água onde outros haviam lavado os pés. O porteiro nos empurrava de um lado a outro e rosnava quando alguém demorava demais. Quando chegou a minha vez de tomar banho, perguntei se eu poderia passar uma água na banheira, que estava manchada de sujeira, antes de usá-la. Ele só respondeu: "Cala a •••• dessa boca e acelera nesse banho!". Isso mostrava o tom social do local, e não falei mais.

Quando acabamos de tomar banho, o porteiro amarrou nossas roupas em trouxas e nos deu camisas do asilo de pobres: peças cinzentas de algodão e de higiene duvidosa. A seguir, nos mandaram para as celas, e logo o porteiro e o Prefeito dos Mendigos trouxeram nosso jantar do asilo. A ração de cada homem era pouco mais de duzentos gramas de pão com margarina e quase meio litro de chocolate quente amargo e sem açúcar, servido em um bule de lata. Sentados no chão, devoramos tudo em cinco minutos e, lá pelas sete da noite, as portas da cela eram trancadas do lado de fora e permaneciam trancadas até as oito da manhã do dia seguinte.

Cada homem podia dormir com seu companheiro, já que em cada cela cabiam duas pessoas. Eu não tinha companheiro, então fui colocado em uma cela com outro homem solitário, um sujeito magro, de rosto desleixado e um tanto vesgo. A cela media dois metros e meio por um metro e meio, com dois metros e meio de altura, era feita de pedra e tinha uma minúscula janelinha gradeada na parte superior da parede, além de um buraco na porta, assim como a cela de uma prisão. Dentro, havia seis lençóis, um penico, um cano de água quente e nada mais. Fitei a cela com um vago sentimento de que faltava algo. E, então, com um choque de surpresa, me dei conta do que era e exclamei:

— Mas, digo, droga, onde estão as camas?

— *Camas*? — o outro homem falou, surpreso. — Não tem camas! O que você esperava? Este é um daqueles abrigo onde tu dorme no chão. Ainda não está acostumado com isso?

Parece que a falta de camas era uma condição comum no abrigo. Enrolamos nossos casacos e os deixamos perto do cano de água quente, tentando ficar tão confortáveis quanto fosse possível. Ficou bem quente, mas não quente o bastante para colocar um dos lençóis abaixo do corpo, para nos proteger do chão. Deitamo-nos a meio metro de distância, respirando um contra o rosto do outro, com nossos braços e pernas expostos sempre se tocando e rolando contra o outro toda vez que pegávamos no sono. Um se virava de lá para cá, mas não adiantava; para qualquer lado que nos virássemos, haveria um torpor fraco, e então uma pontada dolorida pelo chão duro que podíamos sentir através do lençol. Era possível dormir, mas não por mais de dez minutos seguidos.

Lá pela meia-noite, o outro homem começou a fazer investidas homossexuais em mim — uma experiência desagradável em uma cela completamente escura e trancada. Ele era uma criatura frágil e eu podia lidar com ele facilmente, mas é claro que foi impossível dormir de novo depois disso. Passamos o restante da noite acordados, fumando e conversando. O homem me contou a história de sua vida — ele era alfaiate, desempregado havia três anos. Disse que a esposa o abandonou depois de ele perder o emprego, e que estava há tanto tempo longe de mulheres que tinha quase se esquecido de como elas eram. A homossexualidade é comum entre mendigos de longa data, relatou ele.

Às oito horas, o porteiro apareceu no corredor, destrancando portas e gritando: "Todos para fora!". As portas se abriram, deixando escapar um cheiro fétido, adormecido. Em um momento, o corredor ficou cheio de figuras esquálidas com camisas cinza, cada qual com seu penico na mão, à procura do banheiro. Parece que, de manhã, só permitem um barril de água para todos nós e, quando cheguei, vinte mendigos já tinham lavado o rosto. Olhei para a espuma preta flutuando na água, e decidi não me lavar. Depois disso, deram-nos um café da manhã idêntico ao jantar da noite anterior, nos devolveram nossas roupas e nos mandaram ao pátio para trabalhar. O trabalho consistia em descascar batatas para o jantar dos pobres, mas era só uma formalidade para nos manter ocupados até o médico vir nos inspecionar. A maior parte dos mendigos não fez nada, para falar bem a verdade. O médico chegou às dez da manhã, e nos mandaram de volta às celas, mandando que tirássemos a roupa e esperássemos no corredor para a inspeção.

Nus e trêmulos, enfileiramo-nos no corredor. É impossível descrever como estávamos, vira-latas degenerados e acabados, de pé sob a impiedosa luz matinal. As roupas de um mendigo são ruins mas, debaixo delas, escondem-se imagens muito piores; para vê-lo como realmente é, irrestrito, é preciso vê-lo nu. Pés chatos, barrigas distendidas, peitos escavados, músculos flácidos — todo tipo de podridão física se encontrava lá. Quase todos estavam subnutridos e alguns estavam obviamente doentes; dois deles usavam cintas de hérnia e a múmia de setenta e cinco anos faria qualquer um se perguntar como ele conseguia andar todos os dias. Se olhassem para nossas caras, sem barbas feitas e amassadas da noite insone, pensariam que todos estávamos nos recuperando de uma semana de bebedeira.

A inspeção era apenas para detectar varíola, e o médico não ligou para nosso estado geral. Um jovem estudante de medicina, fumando um cigarro, andou rapidamente pelo corredor, olhando-nos de cima a baixo, sem perguntar se estávamos bem ou se estávamos doentes. Quando meu companheiro de cela tirou a roupa, vi que seu peito estava coberto de uma assadura vermelha e, tendo passado a noite inteira a poucos centímetros dele, comecei a entrar em pânico a respeito da varíola. O médico, contudo, examinou a assadura e concluiu que era apenas subnutrição.

Depois da inspeção, nos vestimos e fomos mandados ao pátio, onde o porteiro nos chamou pelo nome, devolveu as roupas que deixamos no escritório, e distribuiu vales-alimentação. Cada um deles valia seis pêni, e servia para os cafés das rotas que havíamos informado na noite anterior. Era interessante ver que boa parte dos mendigos não sabia ler, e precisava pedir ajuda para mim e outros "doutores" como eu a fim de decifrar os vales.

Os portões se abriram, e nos dispersamos rapidamente. Como é doce o ar de verdade — mesmo o ar das ruelas nos subúrbios — depois do bodum abafado e fecal do abrigo. Agora eu tinha um companheiro, já que, quando estávamos descascando as batatas, fiquei amigo de um mendigo irlandês chamado Paddy Jaques, um homem triste e pálido que parecia limpo e decente. Ele estava indo ao abrigo de Edbury, e sugeriu que eu o acompanhasse. Saímos e chegamos lá às três da tarde. Era uma caminhada de vinte quilômetros, mas caminhamos mais dois porque nos perdemos nas moradias improvisadas e desoladoras da zona norte de Londres. Usamos nossos vales-alimentação em um café em Ilford. Quando chegamos lá, a fedelha da garçonete sacudiu a cabeça com desprezo, e por um bom tempo se recusou a nos atender. Por fim, ela jogou dois "chás grandes" na mesa e quatro fatias de pão com gordura — ou seja, oito pêni de comida. Parece que o café geralmente passava a perna nos mendigos e roubava dois pênis de cada vale; por terem vales e não dinheiro, os mendigos não podiam reclamar ou ir a qualquer outro lugar.

CAPÍTULO 28

Paddy foi meu companheiro pelas duas semanas seguintes, e foi o primeiro mendigo que conheci bem, entao gostaria de falar sobre ele. Acredito que era um mendigo típico e que há dezenas de milhares como ele na Inglaterra.

Era um homem mais ou menos alto, de aproximadamente trinta e cinco anos, de cabelos claros começando a ficar grisalhos, e olhos azuis lacrimejantes. Tinha traços bons, mas suas bochechas estavam murchas e ele exibia aquele tom cinzento e sujo proveniente de uma dieta de pão com margarina. Ele se vestia melhor do que boa parte dos mendigos, com uma jaqueta de tweed de caça e calças sociais antigas, ainda com a listra trançada ao lado. Era evidente que a listra era, para ele, um pedaço remanescente de respeitabilidade, e ele tomava cuidado para costurá-la de volta quando começava a se desmanchar. Ele cuidava de sua aparência, de modo geral, e carregava uma navalha e uma escova lava-botas, que se recusava a vender, mesmo tendo vendido seus "documentos" e até mesmo seu canivete muito tempo atrás. Ainda assim, era possível notar à distância que ele era um mendigo. Havia algo em seu jeito de andar, perambulando, e em como ele curvava os ombros para a frente, completamente abjeto. Quem o visse andar sabia, por instinto, que era mais fácil ele levar um golpe do que golpear.

Ele crescera na Irlanda, servira dois anos na guerra e depois trabalhara em uma fábrica de metal polido, emprego que perdera dois anos antes. Sentia uma vergonha terrível de ser mendigo, mas tinha aprendido as manhas da condição. Ele escaneava as calçadas sem parar, sem nunca perder uma bituca de cigarro ou mesmo um maço vazio, já que usava o papel do forro para enrolar cigarros. Enquanto íamos até Edbury, ele se deparou com um embrulho de jornal na caçada, tomou-o e descobriu ali dentro dois sanduíches de carne de carneiro, um pouco comidos nas bordas; ele insistiu em compartilhá-los comigo. Ele nunca passava por uma máquina automática sem puxar a manivela, já que dizia que, às vezes, estão com defeito e deixam algumas moedas escaparem com um puxão. Porém, ele não tinha estômago para cometer crimes. Quando estávamos nos arredores de Romton, Paddy viu uma garrafa de leite diante de uma porta, claramente deixada lá por engano. Ele parou, olhando para a garrafa, faminto.

— Cristo! — exclamou. — Tem comida boa aí indo para o lixo. Alguém poderia pegar essa garrafa, hein? Seria fácil.

Notei que ele estava pensando em fazê-lo ele mesmo. Olhou para cima e para baixo na rua; era uma rua residencial e calma, sem ninguém à vista. O rosto doentio e desanimado de Paddy desejava a garrafa. Então, virou-se, dizendo com melancolia:

— Melhor deixá-la aí. Não é bom um homem roubar. Graças a Deus, nunca roubei nada ainda.

Era o medo, vindo da fome, que mantinha sua virtude. Com só duas ou três refeições decentes na barriga, ele teria achado coragem para roubar o leite.

Paddy tinha dois assuntos durante as conversas: a vergonha e o declínio de se tornar mendigo, além da melhor maneira de conseguir comida de graça. Enquanto vagávamos pela rua, ele conseguia manter um monólogo nesse estilo, em uma vozinha irlandesa lamurienta e repleta de autopiedade:

— Um inferno aqui na rua, hein? Ir nesses abrigos malditos é de partir o coração. Mas o que um homem pode fazer além disso, hein? Faz dois meses que não como comida de verdade, com carne, e minhas botas estão ficando ruins e... Cristo! E se a gente fosse tomar um chá em um desses conventos, no caminho de Edbury? Na maior parte das vezes, eles são bons pra tomar um chá. Ah, o que um homem faria sem religião, hein? Já tomei chá em conventos, e de batistas, e da Igreja da Inglaterra, e tudo mais. Sou católico, eu. Quer dizer, não me confesso faz uns dezessete anos, mas ainda tenho umas coisas religiosas, entende. E esses conventos aí, são sempre bons para se tomar uma xícara de chá...

Etc. etc. Ele podia passar o dia todo assim, quase sem parar.

A ignorância de Paddy era ilimitada e estarrecedora. Determinada vez me perguntou, por exemplo, se Napoleão vivera antes ou depois de Jesus Cristo. Outra vez, quando eu estava olhando a vitrine de uma livraria, ele ficou muito perturbado porque um dos livros se chamava *Imitação de Cristo*. Achou que era blasfêmia.

— E por que diabos eles querem imitar *Ele*, hein? — perguntou com raiva.

Ele sabia ler, mas odiava livros. No caminho de Romton para Edbury, entrei em uma biblioteca pública e, apesar de Paddy não querer ler, sugeri que entrasse comigo para descansar as pernas. Mas ele preferiu esperar na calçada.

— Não — disse. — Só de olhar pra tudo aquilo impresso, passo mal.

Como a maior parte dos mendigos, ele era intensamente cruel a respeito de fósforos. Ele tinha uma caixinha de fósforos quando o conheci, mas nunca o vi acender nenhum, e ele costumava me dar sermões a respeito de extravagância quando eu acendia os meus. Seu método era mendigar fogo de estranhos, às vezes ficando sem fumar por meia hora para não ter de acender um fósforo.

A autopiedade era um elemento central de seu caráter. A ideia de seu azar nunca lhe saía da cabeça, nem por um instante. Ele quebrava longos silêncios para exclamar, sem motivo: "É um inferno quando as roupas começam a estragar, hein?" ou "Aquele chá do abrigo não é chá, é mijo" como se não houvesse mais nada no mundo para se pensar. E ele tinha uma inveja vil, como um verme, de qualquer um que estivesse melhor do que ele — não dos ricos, já que eles estavam longe demais de seu horizonte social, mas dos trabalhadores. Ele desejava trabalho tanto quanto um artista deseja ser famoso. Se visse um velho trabalhando, ele diria com amargura: "Olhe aquele velho ••••, tirando trabalho de homens saudáveis"; ou, se fosse um rapaz, "São esses diabinhos jovens que ficam tirando o pão de nossa boca". E todos os estrangeiros, para ele, eram "uns malditos latinos" — já que, segundo a teoria de Paddy, estrangeiros são os culpados pelo desemprego.

Ele contemplava as mulheres com um misto de desejo e ódio. Meninas jovens e bonitas estavam muito acima dele para que imaginasse, mas sua boca se enchia de água ao ver prostitutas. Um par de criaturas velhas de lábios vermelhos passava por nós; a cara de Paddy enrubescia, rosa pálido, e ele se virava para encará-las, faminto. "Vagabundas!", ele murmuraria, como um menino na frente da vitrine de uma loja de guloseimas. Certa vez, me contou que fazia dois anos que ele não dormia com uma mulher — ou seja, desde que perdera o emprego — e que esqueceu que podia desejar algo além de prostitutas. Ele tinha a personalidade típica de um mendigo — abjeto, invejoso, o caráter de um chacal.

Ainda assim, ele era um sujeito bom, generoso por natureza e capaz de compartilhar o último pedaço de comida com um amigo; de fato, compartilhou comigo mais de uma vez. É provável que também fosse capaz de trabalhar, se fosse bem alimentado por uns meses. Mas dois anos de pão com margarina reduziram seus padrões consideravelmente. Ele sobrevivera com essa imitação imunda de comida até que sua mente e seu corpo virassem esse composto de matéria inferior. O que destruiu sua masculinidade não foi nenhum vício genuíno, mas a subnutrição.

CAPÍTULO 29

No caminho até Edbury, contei a Paddy que eu tinha um amigo com quem eu com certeza poderia conseguir algum dinheiro, e sugeri que fôssemos direto a Londres, em vez de passarmos outra noite em um abrigo. Mas fazia tempo que Paddy não ia ao abrigo de Edbury e, como um bom mendigo, não perderia a oportunidade de um teto gratuito. Combinamos de ir para Londres na manhã seguinte. Eu só dispunha de meio pêni, mas Paddy tinha dois xelins, o que significava que cada um de nós ficaria com uma cama e algumas xícaras de chá.

O abrigo de Edbury era parecido com o de Romton. A pior parte é que o tabaco era confiscado no portão, e fomos avisados de que qualquer homem que fosse pego fumando seria expulso de imediato. Segundo a Lei da Vadiagem, mendigos podem ser processados por fumar em um abrigo — na verdade, podiam ser processados por quase qualquer coisa; mas as autoridades, em geral, se poupam do trabalho de processar ao expulsar homens desobedientes dos abrigos. Não havia trabalho a fazer, e as celas até que eram confortáveis. Dois homens dormiam em cada cela, um em cima e o outro embaixo — ou seja, um em uma prateleira de madeira, e o outro em colchões de palha e muitos lençóis, que eram sujos, mas não pestilentos. A comida era a mesma que serviam em Romton, exceto pelo fato de que davam chá em vez de chocolate quente. Era possível conseguir mais uma xícara de chá pela manhã, já que o Prefeito dos Mendigos vendia a xícara por meio pêni, o que certamente era ilegal. Cada um de nós recebia um pedaço de pão e queijo para levar como almoço.

Quando chegamos a Londres, tínhamos oito horas para matar antes de os albergues abrirem. É curioso como não notamos algumas coisas. Estive em Londres inúmeras vezes, mas, até aquele dia, nunca notara uma das piores coisas a respeito de Londres — o fato de que até mesmo o ato de se sentar custa dinheiro. Em Paris, quando não se tem dinheiro e não se consegue encontrar um banco público, você pode se sentar na calçada. Só Deus sabe o que aconteceria caso alguém se sentasse na calçada em Londres — seria preso, provavelmente. Às quatro, estávamos de pé havia cinco horas, e nossos pés pareciam ferver com a dureza das pedras. Estávamos com fome, depois de termos comido nossa ração ao sair do abrigo, e eu não tinha mais tabaco — Paddy não se importava tanto com isso, já que ele pegava bitucas. Tentamos ir a duas igrejas, mas estavam trancadas. Tentamos ir a uma biblioteca pública, então, mas não havia assentos livres. Enfim, Paddy sugeriu que fôssemos para a Rowton House; segundo as regras, eles não poderiam nos deixar entrar antes das sete, mas talvez conseguíssemos entrar sem que ninguém notasse. Caminhamos até a entrada magnífica (as Rowton Houses são mesmo magníficas) e, muito casualmente, tentando parecer hóspedes regulares, entramos. De imediato, um homem parado na porta, um sujeito de cara afiada, que obviamente tinha alguma posição de autoridade, impediu nossa entrada.

— Vocês dois dormiram aqui ontem à noite?

— Não.

— Então, fora daqui.

Obedecemos, e permanecemos mais duas horas na esquina. Foi desagradável, mas a ocasião me ensinou a não usar mais a expressão "vadiando na esquina", então obtive algo com essa experiência.

Às seis horas, fomos a um abrigo do Exército da Salvação. Não podíamos fazer reservas até as oito, e não havia certeza alguma de que ainda teria lugares, mas um funcionário que nos chamou de "Irmão" permitiu nossa entrada, com a condição de que pagássemos por duas xícaras de chá. O saguão principal do abrigo era um grande celeiro caiado, opressivamente limpo e vazio, sem lareira. Duzentas pessoas desanimadas, porém mais ou menos decentes, estavam amontoadas em longos bancos de madeira. Um ou dois funcionários uniformizados rondavam o saguão. Na parede, havia imagens do general Booth e avisos proibindo cozinhar, beber, cuspir, xingar, brigar e apostar. Como um espécime desses avisos, eis aqui um que copiei, palavra por palavra:

Qualquer homem que for pego apostando ou jogando cartas será expulso e não poderá entrar novamente sob nenhuma circunstância.

Quem tiver informações a respeito desses indivíduos ganhará uma recompensa.

Os funcionários encarregados pedem a todos os hóspedes que os ajudem a manter este albergue livre do MAL DETESTÁVEL DAS APOSTAS.

"Apostando ou jogando cartas" é uma frase encantadora. A meu ver, esses abrigos do Exército da Salvação, apesar de limpos, são mais terríveis do que os piores albergues comuns. Há uma desesperança nas pessoas ali presentes — indivíduos decentes e alquebrados, que penhoraram os colarinhos, mas ainda tentam conseguir empregos em escritórios. Vão aos abrigos do Exército da Salvação, que ao menos são limpos, como a última tentativa de manter um senso de respeito. Na mesa mais próxima, vi dois estrangeiros, vestidos em farrapos, mas óbvios cavalheiros. Estavam jogando xadrez verbalmente, sem sequer anotar os movimentos. Um deles era cego, e os ouvi falar que passaram muito tempo guardando dinheiro para comprar um tabuleiro, que custava meia coroa, mas nunca conseguiram fazê-lo. Aqui e ali via-se funcionários de escritório desempregados, lívidos e temperamentais. Entre eles, havia um jovem alto, magro e mortalmente pálido que falava com empolgação. Ele batia o punho na mesa e gabava-se de um modo estranho e febril. Quando os funcionários não estavam ouvindo, ele começou a soltar blasfêmias perturbadoras:

— Vou dizer uma coisa, rapazes. Vou conseguir aquele emprego amanhã. Não sou um desses malditos desesperados da brigada de vocês; posso cuidar de mim mesmo. Olhe aquele aviso de •••• ali! "O Senhor proverá!". Quanta •••• Ele providenciou para mim. Não vai me pegar confiando no Senhor. Deixem comigo, rapazes, *vou conseguir aquele emprego.*

Etc. etc.

Observei-o, impressionado com a agitação selvagem mediante a qual ele falava; parecia histérico, ou talvez um pouco bêbado. Uma hora depois, entrei em uma salinha, longe do saguão principal, que servia como sala de leitura. Não havia livros nem jornais lá, então poucos hóspedes entravam ali. Quando abri a porta, encontrei o rapaz sozinho; ele estava de joelhos, *rezando*. Antes de fechar a porta mais uma vez, tive tempo de ver sua expressão, e ele parecia agonizar. Rapidamente, percebi, só de olhar para a cara dele, que ele estava passando fome.

Cobravam oito pêni pelas camas. Paddy e eu só tínhamos cinco pêni, e gastamos tudo no "bar", onde a comida era barata, apesar de não ser tão barata quanto em certos albergues comuns.

O chá parecia um preparo de chá em *pó*, que suponho ter sido doado ao Exército da Salvação por caridade, apesar de eles o venderem por três pêni e meio a xícara. Era nojento. Às dez horas, um funcionário passou no saguão, soprando um apito. Todos se levantaram no mesmo instante.

— O que está acontecendo? — perguntei a Paddy, impressionado.

— Significa que você tem que ir para a cama. E tem que ser rápido, também.

Obedientes como ovelhas, todos os duzentos homens marcharam em direção às camas, sob o comando dos funcionários.

O dormitório era um grande sótão, como um quartel de exército, com sessenta ou setenta camas em seu interior. Estavam limpas e eram toleravelmente confortáveis, apesar de muito estreitas e próximas umas das outras, o que significava que respirávamos na cara uns dos outros. Dois funcionários dormiam na sala, para cuidar que ninguém fumasse ou conversasse depois de as luzes se apagarem. Paddy e eu mal conseguimos dormir, já que um homem perto de nós tinha algum problema nos nervos, talvez neurose de guerra, que fazia com que gritasse "Pip!" a intervalos irregulares. Era um som alto, perturbador, como o apito de um pequeno motor. Não era possível prever quando aconteceria, mas acabava com o sono. Parece que Pip, como os outros o chamavam, dormia sempre no abrigo, e ele mantinha umas dez ou vinte pessoas acordadas toda noite. Era um exemplo do tipo de situação que impede as pessoas de dormirem direito quando homens são tratados como um rebanho de animais nesses abrigos.

Às sete horas, sopraram outro apito, e os funcionários passaram pelas camas, sacudindo aqueles que não se levantaram de cara. Desde então, dormi em vários abrigos do Exército da Salvação, e descobri que, apesar de as casas variarem um pouco umas com relação às outras, a disciplina quase militar é a mesma em todas elas. Decerto são baratas, mas, para o meu gosto, parecem demais um asilo para pobres. Em algumas delas, há serviço religioso obrigatório uma ou duas vezes por semana, o que significa que os hóspedes precisam ir ou deixar o abrigo. O fato é que o Exército da Salvação gosta tanto de se sentir uma casa de caridade, que eles não conseguem nem manter um albergue sem fazê-lo feder a caridade.

Às dez, fui ao escritório de B. e lhe pedi uma libra emprestada. Ele me deu duas libras e disse para eu voltar quando precisasse, então Paddy e eu tivemos dinheiro a semana inteira. Passamos o dia vagabundeando na Trafalgar Square, à procura de um amigo de Paddy, que nunca apareceu, e, à noite, fomos a um albergue em um beco perto do Strand. A diária custava onze pêni, mas era um lugar escuro, de cheiro nauseabundo, um antro conhecido de "veadinhos". No andar de baixo, na cozinha turva, três rapazes de aparência ambígua em ternos azuis meio elegantes estavam sentados em um banco, ignorados pelos outros hóspedes. Suponho que fossem "veadinhos". Eles pareciam ser do mesmo tipo que a gangue apache de Paris, exceto que não usavam as costeletas características. Diante da lareira, um homem vestido e um homem nu pechinchavam. Eram vendedores de jornal. O homem vestido estava vendendo suas roupas ao homem completamente pelado. Ele disse:

— Aqui está, o melhor traje que já teve. Meia coroa pelo casaco, dois xelins pelas calças, um xelim e meio pelas botas, um xelim pela boina e cachecol. Dá sete xelins.

— É demais! Dou um e meio pelo casaco, um pelas calças e dois pelo resto. Isso dá quatro e meio.

— Leva tudo por cinco e meio, parceiro.

— Então tá, pode tirar tudo. Preciso sair para vender minha última cópia.

O homem vestido tirou a roupa e, em três minutos, as posições estavam trocadas; o homem nu estava vestido e o outro se cobriu com uma página do *Daily Mail*.

O dormitório era escuro e apertado, com quinze camas. Exalava um fedor horrível de urina quente, tão animalesco que, a princípio, tive de respirar em pequenas golfadas entrecortadas de ar, para não encher o pulmão com aquilo. Assim que deitei, um homem saiu da escuridão, se assomou por cima de mim e começou a tagarelar em uma voz educada, meio bêbada:

— Ex-aluno de escola pública, é? — Ele me ouvira dizer algo a Paddy. — Não vejo muita gente da velha escola aqui. Sou um antigo aluno da Eton. Sabe... vinte anos atrás e tudo mais.

Ele começou a tremular o hino da equipe de remo de Elton, sem desafinar muito:

Tempo bom para remar
E uma colheita de feno...

— Para com essa •••• de barulho! — gritaram vários hóspedes.

— Sujeitos ordinários — resmungou o ex-aluno de Eton. — Sujeitos muito ordinários. Lugar engraçado para mim e para você, hein? Sabe o que meus amigos me dizem? Dizem: "Filho da ••••, você não tem salvação". Verdade, não tenho *mesmo* salvação. Caí na vida; não sou como esses ••••, que não teriam onde cair mortos, mesmo que quisessem. Nós, colegas que caímos, precisamos nos unir um pouco. A juventude ainda estará em nossos rostos... Você sabe. Posso lhe oferecer uma bebida?

Ele pegou uma garrafa de conhaque de cereja e, no mesmo momento, perdeu o equilíbrio e caiu em minhas pernas, pesado. Paddy, que estava tirando a roupa, puxou-o para que se levantasse.

— Volte para sua cama, seu velho •••• idiota...!

O ex-aluno de Eton cambaleou até a própria cama e entrou para baixo das cobertas, ainda de roupa, até mesmo de botas. Ouvi-o murmurar várias vezes durante a noite: "Filho da ••••, você não tem salvação", como se a frase lhe agradasse. De manhã, estava deitado, dormindo, vestido dos pés à cabeça e agarrado à garrafa. Tinha uns cinquenta anos, com um rosto refinado e cansado e, curiosamente, se vestia bastante bem. Era estranho ver seus sapatos de couro saindo daquela cama imunda. Passou-me pela cabeça também que o conhaque de cereja deveria valer o mesmo tanto que duas semanas no albergue, então não poderia estar tão duro assim. Talvez frequentasse albergues à procura de "veadinhos".

As camas ficavam a sessenta centímetros umas das outras. Lá pela meia-noite, acordei para ver o homem mais perto de mim tentando roubar o dinheiro que guardei debaixo do meu travesseiro. Ele fingia dormir, deslizando a mão sob o travesseiro, gentil como um rato. De manhã, percebi que era corcunda, com longos braços de macaco. Falei sobre a tentativa de roubo para Paddy. Ele riu e comentou:

— Cristo! Precisa se acostumar com isso. Esses albergues são cheios de ladrões. Em alguns deles, só é seguro dormir com todas as roupas no corpo. Já vi roubarem a perna de pau de um aleijado. Certa vez, vi um homem que devia pesar uns noventa quilos, que entrou em um albergue com quatro libras e dez. Colocou o dinheiro embaixo do travesseiro. "Escutem", ele disse, "qualquer filho da •••• que tocar esse dinheiro vai fazer isso só por cima do meu cadáver", ele disse. Mas eles roubaram mesmo assim. De manhã, acordou no chão. Quatro caras pegaram o colchão de todos os lados, e o jogaram, leve como uma pluma. Ele nunca reviu aquelas quatro libras e dez.

CAPÍTULO 30

Na manhã seguinte, procuramos o amigo de Paddy de novo. O nome dele era Bozo, e era rabiscador — ou seja, um artista de calçada. No mundo de Paddy, não havia endereços, mas ele tinha a vaga noção de que Bozo poderia ser encontrado em Lambeth e, no fim, trombamos nele no Embankment, onde se estabelecera, perto da Waterloo Bridge. Ajoelhado na calçada com uma caixa de giz, ele copiava de um caderno barato um esboço de Winston Churchill. Até que estava parecido. Bozo era um homem baixo, de pele escura e nariz adunco, com cabelo cacheado crescendo rente à cabeça. Tinha a perna direita deformada de modo terrível, com o pé torcido com o calcanhar para a frente, uma cena horrível de se ver. A julgar por sua aparência, poderia ser judeu, mas ele o negava com veemência. Dizia que o nariz adunco era "romano" e se orgulhava de parecer algum imperador romano — Vespasiano, acho.

Bozo tinha uma forma estranha de falar, com sotaque cockney, mas lúcido e expressivo. Era como se tivesse lido muitos livros bons, mas nunca tivesse se importado em aprender gramática. Paddy e eu ficamos no Embankment durante um tempo, conversando, e Bozo nos contou um pouco sobre a vida de rabiscador. Repito aqui o que ele disse, com palavras mais ou menos parecidas às dele:

— Sou o que chamam de um rabiscador sério. Não desenho em quadros-negros, como os outros, uso cores de verdade, como fazem os pintores; são caras pra caramba, especialmente as vermelhas. Uso cinco xelins de cores em um longo dia, e nunca menos do que dois xelins.[97] Meu negócio é focado em charges, sabe, política e críquete e tudo mais. Olha aqui. — Ele mostrou o caderno. — Aqui eu desenhei a cara de todos os figurões políticos, que copiei do jornal. Faço uma caricatura diferente todo dia. Por exemplo, quando estavam discutindo o orçamento, fiz um do Winston tentando empurrar um elefante chamado "Dívida" e, embaixo, escrevi: "Será que vai conseguir mover ele?". Entende? Dá pra fazer charge de qualquer partido, mas você não deve fazer nada a favor do socialismo, porque a polícia não deixa. Teve uma vez que fiz uma charge de uma jiboia chamada Capital engolindo um coelho chamado Trabalho. O tira apareceu, viu o desenho e disse: "Apague isso, e rápido", contou ele. Tive que apagar. O tira tem direito de te tirar daqui por vadiagem, e não vale a pena tentar responder.

Perguntei a Bozo quanto ganhava com rabiscador. Ele respondeu:

— Nesta época do ano, quando não chove, consigo umas três libras entre a sexta e o domingo... As pessoas recebem nas sextas-feiras, sabe como é. Não posso trabalhar quando chove; as cores são lavadas pela água. No ano inteiro, faço uma libra por semana, porque não dá para fazer muito no inverno. Em dia de competição de remo, e no dia da final, eu ganho até quatro libras. Mas você precisa *ralar* para tirar o dinheiro deles, sabe, não dá pra ganhar um mango se só ficar sentado olhando. Costumam dar meio pêni, e você não consegue nem isso a não ser que jogue um pouco de conversa fora. Depois que respondem, ficam com vergonha de não dar nada. A melhor coisa

97 Artistas de calçada compram cores em pó e as transformam em pasta com leite condensado. (N.A.)

é mudar bastante o desenho, porque, se virem que está desenhando, vão parar para olhar você. O problema é que os pedintes aparecem assim que você passa com o chapéu. Você precisa ter um ajudante nessa vida. Você continua trabalhando, e as pessoas param para olhar, e o ajudante aparece assim, casual, passando por trás das pessoas. Não sabem que ele é o ajudante. Então, de repente, ele tira a boina e eles ficam presos entre dois fogos. Nunca dá para conseguir nada dos ricaços. É gente mais pobre que dá, geralmente, e estrangeiros. Já ganhei até seis pêni de japas, de negros e tudo mais. Eles não são uns desgraçados cruéis que nem os ingleses. Outra coisa é lembrar de esconder o dinheiro, ou deixar só um pêni no chapéu, talvez. As pessoas não dão nada se veem que você já tem um ou dois xelins.

Bozo desprezava profundamente os outros rabiscadores do Embankment. Ele os chamava de "cabeças de bagre". Naquela época, havia um rabiscador a cada vinte metros do Embankment — sendo vinte metros o mínimo entre dois pontos. Bozo apontou com desprezo para um rabiscador velho de barba branca, a quase cinquenta metros dali.

— Vê aquele velho idiota? Ele faz o mesmo desenho todos os dias, há dez anos. Chama de "Um amigo fiel". É um cachorro puxando uma criança para fora da água. Esse velho desgraçado não consegue desenhar melhor do que uma criança de dez anos. Só aprendeu a fazer esse desenho na prática, como você aprende a montar um quebra-cabeça. Tem um monte de gente assim por aqui. Eles vêm imitar minhas ideias, às vezes, mas eu não ligo; os •••• não sabem pensar nada sozinhos, então estou sempre à frente deles. A coisa com charges é estar atualizado. Uma vez, teve uma criança que ficou presa pela cabeça nos trilhos da Chelsea Bridge. Bem, eu ouvi falar disso, e minha charge estava na calçada antes de eles tirarem a cabeça da criança dos trilhos. Sou rápido, é o que sou.

Bozo parecia um homem interessante e eu estava ansioso para conhecê-lo melhor. À noite, fui ao Embankment para encontrá-lo, já que ele combinou de me levar com Paddy a um albergue que ficava ao sul do rio. Bozo lavou as pinturas da calçada e contou o dinheiro — dezesseis xelins, o que significava doze ou treze de lucro, segundo ele. Descemos até chegar a Lambeth. Bozo mancava lentamente, com um andar estranho como o de um caranguejo, meio de lado, arrastando o pé esmagado atrás de si. Ele levava uma bengala em cada mão e deixou a caixa de cores pendurada no ombro. Enquanto atravessávamos a ponte, ele parou em uma das alcovas a fim de descansar. Ficou em silêncio por um ou dois minutos e, para minha surpresa, notei que estava contemplando as estrelas. Tocou em meu braço e apontou para o céu com a bengala.

— Veja, está vendo Aldebarã? Olhe aquela cor. Como... Uma grande laranja sanguínea!

Do jeito que falava, poderia ter sido crítico em uma galeria de arte. Eu estava pasmo. Confesso que não sabia qual delas era Aldebarã — de fato, nunca tinha notado que as estrelas eram de cores diferentes. Bozo começou a me dar dicas elementares de astronomia, apontando para as principais constelações. Ele parecia preocupado com minha ignorância. Comentei com ele, surpreso:

— Parece saber muito sobre estrelas.

— Não tanto. Sei um pouquinho, porém. Tenho duas cartas do Astrônomo Real me agradecendo por escrever sobre meteoros. De vez em quando, saio à noite à procura de meteoros. As estrelas são um espetáculo gratuito; não custa nada usar os olhos.

— Que boa ideia! Eu nunca teria pensado nisso sozinho.

— Bem, é preciso se interessar por alguma coisa. Só porque um homem mora na rua, não significa que só deva pensar em chá-e-duas-fatias.

— Mas não é difícil se interessar por coisas, coisas como estrelas, vivendo assim?

— Pichando, quer dizer? Não necessariamente. A gente não precisa virar um maldito coelho, quer dizer, não caso bote esforço para não virar um.

— Parece que a maior parte das pessoas vira.

— É claro. Olhe para Paddy: um velho vagabundo, bebedor de chá, que só serve para catar bitucas. É o jeito que a maior parte deles fica. Eu os desprezo. Mas você não *precisa* ficar assim. Se tem alguma instrução, não importa que continue morando na rua pelo resto da vida.

— Bom, descobri exatamente o contrário — pontuei. — Parece que, quando um homem fica sem dinheiro, ele não consegue fazer mais nada.

— Não necessariamente. Se você se esforçar, pode viver a mesma vida, rico ou pobre. Pode continuar com seus livros e suas ideias. Só precisa dizer a si mesmo: "Sou um homem livre *aqui*" — Bozo tocou na própria testa —, e ficará bem.

Bozo prosseguiu falando coisas na mesma linha, e ouvi tudo com atenção. Ele parecia um pichador incomum, e era, mais do que nada, a primeira pessoa que ouvi afirmar que a pobreza não importava. Vi-o muito nos dias seguintes, já que, quando chovia, ele não podia trabalhar. Ele me contou a história de sua vida, que era bastante curiosa.

Filho de um livreiro falido, começou a trabalhar como pintor de paredes aos dezoito anos e, durante a guerra, serviu no exército por três anos, na França e na Índia. Depois da guerra, achou um emprego pintando paredes em Paris, e permaneceu lá por muitos anos. A França combinava mais com ele do que a Inglaterra (ele detestava os ingleses), e estava indo bem em Paris, guardando dinheiro e sendo noivo de uma francesa. Um dia, a noiva morreu atropelada por um ônibus. Bozo passou a semana inteira bebendo e voltou ao trabalho, ainda afetado; na mesma manhã, caiu de um andaime onde estava trabalhando, a doze metros de altura, e seu pé direito foi esmagado. Por algum motivo, só recebeu sessenta libras de indenização. Ele voltou à Inglaterra, gastou o dinheiro procurando emprego, tentou vender livros no mercado da Middlesex Street, tentou vender brinquedos em um tabuleiro, e por fim começou a pichar. Desde então, vivia um dia após o outro, meio faminto no inverno, e dormindo frequentemente no abrigo ou no Embankment.

Quando o conheci, possuía apenas as roupas do corpo, seus materiais de desenho e alguns livros. As roupas eram os farrapos típicos de um pedinte, mas ele usava colarinho e gravata, o que o deixava orgulhoso. O colarinho tinha um ano ou mais e estava constantemente se "mexendo" no pescoço, e Bozo costumava remendá-lo com pedaços da fralda da camisa, então a camisa mal tinha fralda sobrando. Sua perna aleijada estava piorando e provavelmente teria de ser amputada, e os joelhos, de tanto ajoelhar nas pedras, exibiam calos tão grossos quanto solas de bota. Era evidente que não havia futuro para ele além de miséria e morte em um asilo para pobres.

Com tudo isso, não tinha medo nem arrependimento, vergonha ou autopiedade. Ele encarou a posição e criou uma filosofia de vida para si. Ser mendigo, pontuou ele, não era sua culpa, e se recusava a ter remorsos a esse respeito, ou deixar que a condição o incomodasse. Era um inimigo da sociedade, e estava pronto para entrar no crime se vislumbrasse uma boa oportunidade. Recusava-se, por princípio, a ser comedido. No verão, não guardava nada, gastando todo o dinheiro extra ganho em bebida, já que não ligava para as mulheres. Se não tivesse um tostão no inverno, então a sociedade deveria cuidar dele. Estava pronto para tirar da caridade cada pêni que pudesse, contanto que não tivesse de agradecer pelo gesto. Evitava caridades religiosas, porém, pois dizia que não gostava de cantar hinos para ganhar pãezinhos em troca. Ele tinha várias outras medalhas de honra; por exemplo, gabava-se de nunca ter pegado uma bituca de cigarro, nem mesmo quando estava passando fome. Via-se como alguém em uma classe superior ao mendigo comum que, ele argumentava, eram sujeitos abjetos, sem terem nem mesmo a decência da ingratidão.

Falava um francês passável, e lera romances de Zola, todas as peças de Shakespeare, *As viagens de Gulliver* e vários ensaios. Conseguia descrever suas aventuras em palavras que se fixavam na memória. Por exemplo, ao falar de funerais, me disse:

— Já viu um cadáver sendo cremado? Eu vi, na Índia. Eles colocam o sujeito no fogo e, no momento seguinte, quase dei um pulo, porque ele começou a se debater. Eram só os músculos se contraindo com o calor, mas, ainda assim, me assustei. Bom, ele se retorceu por um tempo como um arenque na brasa, mas sua barriga explodiu com um estouro que podia ser ouvido a quase meio quilômetro. Me fez ser contra a cremação. — Ou, de novo, a respeito de seu acidente: — O médico vira para mim: "Meu caro, você caiu em um pé só. E teve uma sorte desgraçada de não cair nos dois" — ele contava. — "Porque, se tivesse caído nos dois pés, você teria se espremido como uma concertina, e os ossos de suas coxas estariam saindo por suas orelhas!".

Claramente, a frase não era do médico, e sim de Bozo. Ele tinha um dom para frases. Ele conseguia manter o cérebro intacto e alerta, então nada poderia fazê-lo sucumbir à pobreza. Ele poderia estar esfarrapado, passando frio e fome, mas se pudesse ler, pensar e observar os meteoros, ele estava, como dizia, livre em sua própria mente.

Era um ateu amargurado (o tipo de ateu que não deixa de acreditar em Deus, só desgosta d'Ele) e nutria prazer em pensar que os problemas humanos nunca melhorariam. Às vezes, ele contou, quando dormia no Embankment, achava consolo ao olhar para Marte ou Júpiter e pensar que devia ter gente dormindo no Embankment de lá. Ele tinha uma teoria interessante a respeito disso. A vida na Terra, Bozo dizia, era dura porque o planeta é pobre nas necessidades da existência. Marte, com seu clima frio e pouca água, deveria ser ainda mais pobre, e a vida proporcionalmente mais difícil. Enquanto na Terra você pode ser preso por roubar seis pêni, em Marte você deve ser queimado vivo. Isso alegrava Bozo, não sei por quê. Era um homem excepcional.

CAPÍTULO 31

A diária no albergue de Bozo era nove pêni. Era um lugar amplo, cheio de gente, com acomodações para quinhentos homens, e era um ponto de encontro conhecido por mendigos, vagabundos e praticantes de pequenos crimes. Todas as raças, até mesmo brancos e negros, se misturavam lá em termos de igualdade. Havia indianos e, quando falei com um deles em urdu ruim, ele me chamou de "*tum*[98]", o que teria feito qualquer um se arrepiar, se tivesse sido na Índia. Estávamos abaixo do nível do preconceito de cor. Havia vislumbres de vidas interessantes por ali. O velho "Vovô", um mendigo de setenta anos que ganhava a vida, ao menos em parte, catando bitucas de cigarro e vendendo tabaco, três pêni por trinta gramas. O "Doutor" — ele era médico mesmo, mas seu registro foi cassado por algum delito e, além de vender jornal, dava conselhos médicos por trocados. Um lascar do Chatigão, baixo, descalço e faminto, que fugira de seu navio e passara dias vagando por Londres, tão confuso e perdido que nem sabia qual

98 Tratamento extremamente informal em urdu, que denota desrespeito ao ser utilizado com uma pessoa desconhecida. (N.E.)

era o nome da cidade onde estava; ele achava que estávamos em Liverpool, até eu explicar que era Londres. Um redator de cartas de mendicância, amigo de Bozo, que escrevera apelos patéticos para pagar pelo funeral de sua esposa e, quando uma das cartas surtiu efeito, se empanturrou com quantidades enormes e solitárias de pão com margarina. Era uma criatura asquerosa, como uma hiena. Falei com ele e descobri que, como a maior parte dos caloteiros, ele acreditava em boa parte de suas mentiras. O albergue era um santuário para tipos assim.

Enquanto estive com Bozo, ele me ensinou algumas técnicas para mendigar em Londres. Há mais truques do que podemos imaginar. Mendigos variam muito entre si, e há uma forte linha social entre aqueles que apenas pedem esmola e os que tentam oferecer algo em troca do dinheiro. A quantidade que é possível ganhar também varia. É claro que as histórias das publicações de domingo a respeito de mendigos que morrem com duas mil libras costuradas dentro das calças são mentira; mas os mendigos de classe superior têm momentos de sorte, onde podem ganhar um salário-mínimo por semanas. Os mendigos mais prósperos são acrobatas e fotógrafos de rua. Em uma boa localização — a fila de um teatro, por exemplo —, o acrobata de rua costuma ganhar umas cinco libras por semana. Fotógrafos de rua podem ganhar o mesmo tanto, mas dependem de um clima bom. Usam artimanhas astutas para estimular o comércio. Quando veem uma vítima em potencial se aproximando, um deles corre atrás da câmera e finge tirar uma foto. Então, quando a vítima os alcança, eles exclamam:

— Aqui está, senhor, bati uma bela foto sua. É um xelim.

— Mas eu não pedi que tirasse — protesta a vítima.

— O quê, não queria que tirasse? Ué, mas a gente achou que você fez um sinal com a mão. Bem, é uma chapa perdida! Seis pêni jogados fora, isso sim.

Com isso, a vítima costuma sentir pena e diz que quer a foto, afinal. Os fotógrafos examinam a chapa e dizem que está estragada, e que vão tirar uma nova sem cobrar. É claro que não tiraram a primeira foto; então, se a vítima recusar, não perderam nada.

Tocadores de realejo, assim como acrobatas, são considerados artistas, e não mendigos. Um tocador de realejo amigo de Bozo, conhecido como Baixinho, me contou tudo a respeito de seu negócio. Ele e o colega "trabalhavam" em cafés e *pubs* perto de Whitechapel e a Commercial Road. É um erro achar que tocadores de realejo conseguem seu ganha-pão na rua; noventa por cento de seu dinheiro vem de cafés e *pubs* — só os *pubs* baratos, já que não permitem sua entrada nos mais caros. O procedimento dele consistia em parar do lado externo de um *pub* e tocar uma música, ao que seu colega, que tinha uma perna de pau e atiçava a compaixão dos outros, passava com o chapéu na mão. Era um motivo de orgulho para o Baixinho sempre tocar uma música depois de receber o dinheiro — um bis, por dizer assim; a ideia de que era entretenimento genuíno, não só que o pagavam para sair dali. Ele e o amigo tiravam juntos duas ou três libras por semana, mas, como tinham de pagar quinze xelins para alugar o realejo, então só ganhavam em média uma libra por semana. Eles passavam na rua desde as oito da manhã até as dez da noite, e ficavam até ainda mais tarde aos sábados.

Rabiscadores podem ser considerados artistas, às vezes sim, às vezes não. Bozo me apresentou a um rabiscador que era um artista "de verdade" — ou seja, estudara arte em Paris e costumava mandar pinturas ao Salon, quando morava lá. Seu estilo era copiar os Mestres Antigos, o que fazia maravilhosamente bem, considerando que pintava na própria pedra. Ele contou como virou rabiscador:

— Minha esposa e meus filhos estavam passando fome. Uma noite, eu estava voltando tarde para casa, com vários desenhos que mostrava a negociantes de artes, e me perguntando como diabos podia ganhar um ou dois xelins. Então, no Strand, vi um sujeito ajoelhado na calçada, desenhando, e as pessoas lhe davam alguns pêni. Quando passei pelo homem, ele se levantou e foi a um *pub*. *Caramba*, pensei. *Se ele consegue ganhar dinheiro com isso, eu também consigo*. Então, por impulso, me ajoelhei e comecei a desenhar com o giz dele. Só Deus sabe como fiz isso; devia estar doido de fome. A parte mais curiosa é que eu nunca tinha pintado com pastel antes; precisei aprender enquanto fazia. Bom, as pessoas começaram a parar e dizer que meu desenho não era ruim e, ao todo, ganhei nove pêni. Nesse momento, o sujeito saiu do *pub*. "O que •••• você está fazendo no meu ponto?", ele questionou. Expliquei que estava com fome e precisava conseguir dinheiro. "Ah", ele falou. "Então venha tomar uma comigo". Então tomei uma caneca e desde então sou pichador, ganho uma libra por semana. Não dá para manter seis filhos com uma libra por semana, mas por sorte minha esposa ganha um pouco costurando — ele continuou: — A pior coisa desta vida é o frio, e a segunda pior é a interferência que você precisa aguentar. No começo, sem experiência, eu costumava copiar um nu artístico na calçada. A primeira vez que fiz isso foi na frente da igreja St. Martin's-in-the-Fields. "Acha que podemos ter essa obscenidade em frente à casa sagrada do Senhor?", eles gritaram. Então tive que lavar tudo. Era uma cópia da Vênus de Botticelli. Outra vez, copiei a mesma pintura no Embankment. Um policial estava passando, olhou para o desenho e, então, sem falar nada, andou por cima do que eu estava fazendo e esfregou os pezões para apagar tudo.

Bozo falava a mesma coisa a respeito da interferência policial. Quando eu estava com ele, houve um caso de "conduta imoral" no

Hyde Park, onde a polícia se comportou um tanto mal. Bozo fez uma charge do Hyde Park com policiais escondidos nas árvores e a legenda: "Jogo dos Sete Erros: Ache os policiais". Eu falei a ele que seria mais eficaz se tivesse escrito: "Jogo dos Sete Erros: Encontre a conduta imoral", mas Bozo não queria nem saber. Ele disse que, se os policiais vissem, eles o tirariam de lá e ele perderia o ponto para sempre.

Depois dos rabiscadores, havia os que cantavam hinos, vendiam fósforos, cadarços e envelopes com grãos de lavanda — chamados, em um grande eufemismo, de perfume. Todas essas pessoas eram, francamente, mendigos, fazendo uso da aparência miserável, e nenhum deles ganhava nada além de meia coroa por dia. O motivo pelo qual fingem vender fósforos e tudo mais em vez de mendigar é por culpa das leis absurdas da Inglaterra no que diz respeito a morar na rua. Na lei atual, se pedir dois pêni como esmola para um estranho, ele pode chamar um policial e você vai preso por sete dias por mendicância. Mas, se poluir o ar cantando "Mais perto, meu Deus, de Ti", rabiscar borrões de giz na calçada ou ficar parado por aí com uma bandeja de fósforos — resumindo, se incomodar bastante —, você está praticando um meio legítimo de comércio, e não mendigando. A venda de fósforos e as cantorias na rua são simplesmente crimes legalizados. Não são crimes lucrativos, porém; não há cantor ou vendedor de fósforos em Londres que possa garantir cinquenta libras por ano — um ganho ínfimo para quem fica de pé no meio-fio por oitenta e quatro horas, com os carros buzinando atrás de si.

Vale a pena mencionar a posição social dos mendigos, já que, depois de me associar a eles e descobrir que são seres humanos como quaisquer outros, não posso deixar de me impressionar com a atitude que a sociedade tem em relação a eles. As pessoas parecem sentir uma diferença essencial entre mendigos e "trabalhadores" comuns. São raças diferentes — marginais, como criminosos e prostitutas. Trabalhadores "trabalham", mendigos não "trabalham"; são parasitas, inúteis por natureza. Acredita-se que um mendigo não "ganha" a própria vida, como um pedreiro ou um crítico literário "ganha" a sua. É apenas uma mera excrescência social, tolerado por estarmos em uma época mais humana, mas, ainda assim, desprezados.

Contudo, se observarmos de perto, notamos que não existe diferença *essencial* entre a subsistência de um mendigo e a de muitas pessoas respeitáveis. Mendigos não trabalham, dizem; mas o que é o *trabalho*, então? Um operário trabalha brandindo um alvião. Um contador trabalha somando números. Um mendigo trabalha parado ao lado de portas, em qualquer clima, ficando com varizes, bronquite crônica etc. É um comércio como qualquer outro, um tanto inútil, é claro — mas, pensando assim, muitas profissões de respeito também o são. E, como tipo social, o mendigo se sai bem em comparação com muitos outros. Ele é honesto em comparação com os vendedores da maior parte dos remédios patenteados, nobre em comparação com o dono de uma publicação de domingo, amável em comparação com um vendedor em compras parceladas — ou seja, um parasita, mas um parasita bastante inofensivo. Ele raramente consegue obter da comunidade mais do que o mínimo, e o paga com sofrimento constante, o que deveria justificá-lo, de acordo com nossos ideais éticos. Não acho que exista algo em um mendigo que o diferencie de qualquer outra classe de pessoa, ou que dê motivo para que seja odiado pela maior parte dos homens modernos.

Então, surge a pergunta: por que os mendigos são desprezados? Eles o são, universalmente. Acredito que seja pelo simples motivo de que fracassam na tentativa de seguir uma vida decente. Na prática, ninguém se importa se um trabalho é útil ou inútil, produtivo ou parasita; a única exigência é que seja lucrativo. Em todas as discussões modernas a respeito de energia, eficiência, serviço social e tudo mais, qual é o significado além de "consiga dinheiro, legalmente e em grandes quantidades"? O dinheiro virou prova de virtude. Nesta prova, mendigos falham, e por isso são desprezados. Se um deles ganhasse até dez libras por semana, a mendicância imediatamente viraria uma profissão responsável. Um mendigo, se o olharmos de forma realista, é um empresário, trabalhando para sobreviver, como outros empresários, da forma que consegue. Ele não vendeu sua honra, não mais do que a maior parte das pessoas modernas; apenas cometeu o erro de escolher um negócio com o qual é impossível enriquecer.

CAPÍTULO 32

Quero fazer algumas anotações, as mais breves possíveis, a respeito das gírias e xingamentos de Londres. Estas (sem contar as que todos já conhecem) são parte do jargão usado agora em Londres:

Gagger — mendigo ou artista de rua de qualquer tipo.

Moocher — pessoa que mendiga abertamente, sem fingir que exerce outra profissão.

Nobbier — pessoa que coleta dinheiro para um mendigo.

Chanter — cantor de rua.

Clodhopper — dançarino de rua.

Mugfaker — fotógrafo de rua.

Glimmer — guardador de carros.

Gee (ou *jee*, como é pronunciado) — cúmplice do camelô que estimula a venda ao fingir comprar um produto.

Split — detetive.

Flattie — policial.

Dideki — cigano.

Toby — vagabundo.

Drop — dinheiro dado a um mendigo.
Funkum — lavanda ou outros perfumes vendidos em envelopes.
Boozer — *pub*.
Slang — licença de vendedor ambulante.
Kip — lugar para dormir, ou albergue noturno.
Smoke — Londres.
Judy — mulher.
Spike — abrigo.
Lump — abrigo.
Tosheroon — meia coroa.
Deaner — xelim.
Hog — xelim.
Sprowsie — seis pêni.
Clods — trocados de cobre.
Drum — panela de lata.
Shackles — sopa.
Chat — piolho.
Hard-up — tabaco feito de bitucas de cigarro.
Stick (ou *cane*) — pé-de-cabra de ladrão.
Peter — cofre.
Bly — maçarico de oxiacetileno usado por ladrões.
Bawl (verbo) — chupar ou engolir.
Knock off (verbo) — roubar.
Skipper (verbo) — dormir na rua.

Metade dessas palavras está nos maiores dicionários. É interessante tentar adivinhar a etimologia de algumas delas, apesar de uma ou duas — como "*funkum*" ou "*tosheroon*" — serem além da imaginação. "*Deaner*" supostamente vem de "*denier*"[99]. *Glimmer* (e o

99 Moeda francesa equivalente a 1/12 de um soldo. Parou de ser usada no século XIX. (N.T.)

verbo "*glim*") pode ter a ver com o antigo vocábulo "*glim*", ou seja, luz, ou "*glim*", outra palavra antiga que significa "vislumbre"; mas é um caso de formação de novas palavras, já que, no presente, não pode ser mais antiga do que motores de carro. "*Gee*" é uma palavra curiosa; possivelmente vem de "*gee*", que significa cavalo e vem dos cavalos atrás dos quais os caçadores se escondiam para caçar animais que fugiam de humanos. "*Screever*[100]" tem origem misteriosa. Deve vir de *scribo*, mas não há nenhuma outra palavra parecida em inglês nos últimos cento e cinquenta anos, e não parece vir do francês, já que na França não há artistas que ficam na calçada. "*Judy*" e "*bawl*" são palavras de East End, que não se ouve a leste da Tower Bridge. "*Smoke*" é uma palavra usada só por mendigos. "*Kip*" vem do dinamarquês. Até recentemente, a palavra "*doss*" era usada dessa maneira, mas agora é bastante obsoleta.

As gírias e dialetos londrinos parecem mudar com velocidade. O sotaque antigo de Londres, descrito por Dickens e Surtees, com o *v* no lugar do *w* e o *w* no lugar do *v* e tudo mais, já sumiu por completo. O sotaque cockney, como o conhecemos, parece que surgiu nos anos 1840 (foi mencionado pela primeira vez no livro americano *Jaqueta branca*, de Herman Melville), e o cockney já está mudando; há poucas pessoas hoje em dia que dizem "*fice*" e não "*face*", "*nawce*" e não "*nice*" e assim por diante, ao menos não da forma consistente com que o faziam vinte anos antes. As mudanças nas gírias vêm junto às mudanças no sotaque. Trinta anos atrás, por exemplo, "a gíria rimada" era um furor em Londres. Na "gíria rimada", todas as coisas eram chamadas por nomes que rimassem com elas: "*hit ou miss*" no lugar de "*kiss*", "*plates of meat*" no lugar de "*feet*" etc. Era tão comum que foi até mesmo reproduzida em

100 Aqui nesta edição chamamos os *screever* de "rabiscadores". (N.E.)

romances; agora, está quase extinta[101]. Talvez todas as palavras que mencionei acima terão sumido em vinte anos.

Os palavrões também mudam — ou, ao menos, dependem da moda. Vinte anos atrás, por exemplo, a classe trabalhadora londrina costumava usar a palavra "*bloody*". Agora, eles a abandonaram completamente, apesar de alguns escritores ainda escreverem sobre operários falando assim. Nenhum londrino nativo (é diferente para escoceses ou irlandeses) diz "*bloody*" hoje em dia, a não ser que seja um homem instruído. Na verdade, a palavra subiu na hierarquia social, e deixou de ser um xingamento usado pela classe trabalhadora. O adjetivo atual em Londres, agora dito com qualquer substantivo, é "*fucking*". Sem dúvida, com o tempo, "*fucking*", assim como "*bloody*", vai entrar na sala de estar e ser substituído por alguma outra palavra.

Palavrões são um negócio misterioso, especialmente os palavrões ingleses. A natureza de xingar é tão irracional quanto a magia — é, de fato, um tipo de magia. Mas também tem um paradoxo, que é: nossa intenção ao xingar é chocar e magoar, o que fazemos ao mencionar algo que deveria ser mantido em segredo, algo que costuma ter a ver com as funções sexuais. É estranho como, assim que uma palavra é bem estabelecida como palavrão, ela perde todo o seu significado original; ou seja, perde a característica que a tornou um palavrão, em primeiro lugar. A palavra vira um xingamento porque significa algo e, porque virou um xingamento, deixa de significar essa coisa. "*Fuck*", por exemplo. Os londrinos não usam agora, ou usam só raramente, a palavra em seu sentido original; está na boca do povo da manhã até a noite, mas é só um impropério e não significa coisa alguma. O mesmo acontece

101 Sobrevive em algumas abreviações, como "*use your two penny*" ou "*use your head*". Chegamos a "*twopenny*" assim: *head* — *loaf of bread* — *twopenny loaf* — *twopenny*. (N.A.)

com "*bugger*", que está perdendo o sentido original rapidamente. É possível pensar em situações similares no francês — "*foutre*", por exemplo, que agora é só um expletivo sem sentido.

A palavra "*bougre*[102]" ainda se usa em Paris, às vezes, mas as pessoas que a usam, ou a maioria delas, não têm a mínima ideia do significado original. A regra parece ser que as palavras aceitas como palavrões têm um caráter mágico, que as diferencia do restante e as inutiliza para uma conversa comum.

Palavras usadas como insultos são governadas pelo mesmo paradoxo do que os palavrões. Supõe-se que uma palavra vira insulto quando significa algo ruim; mas, na prática, seu valor como insulto tem pouco a ver com o sentido real. Por exemplo, o insulto mais amargo que se pode oferecer a um londrino é "bastardo" — o que, se levarmos em consideração o significado, dificilmente seria um insulto. E o pior insulto para uma mulher, tanto em Londres quanto em Paris, é "vaca"; um nome que poderia ser até um elogio, já que vacas são alguns dos animais mais agradáveis que há. Evidentemente, uma palavra é um insulto apenas por ter a intenção de sê-lo, sem referência ao vocábulo dicionarizado; palavras, especialmente no caso de palavrões, são o que a opinião pública decide que elas sejam. Seguindo esta conexão, é interessante ver como um palavrão pode mudar de caráter ao atravessar fronteiras geográficas. Na Inglaterra, você pode imprimir "*Je m'en fous*" sem ouvir uma reclamação. Na França, você teria que imprimir "*Je m'en f—*". Ou, para dar outro exemplo, a palavra "*barnshoot*", uma corruptela do termo hindustani "*bahinchut*". É um insulto vil e imperdoável na Índia, mas em inglês, é um gracejo gentil. Já a vi em livros escolares; aparece em uma das peças de Aristófanes, e o comentarista sugeriu que era a transliteração de alguma bobagem

102 Interjeição de surpresa em francês. Significava, antigamente "sodomita", ao que parece; depois adquiriu apenas o sentido de "cara", "meu chapa". (N.E.)

dita por um embaixador persa. Na teoria, o comentarista sabia o significado de *bahinchut*. Mas, por ser uma palavra estrangeira, perdeu a qualidade mágica dos palavrões e podia ser impressa.

Outro aspecto notável dos palavrões londrinos é que homens não costumam usá-los diante de mulheres. O mesmo não acontece em Paris. Um operário parisiense pode preferir não praguejar em frente a uma mulher, mas não tem escrúpulos quanto a isso, e as próprias mulheres xingam livremente. Os londrinos são mais educados, ou mais sensíveis nesse sentido.

Estas são algumas anotações que escrevi de forma mais ou menos aleatória. É uma pena que algum estudioso do assunto não tenha um livro anual das gírias e palavrões londrinos, registrando as mudanças com precisão. Pode ser útil para a análise da formação, desenvolvimento e obsolescência das palavras.

CAPÍTULO 33

As duas libras esterlinas que B. me deu duraram dez dias. Duraram tanto graças a Paddy, que aprendeu parcimônia na rua e considerava que uma boa refeição por dia era um gasto extremo e extravagante. A comida, para ele, agora só significava pão e margarina — o eterno chá-e-duas-fatias, que enganam a fome por uma ou duas horas. Ele me ensinou como sobreviver, comer, dormir, fumar e tudo mais com meia coroa por dia. E ele conseguia ganhar alguns xelins extras como flanelinha ("*glimming*"). Por ser ilegal, era um trabalho precário, mas gerava algum lucro e contribuía com o nosso pouco dinheiro.

Certa manhã, tentamos conseguir emprego como homens-sanduíche. Às cinco, fomos até um beco atrás de uns escritórios, mas já havia uma fila de trinta ou quarenta homens esperando e, depois de duas horas, nos disseram que não havia trabalho para nós. Não perdemos muita coisa, já que vestir um cartaz-sanduíche não é um trabalho invejável. Ganham em média três xelins ao dia por um trabalho de dez horas — é um trabalho pesado, em especial quando venta, e não dá para enrolar, já que um inspetor passa por eles com frequência para verificar se todos estão focados. Para piorar, são contratados apenas por um dia, às vezes por três, mas nunca por semana, então precisam esperar por horas para trabalhar todas as manhãs. O número de homens desempregados que se dispõe a fazer este trabalho os torna incapazes de lutar por um tratamento mais digno. O trabalho que todos os homens-sanduíche cobiçam é o de distribuir panfletos, que ganha o mesmo salário. Quando você vir um homem distribuindo panfletos, pode lhe fazer o grande favor de pegar um deles, já que ele pode parar depois de entregar todos os panfletos.

Enquanto isso, continuamos com a vida de albergue — uma vida monótona e esquálida, de tédio esmagador. Por dias, não havia nada que pudéssemos fazer além de sentar na cozinha subterrânea, ler o jornal do dia anterior ou, quando possível, uma edição antiga da *Union Jack*. Chovia muito nessa época, e todos os que vinham da rua exalavam vapor, então a cozinha tinha uma catinga horrorosa. O único aspecto bom era o periódico chá-e-duas-fatias. Não sei quantos homens vivem assim em Londres — devem ser milhares, ao menos. Quanto a Paddy, era o melhor que ele estava nos últimos dois anos. Seus interlúdios de vadiagem, os momentos nos quais tinha conseguido de alguma forma alguns xelins, foram todos assim; a vadiagem por si só fora um pouco pior. Ao ouvi-lo choramingar — ele sempre choramingava quando não estava comendo —, era possível notar como o desemprego lhe era uma tortura. As pessoas erram ao acreditar que um desempregado só se preocupa em perder o salário; ao contrário, um homem analfabeto, com o costume de trabalhar arraigado, precisa de trabalho até mais do que precisa de dinheiro. Um homem letrado pode aguentar o ócio forçado, que é uma das maiores crueldades da pobreza. Mas um homem como Paddy, que não tinha jeito de passar o tempo, é tão miserável fora do trabalho quanto um cão acorrentado.

Por isso é ridículo fingir que aqueles que "decaíram de vida" são mais dignos de pena do que os outros. Quem realmente merece pena é o homem que esteve sempre abaixo, e precisa encarar a pobreza com uma mente vazia e sem recursos.

Era uma vida entediante, e pouco perdurou na minha memória, com exceção das conversas com Bozo. Certa vez, o albergue foi invadido por um grupo de crentes. Paddy e eu havíamos saído e, ao retornar durante a tarde, ouvimos música do andar de baixo. Descemos para encontrar três pessoas distintas e bem-vestidas oficiando um culto na cozinha. Eram um senhor reverendo severo de sobrecasaca, uma senhora sentada diante de um harmônio portátil e um jovem sem queixo brincando com um crucifixo. Parece que só entraram e começaram a oficiar o culto, sem serem convidados de maneira alguma.

Foi ótimo testemunhar como os hóspedes lidaram com a intrusão. Não foram grosseiros em nenhum sentido; só os ignoraram. Todos na cozinha — uns cem homens, talvez — se comportaram como se os estranhos não existissem. Ali estavam eles, cantando e exortando, e os tratavam com tanta indiferença quanto a reservada a lacrainhas. O cavalheiro de sobrecasaca pregava um sermão, mas era impossível ouvi-lo; era abafado pelo alarido habitual de homens cantando, praguejando e panelas retinindo. Os hóspedes comiam e jogavam cartas a um metro do harmônio, ignorando-o de maneira pacífica. Logo, os crentes desistiram e foram embora, não ofendidos, mas ignorados. Sem dúvida, consolaram-se ao pensar em quão corajosos foram de "aventurar-se livremente no pior dos antros" etc. etc.

Bozo contou que essa gente visitava o albergue várias vezes por mês. Eles tinham influência na polícia, e o "adjunto" não podia mandá-los embora. É curioso como as pessoas se acham no direito de pregar na sua cara e rezar por você assim que sua renda cai abaixo de certo nível.

Depois de nove dias, as duas libras de B. viraram apenas um xelim e nove pêni. Paddy e eu separamos dezoito pêni para nossas camas, e gastamos três pêni no chá-e-duas fatias de sempre, que compartilhamos — era mais um aperitivo do que uma refeição. À tarde, estávamos horrivelmente famintos, e Paddy se lembrou de uma igreja perto da estação King's Cross, que oferecia chá gratuito para mendigos uma vez por semana. Era naquele dia, então decidimos ir até lá. Apesar de ser um dia de chuva e Bozo estar quase sem dinheiro, ele não quis ir conosco, já que dizia que igrejas não faziam seu estilo.

Do lado externo da igreja, uns cem homens esperavam, tipos sujos vindos de muitos lugares mediante a possibilidade de chá gratuito, como milhafres ao redor de um búfalo morto. Logo, as portas se abriram e um clérigo e algumas meninas nos guiaram até uma galeria na parte superior da igreja. Era uma igreja evangélica, magra e deliberadamente feia, com textos a respeito de sangue e fogo gravados nas paredes, e um livro de hinos com 1.251 hinos; lendo alguns deles, concluí que o livro parecia uma coletânea de versos ruins. Haveria um culto depois do chá, e a congregação de sempre estava sentada mais abaixo. Era dia de semana, e só havia uma dúzia de fiéis; a maior parte deles, mulheres velhas e finas que me lembravam aves cozidas. Acomodamo-nos nos bancos da galeria e recebemos nosso chá; era um vidro de geleia de meio quilo de chá com seis fatias de pão com margarina. Assim que o chá acabou, uma dúzia de mendigos perto da porta se mandaram de lá, para evitar o culto; o restante ficou, mais por não ter o atrevimento de ir embora do que por gratidão.

O órgão emitiu pios preliminares, e o culto começou. No mesmo instante, como se fosse um sinal, os mendigos começaram a se comportar dos modos mais ultrajantes que se possa imaginar. Ninguém acreditaria ser possível deparar-se com algo assim em uma igreja. Por toda a galeria, os homens se refestelavam nos bancos, gargalhavam, conversavam, jogavam bolas de pão regurgitado contra a congregação; eu tive de impedir o homem ao meu lado, com certa força, de acender um cigarro. Os mendigos tratavam o culto como um espetáculo meramente cômico. Era, de fato, algo absurdo — o tipo de culto onde ouve-se gritos repentinos de "Aleluia!" e orações improvisadas sem fim —, mas o comportamento deles ultrapassou qualquer limite. Havia um sujeito na congregação — Irmão Bootle ou algo assim — que era chamado constantemente para nos fazer orar e, a cada vez que ele se punha de pé, os mendigos começavam a bater os pés como se estivessem no teatro; segundo eles, em outra ocasião, ele fizera uma oração improvisada de vinte e cinco minutos, até que o pastor o interrompeu. Certa vez, quando o Irmão Bootle levantou, um mendigo exclamou tão alto que a igreja inteira deve ter ouvido: "Aposto dois contra um que ele não passa de sete minutos!". Não demorou muito para que fizéssemos mais barulho do que o pastor. Às vezes, alguém lá embaixo pedia silêncio de maneira indignada, mas ninguém ligava. Havíamos decidido zombar do culto, e nada poderia nos parar.

Foi uma cena bizarra, um tanto nojenta. Abaixo estavam umas quantas pessoas simples, bem-intencionadas, tentando adorar a Deus; acima, estavam cem homens que haviam comido e agora impossibilitavam seu momento de adoração, de propósito. Um círculo de rostos sujos e peludos ria deles, de cima, na galeria. O que algumas mulheres e um velho poderiam fazer contra uma centena de mendigos hostis? Eles tinham medo de nós, e nós os estávamos assediando, para falar a verdade. Era nossa vingança contra eles por terem nos humilhado com o oferecimento de comida.

O pastor era um homem corajoso. Ele retumbou durante um longo sermão sobre Josué, e conseguiu quase ignorar as risadinhas e as conversas vindas de cima. Mas, no final, talvez atiçado demais, anunciou em voz alta:

— Dedicarei os últimos cinco minutos de meu sermão para os pecadores *sem salvação*!

Dito isso, ele virou-se para a galeria e continuou por cinco minutos, para não haver dúvida de quem tinha ou não salvação. Como se isso importasse! Mesmo quando o pastor nos ameaçava com o fogo do inferno, enrolávamos nossos cigarros e, enfim, no último amém, descemos as escadas, muitos de nós concordando em voltar para tomar chá na semana seguinte.

A cena me intrigou. Era tão diferente do comportamento comum dos mendigos — da gratidão abjeta, como a de um verme, com a qual geralmente aceitam a caridade alheia. A explicação, é claro, é que havia muitos mais de nós do que da congregação, então não tínhamos medo deles. Um homem que recebe caridade quase sempre odeia seu benfeitor — é uma característica fixa da natureza humana; e, quando houver cinquenta ou cem deles ao seu lado, vai demonstrar esse ódio.

À noite, depois do chá gratuito, Paddy ganhou mais dezoito pêni como flanelinha. Era exatamente a quantia necessária para mais uma noite no albergue, então deixamos o dinheiro do lado e ficamos com fome até a noite seguinte. Bozo, que poderia ter nos dado alguma comida, não estava lá. As calçadas estavam molhadas e ele tinha ido ao Elephant and Castle, onde conhecia um ponto coberto. Por sorte, ainda havia tabaco, ou o dia poderia ter sido pior.

Às oito e meia, Paddy me levou ao Embankment, onde um clérigo era conhecido por distribuir vales-alimentação uma vez por semana. Sob a Charing Cross Bridge, cinquenta homens esperavam, refletidos nas poças trêmulas. Alguns eram espécimes verdadeiramente espantosos — dormiam no Embankment, e o Embankment traz à tona tipos ainda piores do que os do abrigo. Um deles, lembro-me, vestia um sobretudo sem botões, amarrado com uma corda, calças esfarrapadas e botas que mostravam seus dedos — nada mais. Tinha a barba de um faquir e conseguira manchar o peito e os ombros com uma imundície escura e terrível que parecia óleo de trem. A parte visível de seu rosto debaixo da sujeira e do cabelo estava branca como papel, em razão de alguma doença maligna. Ouvi-o falar, e seu sotaque era até que bom, como o de um atendente ou supervisor de loja.

Logo, o clérigo apareceu e os homens se enfileiraram em ordem de chegada. O clérigo era um homem gentil, rechonchudo, um tanto jovem e, curiosamente, muito parecido com Charlie, meu amigo de Paris. Era tímido e envergonhado, e não falou nada além de nos desejar boa-noite; apenas se apressou na fila de homens, entregando um vale a cada um, sem esperar que agradecessem. Em consequência, recebeu gratidão genuína, pela primeira vez, e todos disseram que o clérigo era um cara bom. Alguém (com ele por perto) falou: "Bem, *ele* nunca vai ser a •••• de um bispo!" — isso foi dito, é claro, como um elogio afetuoso.

Cada vale-alimentação equivalia a seis pêni, e nos direcionaram a um restaurante nas redondezas. Ao chegarmos, descobrimos que o proprietário, ciente de que os mendigos não poderiam ir a qualquer outro lugar, estava roubando ao fornecer apenas quatro pêni de comida por vale. Paddy e eu juntamos nossos vales e recebemos comida pela qual teríamos pagado sete ou oito pêni na maior parte dos cafés. O clérigo distribuiu bem mais do que uma libra em vales, então o proprietário estava tirando sete xelins ou mais por semana ao passar a perna nos mendigos. Esse tipo de golpe é parte corriqueira da vida de um mendigo, e continuará a acontecer enquanto as pessoas derem vales em vez de comida.

Ainda com fome, Paddy e eu voltamos ao albergue e vadiamos na cozinha, usando o calor do fogo como substituto da alimentação. Bozo voltou às dez e meia, exausto e abatido, pois sua perna esmagada tornava agonizante o ato de caminhar. Não ganhara um único pêni rabiscando, já que todos os pontos cobertos já estavam em uso e, por muitas horas, mendigou, sempre de olho nos policiais. Conseguiu oito pêni — um a menos do que o valor necessário para pagar a cama. Já passara da hora do pagamento, e só conseguira entrar no albergue quando o adjunto não estava olhando. A qualquer momento, poderia ser pego e jogado para fora, para dormir no Embankment. Bozo tirou os objetos que guardava nos bolsos e os fitou, pensando no que poderia vender. Decidiu pela navalha, foi até a cozinha e, em poucos minutos, vendeu-a por três pêni — o suficiente para pagar pela cama e uma tigela de chá, sobrando meio pêni.

Bozo pegou a tigela e se sentou ante o fogo em busca de secar suas roupas. Enquanto ele bebia, notei-o rindo sozinho, como se tivesse ouvido uma boa piada. Surpreso, perguntei o que era tão engraçado para que risse assim.

— É engraçado pra caramba! — respondeu. — Digno da *Punch*. O que acha que acabei de fazer?

— O quê?

— Vendi minha navalha antes de fazer a barba! De todas as coisas... Idiota!

Bozo não tinha comido desde a manhã, andou quilômetros com a perna esmagada, suas roupas estavam encharcadas e meio pêni o separava da inanição. Com tudo isso, ele conseguia rir de ter perdido a navalha. Era impossível não o admirar.

CAPÍTULO 34

Na manhã seguinte, com nosso dinheiro prestes a acabar, Paddy e eu fomos procurar o abrigo. Fomos em direção ao sul, pela Old Kent Road, na direção de Cromley; não podíamos ir a um abrigo de Londres, já que Paddy e eu estivéramos em um recentemente e não podíamos nos arriscar indo em um novamente. Era uma caminhada de vinte e cinco quilômetros no asfalto, que enchia nossos pés de bolhas, e estávamos extremamente famintos. Paddy olhava a calçada, fazendo um estoque de bitucas de cigarro para o tempo que passaria no abrigo. No fim, sua perseverança foi recompensada, já que ele encontrou um pêni. Compramos um grande pedaço de pão velho, que devoramos enquanto caminhávamos.

Quando chegamos em Cromley, era cedo demais para entrar no abrigo, e percorremos vários outros quilômetros até chegarmos a uma plantação ao lado de um campo, onde podíamos nos sentar. Era um caravançará conhecido por mendigos — era fácil notar isso pela grama batida, pelo jornal empapado e pelas latas enferrujadas deixadas para trás. Outros mendigos estavam chegando, sozinhos ou em dupla. Era um clima agradável de outono. Perto dali, crescia um vasto canteiro de atanásias; parece-me que, até hoje, consigo sentir a forte catinga dessas atanásias brigando com o fedor dos mendigos. No campo, dois potros puxadores de carroça, ambos de cor ocre com crinas e caudas brancas, mordiscavam o portão. Esparramamo-nos na terra, suados e exaustos. Alguém conseguiu encontrar gravetos secos e acendemos uma fogueira para tomar chá, sem leite, de um "barril" de lata compartilhado entre todos.

Alguns mendigos começaram a contar histórias. Um deles, Bill, era um sujeito interessante, um mendigo robusto e genuíno da velha guarda, forte como Hércules e um inimigo sincero do trabalho. Gabava-se de que, com sua força incrível, conseguiria um trabalho braçal com facilidade, porém, assim que ganhou o salário da primeira semana, teve um porre espantoso e foi demitido. Nos intervalos, "mendigava", especialmente de comerciantes. Falava assim:

— Não vou muito longe aqui em Kent. Kent é um condado fechado, é, sim. Tem um monte de gente perdida por aqui. Esses padeiros •••• preferem jogar o pão fora antes de dar um pouco pra gente. Agora, Oxford... Oxford é o lugar pra pedir. Quando eu tava em Oxford, eu pedia pão, eu pedia bacon, eu pedia bife, e toda noite eu pedia meio xelim pros estudantes pra pagar minha cama. Na última noite, faltava dois pêni pro valor da cama, e eu passo por um vigário e peço três pêni. Ele dá os três pêni e, no segundo seguinte, ele se vira e me denuncia por mendigar. "Tu tava mendigando", o tira disse. "Não tava, não", eu falei, "eu tava perguntando a hora pra esse cavalheiro aí", eu falei. O tira começou a apalpar meu casaco por dentro, e puxou meio quilo de carne e dois pães. "Bem, então o que é isto aqui?", ele falou. "É melhor você vir comigo pra estação", ele falou. O juiz me deu sete dias de prisão. Eu não peço mais dinheiro pra uma •••• de vigário. Mas, meu Deus! O que me importa uma cana de sete dias?

Etc. etc.

Parecia que a vida inteira dele era assim — um ciclo de esmola, bebida e prisão. Ele ria ao falar, levando tudo como uma grande piada. Parecia ganhar uma miséria como pedinte, já que usava apenas um terno de veludo cotelê, um cachecol e um boné — sem meias ou camisa. Ainda assim, era gordo e alegre, e até cheirava a cerveja, um cheiro incomum entre mendigos hoje em dia.

Dois dos mendigos haviam estado no abrigo de Cromley recentemente, e contaram uma história de fantasmas a respeito dele. Anos antes, disseram, alguém se suicidou lá. Um mendigo conseguiu levar uma navalha para dentro da cela e cortou a própria garganta. De manhã, quando o Prefeito dos Mendigos veio acordá-los, o corpo estava emperrando a porta e, para abri-la, tiveram de quebrar o braço do morto. Como vingança, o morto assombrava sua cela, e qualquer um que dormisse lá morreria com certeza em um ano; havia muitas provas disso, é claro. Se a porta de uma cela não abrisse, você deveria evitar essa cela como se fosse a peste, já que era a cela assombrada.

Dois mendigos, ex-marinheiros, contaram outra história macabra. Um homem, que eles juravam ter conhecido, planejava viajar de maneira clandestina em um barco rumo ao Chile. O barco estava cheio de artigos manufaturados empacotados em vastos engradados de madeira e, com a ajuda de um doqueiro, o imigrante ilegal conseguiu se esconder em uma dessas caixas. Mas o doqueiro cometeu um erro a respeito da ordem dos engradados que deveriam ser colocados no navio. O guindaste pegou o imigrante ilegal, ergueu-o no ar e o depositou bem no fundo, debaixo de centenas de caixas. Ninguém descobriu o que aconteceu até o fim da viagem, quando descobriram o homem apodrecendo depois de morrer sufocado.

Outro mendigo contou a história de Gilderoy, o ladrão escocês. Gilderoy era um homem que foi condenado à forca, escapou, capturou o juiz que o sentenciou e — que sujeito maravilhoso! — o enforcou. Os mendigos gostavam da história, é claro, mas a parte interessante é que eles tinham entendido tudo errado. Na versão deles, Gilderoy escapava para a América, quando na realidade ele foi recapturado e executado. A história fora corrigida, de propósito, sem dúvida; assim como as crianças corrigem as histórias de Sansão e Robin Hood, dando a eles finais felizes que são só frutos da imaginação.

Isso incentivou os mendigos a falarem de história, e um mendigo muito velho declarou que a "lei da primeira mordida" sobrevivera da época em que os nobres caçavam homens em vez de cervos. Alguns riram dele, mas a ideia estava fixa em sua cabeça. Ele ouvira, também, a respeito das Leis dos Cercais e o *jus primae noctis*[103], que ele acreditava ter verdadeiramente existido; e da Grande Rebelião, que ele pensava ter sido uma rebelião dos pobres contra os ricos — talvez ele tenha confundido com as revoltas de camponeses. Duvido que o velho soubesse ler, e certamente não estava repetindo artigos de jornal. Seus fragmentos de história foram passados adiante por gerações e gerações de mendigos, talvez por séculos, em determinados casos. Era a tradição oral remanescente, como um eco remoto da Idade Média.

Paddy e eu fomos para o abrigo às seis da tarde, para sair às dez da manhã. Era parecido com Romton e Edbury, e não encontramos fantasma algum. Entre os mendigos, havia dois nomes chamado William e Fred, ex-pescadores de Norfolk, um par vivaz que gostava de cantar. Eles tinham uma música chamada "Bella infeliz",

103 Em latim, "direito da primeira noite", um mito de que havia uma lei medieval a qual dava aos senhores feudais o direito de desvirginar uma noiva recém-casada em seu feudo. Hoje se sabe que isso não ocorria. (N.E.)

que vale a pena transcrever. Ouvi-os cantá-la meia dúzia de vezes nos dois dias seguintes, e consegui anotá-la de cabeça, exceto por uma linha ou duas que tive de deduzir. Era assim:

Bella era jovem, Bella era linda
De cabelo dourado e olhos azuis mais belos ainda
Ó Bella infeliz!
Tinha um passo leve e um coração contente
Mas seu juízo era inexistente
Um belo dia, acabou prenha
Por um patife de maldade ferrenha

Pobre bela, era nova e não sabia
Que o mundo é duro, cheio de mentira
Ó Bella infeliz!
"Meu homem fará o que é certo", Bella dizia
"Vamos casar, ele não me enganaria"
Confiava, de verdade,
Ó Bella infeliz!

Foi até a casa daquele homem ruim
Para descobrir que partira, enfim
Ó Bella infeliz!
A senhoria disse: "Suma daqui, sua puta,
Não quero seu tipo de virtude fajuta"
A pobre Bella, cheia de aflição
Traída por um sujeito sem coração

Como deve ter sofrido a criatura
Sob a neve, vagando na rua
Ó Bella infeliz!

E, ao amanhecer
Ai, ai, a pobre Bella estava morta
Mandada tão cedo ao além
De um homem cruel foi refém

Faça o que quiser, então
Mas os frutos do pecado ainda sofrem em vão
Ó Bella infeliz!
Quando a enterraram, após essa vida tão curta
Os homens disseram: "Pena, mas a vida é assim"
Mas as mulheres cantavam, doces, sim
"Culpa dos homens, filhos da puta!"

Talvez tenha sido escrito por uma mulher.

William e Fred, os cantores da música, eram verdadeiros malandros, o tipo de homem que traz má fama aos mendigos. Eles sabiam que o Prefeito dos Mendigos em Cromley tinha um estoque de roupas velhas para doação aos hóspedes. Antes de entrarem, William e Fred tiraram as botas, arrebentaram a costura e cortaram partes das solas, praticamente arruinando-as. Então, pediram dois pares de botas e, quando o Prefeito dos Mendigos viu o estado das botas, deu-lhes pares seminovos. William e Fred mal estavam fora do abrigo quando as venderam por um xelim e nove pêni. Para eles, parece ter valido a pena deixar as próprias botas quase inutilizáveis em troca de um xelim e nove pêni.

Após sairmos do abrigo, todos nós rumamos ao sul, em uma procissão longa e arrastada, em direção de Lower Binfield e Ide Hill. No caminho, houve uma briga entre dois mendigos. Eles tinham discutido durante a noite (houve um *casus belli*[104], porque

104 Em latim, "caso de guerra" — isto é, uma ofensa tão grave feita contra uma nação que justificaria a guerra. (N.E.)

um disse ao outro que estava falando só bosta seca, o que o outro entendeu como bolchevique, um insulto mortal), e ambos resolveram a briga no tapa quando chegaram ao campo. Uma dúzia de nós ficou para assistir. A cena perdurou em minha memória por um motivo: o homem que apanhou foi ao chão e sua boina caiu, mostrando que seu cabelo era bem branco. Depois disso, alguns intervieram e pararam a briga. Enquanto isso, Paddy perguntava coisas aos outros, e descobriu que o motivo real da briga era, como sempre acontece, alguns pêni de comida.

Chegamos a Lower Binfield um tanto cedo, e Paddy matou o tempo procurando emprego em portinhas dos fundos de estabelecimentos. Em uma das casas, deram-lhe caixas para cortar como lenha e, depois de dizer que havia um colega à espera do lado de fora, me levou até lá e trabalhamos juntos. Quando acabamos, o dono da casa disse para a empregada preparar uma xícara de chá para nós. Lembro da expressão aterrorizada da mulher quando o levou para nós e, perdendo a coragem, deixou as duas xícaras no chão e saiu correndo de volta para a casa, trancando-se na cozinha. É desse modo que mendigos são vistos. Cada um de nós recebeu seis pêni e, com três pêni, compramos um pão e trinta gramas de tabaco, ficando com cinco pêni.

Paddy achou que seria prudente se enterrássemos nossos cinco pêni, já que o Prefeito dos Mendigos de Lower Binfield era conhecido por ser um tirano que poderia recusar nossa presença se tivéssemos qualquer dinheiro. Enterrar dinheiro é uma prática comum entre mendigos. Se querem contrabandear uma grande quantia para dentro do abrigo, costumam costurar o dinheiro dentro da roupa, o que pode significar um tempo na cadeia se forem pegos, é claro. Paddy e Bozo contavam uma boa história a respeito disso. Um irlandês (Bozo dizia que era irlandês; Paddy dizia que era inglês) que não era mendigo e carregava consigo trinta libras, viu-se preso em um vilarejo pequeno no qual não conseguiu uma cama. Ele consultou um mendigo, que lhe aconselhou a passar a noite em um abrigo. É comum que, quando alguém não consegue lugar para ficar, vá a um abrigo, se puder pagar uma quantia razoável. O irlandês, contudo, achou que podia bancar o esperto e conseguir uma cama a troco de nada, então se apresentou no abrigo como indigente. Costurou as trinta libras nas roupas. Enquanto isso, o mendigo que falara com ele viu uma oportunidade e, à noite, chamou o Prefeito dos Mendigos em privado para pedir permissão para sair do abrigo mais cedo, de manhã, já que estava tentando conseguir um emprego. Às seis da manhã, saiu de lá vestindo as roupas do irlandês. O irlandês reclamou do roubo e ficou preso por trinta dias por falsidade ideológica em um abrigo de pobres.

CAPÍTULO 35

Chegando à Lower Binfield, nos esparramamos por um longo tempo na grama, observados pelos proprietários dos chalés, que nos viam das portas de suas casas. Um pastor e sua filha vieram e ficaram nos encarando em silêncio por um tempo, como se fôssemos peixes de aquário, e depois foram embora. Havia várias dúzias de nós esperando. William e Fred estavam lá, ainda cantando, assim como os homens que brigaram, e Bill, o vadio. Ele pediu esmola em padarias e guardara um monte de pão velho escondido entre o casaco e seu corpo nu. Ele compartilhou o pão conosco, e todos ficamos felizes por isso. Havia uma mulher entre nós, a primeira mulher que vi mendigar. Ela era uma mulher de uns sessenta anos, um pouco gorda, esfarrapada e muito suja, vestindo uma longa saia preta que se arrastava atrás dela. Exibia um ar de dignidade e, se alguém se sentasse perto dela, ela fungava e ia embora.

— Aonde vai, sinhá? — um dos mendigos perguntou.

A mulher fungou e olhou para o nada.

— Vamos, vamos, sinhá — ele disse. — Alegre-se. Seja amigável. Estamos todos no mesmo barco.

— Obrigada — a mulher disse com amargura. — Quando eu quiser me misturar com um grupo de *mendigos*, vou avisá-lo.

Gostei do jeito que ela disse *mendigos*. Parecia mostrar em um vislumbre toda a sua alma; uma alma pequena, feminina, restrita, que não aprendeu nada depois de anos na rua. Era, sem dúvida, uma viúva de respeito, que começou a mendigar após um acidente grotesco.

O abrigo abriu às seis horas. Era sábado, e passaríamos o fim de semana inteiro lá dentro, que é o que costuma acontecer; não sei o motivo, a não ser que seja por um sentimento vago de que o domingo deve ser desagradável. Quando fomos registrados, falei que era um "jornalista". Era mais verdadeiro do que "pintor", já que eu realmente ganhara dinheiro com artigos de jornais algumas vezes, mas era algo bobo para se dizer, porque significava que eu poderia ser questionado. Assim que entramos no abrigo e nos alinhamos em uma fileira para a inspeção, o Prefeito dos Mendigos me chamou pelo nome. Era um sujeito de quarenta anos, duro como um soldado, sem parecer o valentão que me disseram, mas com jeito de um soldado velho e rabugento. Disse, áspero:

— Qual de vocês é Fulano? — (Esqueci o nome que usei.)

— Eu, senhor.

— Então você é jornalista?

— Sim, senhor — falei, tremendo. Se tivesse de responder algumas perguntas, eu poderia ser pego na mentira e seria preso. Mas o Prefeito dos Mendigos me olhou de cima a baixo e disse:

— Então é um cavalheiro?

— Suponho que sim.

Ele me olhou longamente mais uma vez.

— Bom, isso é um azar e tanto, doutor — disse. — Um azar e tanto.

Depois disso, começou a me tratar com um favoritismo injusto e até mesmo com um certo respeito. Não me revistou e, no banheiro, me deu uma toalha limpa — o tipo de luxo que nunca acontecia. É esse o efeito da palavra "cavalheiro" em um velho soldado.

Às sete da noite, devoramos nosso pão com chá e fomos levados às nossas celas. Dormimos em celas individuais, com armações de cama e colchões de palha, o que deveria significar uma boa noite de sono. Mas nenhum abrigo é perfeito, e o lado ruim de Lower Binfield era o frio. Os canos de água quente não estavam funcionando, e os dois lençóis de algodão que nos deram eram praticamente inúteis. Era só outono, mas o frio estava cruel. Passei longas doze horas virando de um lado para o outro, pegando no sono e acordando logo em seguida, trêmulo. Não podíamos fumar, já que o tabaco, que conseguimos levar às escondidas para dentro do abrigo, estava em nossas roupas, e não as teríamos de volta até a manhã seguinte. Em todo o corredor, era possível ouvir grunhidos e homens praguejando. Ninguém, suponho, conseguiu mais de uma hora ou duas de sono.

Depois do café da manhã e da inspeção médica, o Prefeito dos Mendigos nos levou a uma sala de jantar e trancou a porta. Era uma sala caiada, com piso de pedra, indizivelmente lúgubre, com móveis de pinho, bancos e cheiro de prisão. As janelas com barras eram altas demais para que pudéssemos ver o lado de fora, e não havia decoração alguma além de um relógio e uma cópia das regras do abrigo. Ficamos aglomerados nos bancos, cotovelo contra cotovelo, e já estávamos entediados, apesar de mal serem oito horas da manhã. Não havia nada para fazer, falar ou até espaço para nos movermos. A única consolação é que podíamos falar, já que fumar era permitido contanto que não fôssemos pegos. Scotty, um mendigo baixinho e cabeludo de Glasgow, e com sotaque cockney misto, não tinha tabaco, já que sua latinha de bitucas de cigarro lhe caíra da bota durante a revista e fora confiscada. Dei-lhe um pouco de cigarro. Fumamos furtivamente, enfiando os cigarros nos bolsos, como meninos em uma escola, quando ouvíamos a aproximação do Prefeito dos Mendigos.

A maior parte dos mendigos passou dez horas contínuas nessa desconfortável sala sem alma. Só Deus sabe o que tiveram de passar. Tive mais sorte do que os demais, já que, às dez, o Prefeito dos Mendigos chamou alguns homens para trabalhos aleatórios, e me escolheu para ajudar na cozinha do abrigo, o trabalho mais cobiçado de todos. Isso, assim como a toalha limpa, era o efeito da palavra "cavalheiro".

Não havia o que fazer na cozinha, e consegui entrar em um pequeno barracão usado para guardar batatas, onde alguns indigentes do abrigo iam para escapar do culto matutino de domingo. Havia caixotes confortáveis para nos sentarmos, edições antigas de *Family Herald*, e até mesmo uma cópia de *Raffles* da biblioteca do abrigo. Os indigentes falaram coisas interessantes da vida no abrigo. Disseram-me, entre outros fatos, que o que mais odiavam ali, como estigma da caridade, era o uniforme; se os homens pudessem usar as próprias roupas, ou mesmo suas boinas e seus cachecóis, não se importariam de serem indigentes. Almocei à mesa do abrigo, e era uma refeição digna de uma jiboia — a maior refeição que comi desde meu primeiro dia no Hôtel X. Os indigentes falaram que, aos domingos, costumavam se embuchar até quase estourar, e passavam fome no restante da semana. Depois do jantar, o cozinheiro me mandou lavar a louça e disse para eu jogar fora a comida que sobrasse. O desperdício era imenso e, em tais circunstâncias, estarrecedor. Pedaços não comidos de carne, baldes de pães despedaçados e vegetais, tudo isso era jogado fora como lixo, e então poluídos com folhas de chá. Enchi cinco lixeiras que transbordavam alimentos ainda comestíveis. Enquanto eu fazia isso, cinquenta mendigos estavam sentados no abrigo com o estômago meio vazio, tendo comido apenas o pão com queijo servido como jantar no abrigo, e talvez duas batatas cozidas e frias, já que era domingo. Segundo os indigentes, a comida era jogada fora de propósito, para não ser entregue aos mendigos.

Às três da tarde, voltei ao abrigo. Os mendigos ficaram sentados lá desde as oito da manhã, sem espaço para sequer mexer o braço, e agora estavam quase loucos de tédio. Até os cigarros já tinham quase acabado, já que o cigarro de um mendigo consiste em bitucas encontradas na rua e ele fica faminto se passa horas longe da calçada. A maior parte deles estava entediada demais para falar; só ficaram sentados nos bancos, olhando para o nada, seus rostos sujos partidos ao meio por bocejos enormes. A sala fedia a *ennui*[105].

Paddy, com o traseiro doendo de tanto ficar sentado no banco duro, choramingava e, para passar o tempo, falei com um mendigo que tinha um ar de superioridade, um jovem carpinteiro que usava colarinho e gravata e, segundo ele, morava na rua por falta de ferramentas. Ele se mantinha um pouco distante dos outros mendigos, e se via mais como um homem livre do que como um indigente. Também tinha gosto literário, e carregava no bolso um exemplar de *Quentin Durward*. Contou-me que nunca fora a um abrigo sem passar fome, e preferia dormir sob cercas-vivas e atrás de arbustos. Na costa sul, ele pedia esmola durante o dia e, às vezes, dormia em barracas de banhistas por semanas.

Falamos um pouco sobre a vida na rua. Ele criticou o sistema que fazia um mendigo passar catorze horas por dia em um abrigo, e as outras dez andando e evitando a polícia. Ele falou do próprio caso — seis meses às custas dos cofres públicos por precisar de ferramentas que não custavam mais do que algumas libras. Era estúpido, segundo ele.

Então lhe contei sobre o desperdício na cozinha do abrigo e minha opinião acerca disso. E, nesse momento, ele mudou de tom

105 "Tédio", em francês no original. (N.E.)

imediatamente. Vi que tinha despertado nele o burguês adormecido em todo operário inglês. Apesar de passar fome com os outros, ele logo viu motivos pelos quais a comida deveria ser jogada fora em vez de distribuída entre os mendigos. Ele me repreendeu com severidade.

— Precisam fazer isso — disse. — Se deixarem estes lugares confortáveis demais, vai ter toda a escória do país correndo para vir aqui. É só a comida ruim que mantém a escória longe dos abrigos. Estes mendigos aqui são preguiçosos demais para trabalhar, é isso que há de errado com eles. Não deve encorajá-los. São escória.

Tentei argumentar para provar que ele estava errado, mas ele se negava a ouvir. Continuou repetindo:

— Não deve sentir pena destes mendigos aqui; todos eles são escória. Não deve julgá-los seguindo os mesmos padrões de homens como você e eu. São escória, apenas escória.

Foi interessante ver o jeito sutil com o qual ele se distanciava "destes mendigos aqui". Ele estava na rua havia seis meses, mas, diante de Deus, parecia dizer que não era um mendigo. Imagino que existam muitos mendigos que agradecem a Deus por não serem mendigos. São como excursionistas que dizem coisas maldosas a respeito de excursionistas.

Três horas se arrastaram. Às seis, chegou um jantar praticamente não comestível; o pão, já duro no café da manhã (cortaram-no em fatias na noite de sábado), agora estava tão duro quanto uma bolacha de água e sal de navio. Por sorte, passaram gordura nele, e conseguimos comer só essa parte, que era melhor do que nada. Às seis e quinze, nos mandaram para a cama. Havia novos mendigos chegando e, para não os misturar com os mendigos de outros dias (temiam a transmissão de doenças infecciosas), os novatos eram colocados nas celas e nós em dormitórios. Nosso dormitório parecia um celeiro com trinta camas bem próximas umas das outras, e uma cuba que servia como penico coletivo. Fedia de forma abominável, e os homens mais velhos tossiam e se levantavam a noite inteira. Mas a quantidade de gente mantinha a sala quente, e conseguimos dormir um pouco.

Dispersamo-nos às dez da manhã, após uma nova inspeção médica, com um pedaço de pão com queijo para a refeição do meio-dia. William e Fred, fortes agora que tinham seu xelim, empalaram seus pães nas grades do abrigo — era um protesto, diziam. Era o segundo abrigo em Kent onde eles não eram mais bem-vindos, e viam isso como uma grande piada. Eram almas alegres, para o padrão dos mendigos. O retardado (existe um retardado em todo grupo de mendigos) disse que estava cansado demais para andar e se agarrou nas grades até o Prefeito dos Mendigos ter de tirá-lo e chutá-lo para fora. Paddy e eu fomos para o norte, em direção a Londres. A maior parte dos outros estava indo para Ide Hill, conhecido por ser o pior abrigo em Londres[106].

Mais uma vez, a temperatura de outono estava agradável, e a estrada estava quieta, sem muitos carros. O ar puro era como cheirar rosa-mosqueta depois da catinga de suor, sabão e ralo do abrigo. Parecia que éramos os únicos mendigos na estrada. Então, ouvi um movimento apressado atrás de nós, e alguém nos chamou. Era o pequeno Scotty, o mendigo de Glasgow, que correra atrás de nós, ofegante. Retirou uma lata enferrujada do bolso. Tinha um sorriso amigável, como alguém que está devolvendo um favor.

— Aqui está, meu chapa — disse, cordial. — Eu te devia umas bitucas. Você me emprestou o cigarro ontem. O Prefeito dos Mendigos me deu minha caixa de bitucas quando saímos hoje de manhã. Um bom gesto merece outro, aqui está.

E ele colocou quatro bitucas úmidas, estragadas e asquerosas em minha mão.

---

106 Estive lá desde então, e não é tão ruim assim. (N.A.)

CAPÍTULO 36

Quero fazer uns comentários gerais a respeito de mendigos. Se pararmos para pensar, mendigos são um produto estranho, digno de reflexão. É estranho que uma tribo de homens, dezenas de milhares ao todo, marchem para cima e para baixo da Inglaterra como tantos judeus errantes. Mas, apesar de ser um assunto que precisa ser considerado, não podemos começar essa consideração sem abandonar preconceitos, que estão enraizados na ideia de que todo mendigo, *ipso facto*[107], é um delinquente. Durante a infância, nos ensinaram que mendigos são delinquentes e, consequentemente, existe em nossa cabeça a ideia de um mendigo típico — uma criatura repulsiva e um tanto perigosa, que prefere morrer a trabalhar ou se lavar, e que não quer fazer nada além de pedir esmola, beber e roubar galinheiros. Este monstro-mendigo é tão fictício quanto os chineses sinistros de histórias de revista, mas é difícil se livrar dessa ideia. A própria palavra "mendigo" evoca essa imagem. E a crença nele obscurece as verdadeiras questões da mendicância.

Vamos tratar de uma questão fundamental da vadiagem: por que mendigos existem, afinal? É curioso, mas pouca gente sabe o que leva

107 "Por definição", em latim no original. (N.E.)

um mendigo a morar na rua. E, por acreditar no monstro-mendigo, criam-se as razões mais fantásticas para essa pergunta. Dizem, por exemplo, que mendigos mendigam para não trabalhar, para pedir esmola com mais facilidade, para encontrar mais oportunidades para cometer crimes e, até mesmo a razão menos provável de todas: porque gostam de mendigar. Já li um livro de criminologia que dizia que o mendigo é um atavismo, um retorno ao estado nômade da humanidade. Enquanto isso, a causa real da vadiagem continua nos encarando. É claro que o mendigo não é um atavismo nômade — pode-se dizer também que um viajante comercial é um atavismo. O mendigo mendiga, não por gostar da condição, mas pelo mesmo motivo pelo qual o carro continua à esquerda; porque existe uma lei que o obriga a fazer isso. Um indigente, se não for cuidado pela paróquia, só encontra alívio em abrigos e, como cada abrigo só permite que fique lá por uma única noite, ele é obrigado a se movimentar. Ele é errante porque, segundo a lei, é isso ou morrer de fome. Mas as pessoas foram ensinadas a acreditar no monstro-mendigo, e por isso preferem pensar que existe um motivo vilanesco para a existência do mendigo.

Na verdade, a ideia do monstro-mendigo quase não sobrevive ao questionamento. Pegue, por exemplo, a ideia que costuma ser bem-aceita de que mendigos são indivíduos perigosos. Mesmo sem contar a experiência, pode-se dizer que, *a priori*, poucos mendigos são perigosos, pois se fossem perigosos, seriam tratados dessa maneira. Abrigos frequentemente aceitam cem mendigos na mesma noite, que são cuidados por uma equipe de, no máximo, três porteiros. Cem criminosos não poderiam ser controlados por três homens desarmados. De fato, o que mais acontece é que os mendigos são maltratados pelos funcionários, pois costumam ser as criaturas mais dóceis e fragilizadas quanto é possível. Ou a ideia de que mendigos são bêbados — esta é ridícula demais. Sem dúvida, muitos mendigos beberiam, se pudessem, mas eles nem sequer têm essa oportunidade. Neste exato momento, um negócio pálido e aguado chamado cerveja custa sete pêni a caneca, na Inglaterra. Embebedar-se custaria ao menos meia coroa, e um homem que pode gastar meia coroa não costuma ser um mendigo. A ideia de que mendigos são parasitas sociais impertinentes ("mendigos inveterados") não é totalmente infundada, mas é só verdade em alguns casos. Parasitismo deliberado e cínico, como o que se vê nos livros de Jack London a respeito da mendicância americana, não representa o caráter inglês. Os ingleses constituem uma raça dominada pela consciência, com um forte senso do pecado da pobreza. Não podemos imaginar o inglês comum desejando virar um parasita, e este caráter nacional não muda, necessariamente, só porque está desempregado. Se lembrarmos que o mendigo é apenas um inglês desempregado, forçado pela lei a viver como vagabundo, o monstro-mendigo desaparece. Não estou afirmando, é claro, que a maior parte dos mendigos são pessoas ideais; estou afirmando que são seres humanos comuns e que, se forem piores que outras pessoas, isso é resultado, e não causa, de suas vidas.

Conclui-se, então, que a atitude que "esses desgraçados têm o que merecem", normalmente dirigida a mendigos, é tão injusta quanto a atitude dirigida a aleijados ou inválidos. Quando entendemos isso, começamos a nos colocar no lugar do mendigo e entender como é sua vida. É uma vida extraordinariamente fútil e extremamente desagradável. Descrevi os abrigos — a rotina do dia de um mendigo —, mas há três males nos quais preciso insistir. O primeiro é a fome, que é o destino geral dos mendigos. O abrigo oferece uma ração que, provavelmente, nem tem a intenção de ser suficiente, e tudo além disso é conseguido ao mendigar — ou seja, ao quebrar a lei. O resultado é que a maior parte dos mendigos apodrece de inanição; se quiser uma prova, olhe para qualquer fila do lado de fora de um abrigo. O segundo mal da vida de um mendigo (parece muito pequeno à primeira vista, mas é um segundo mal de grande importância) é que ele não tem contato com as mulheres. Preciso elaborar este ponto.

Mendigos não tem contato com mulher, em primeiro lugar, porque há poucas mulheres com a mesma posição social deles. Na teoria, a distribuição de indigentes entre os sexos deveria ser tão igualitária quando a distribuição em outros grupos. Mas não é; na verdade, pode-se dizer que, abaixo de certo nível, a sociedade é inteiramente masculina. Os números a seguir foram publicados pelo Conselho do Condado de Londres (LCC, na sigla em inglês) com base em um censo noturno registrado no dia 13 de fevereiro de 1931, e mostram os números relativos de indigentes homens e mulheres:

Passando a noite na rua, 60 homens, 18 mulheres[108]. Em abrigos e casas não licenciadas, como albergues, 1.057 homens, 137 mulheres. Na cripta da Igreja St. Martin's-in-the-Fields, 88 homens, 12 mulheres. Nos asilos e albergues do LCC, 674 homens, 15 mulheres.

Nota-se que, de acordo com esses números, a quantidade de homens excede a de mulheres em uma proporção de dez para um no quesito de requerer caridade para sobreviver. O motivo é, possivelmente, que o desemprego afeta menos mulheres do que homens; e que, como última saída, qualquer mulher apresentável pode se juntar com um homem. O resultado, para um mendigo, é que ele é condenado ao celibato permanente. Já que, é claro, se um mendigo não encontra nenhuma mulher do mesmo nível social, aquelas que estão acima deles — mesmo muito pouco acima — estão tão longe quanto a Lua está longe da Terra. Os motivos não valem a pena serem discutidos, mas não há dúvidas de que mulheres nunca, ou quase nunca, dão atenção a homens muito mais pobres do que elas mesmas. Um mendigo, então, é celibatário a partir do momento que vai para a rua. Ele não tem esperança alguma de conseguir uma esposa, amante ou qualquer tipo de mulher, exceto — muito raramente, quando consegue juntar alguns xelins — uma prostituta.

108 O número deve ter sido subestimado. Ainda assim, as proporções fazem sentido. (N.A.)

Os resultados são óbvios: homossexualidade, por exemplo, e estupros ocasionais. Mas pior do que isso é a degradação em um homem que sabe que não serve nem para o casamento. O impulso sexual, sem exagero, é um impulso fundamental, e pode ser tão desmoralizante quanto a fome física. O mal da pobreza não é só fazer um homem sofrer, mas apodrecê-lo física e espiritualmente. E não há dúvidas de que a fome sexual contribui nesse processo de apodrecimento. Separados da raça inteira das mulheres, o mendigo sente-se diminuído ao patamar de um aleijado ou de um lunático. Nenhuma humilhação poderia afetar mais o respeito próprio de um homem.

O terceiro grande mal da vida de um mendigo é o ócio forçado. Segundo as leis da vadiagem, as coisas são organizadas de modo que, quando o mendigo não está perambulando pela rua, está sentado em uma cela; ou, em intervalos, deitado no chão, esperando a abertura do abrigo. É óbvio que esta é uma forma desmoralizante e abismal de se viver, em especial para um homem sem instrução.

Além dos fatores já mencionados, há vários outros males menores — por exemplo, o desconforto, que é inseparável da vida na rua; vale a pena lembrar que o mendigo comum não tem roupas além das que está vestindo, usa botas que não servem bem em seus pés, e passa meses sem se sentar em uma cadeira. Mas o ponto mais importante é que os sofrimentos do mendigo são absolutamente inúteis. Ele vive uma vida terrivelmente desagradável, e a vive sem propósito algum. Não podemos, na verdade, inventar uma rotina mais fútil do que andar de prisão em prisão, gastando cerca de dezoito horas por dia em uma cela e na rua. Deve ter ao menos dezenas de milhares de mendigos na Inglaterra. A cada dia, desperdiçam inúmeras horas, passos e energia — energia que poderia ser gasta arando milhares de hectares de terra, construindo quilômetros de estrada, erguendo dúzias de casas — em meras caminhadas inúteis. A cada dia, gastam entre eles dez anos de vida só encarando as paredes das celas. Custam ao país ao menos uma libra por semana por homem, e não dão nada em retorno. Eles andam de lá para cá, em um entediante e inacabável jogo das cadeiras, que não tem utilidade e não serve para nada nem ninguém. A lei dá continuidade a esse processo, e nos acostumamos tanto com isso que não nos surpreende. Mas é muito tolo.

Considerando a futilidade da vida de um mendigo, a questão é: existe algo que possa melhorá-la? É óbvio que seria possível, por exemplo, tornar os abrigos mais habitáveis, e isso já está sendo feito, em certos casos. No ano passado, alguns abrigos foram melhorados — estão irreconhecíveis, se os relatos forem verdade — e considera-se fazer o mesmo com todos. Mas isso não muda o problema. O problema é como tornar um mendigo entediado e meio vivo em um ser humano que se respeite. Um mero aumento de conforto não fará isso. Mesmo se os abrigos se tornarem luxuosos (o que nunca acontecerá)[109], a vida de um mendigo continuará sem motivo. Ele ainda será indigente, sem a possibilidade do casamento e de um lar, um peso morto para a comunidade. O que precisa ser feito é tirá-lo da condição de indigente, e isso só pode ser feito oferecendo empregos — não empregos só para trabalhar, mas empregos cujos benefícios ele possa aproveitar. No presente, mendigos não trabalham na maior parte dos abrigos. Em determinados momentos, tiveram de quebrar pedras em troca de comida, mas isso parou quando tinham quebrado pedra o suficiente para anos de material, e os quebradores oficiais ficaram desempregados. Agora, ficam sem fazer nada, porque não parece ter nada que possam fazer. Mas há formas bastante óbvias de fazer com que sejam úteis, como: cada abrigo poderia ter uma pequena fazenda, ou ao menos uma horta, e cada mendigo com capacidade física que se apresentasse poderia trabalhar. O resultado da fazenda ou da horta poderia alimentar os mendigos e, no pior dos casos, seria

109 Para sermos justos, é importante acrescentar que alguns dos abrigos foram melhorados recentemente, ao menos sob a ótica da acomodação para quem passa a noite ali. Mas a maioria segue igual, e não houve melhora alguma na alimentação. (N.A.)

melhor do que a dieta asquerosa de pão com margarina e chá. É claro que os abrigos nunca poderiam ser plenamente autossustentáveis, mas eles poderiam tentar e, a longo prazo, os impostos provavelmente se beneficiariam disso. Devemos lembrar que, no sistema atual, os mendigos são um peso morto para o país, já que não trabalham e sobrevivem com uma dieta que acaba com sua saúde; o sistema, então, perde vidas e dinheiro. Um esquema que poderia alimentá-los de maneira decente e torná-los produtivos, ao menos para a própria comida, valeria a pena ser testado.

Pode-se objetar que uma fazenda ou mesmo uma horta não poderia ser sustentada com trabalhos temporários. Mas não há motivos pelos quais os mendigos só deveriam passar um dia no abrigo; eles poderiam passar um mês ou até mesmo um ano, se tivessem trabalho a executar. A circulação constante de mendigos é algo artificial. No presente, o mendigo é um gasto para os impostos, e o objetivo de cada abrigo é empurrá-lo para o próximo asilo; por isso existe a lei da noite única. Se voltar no mesmo mês, é penalizado e trancado por uma semana e, considerando que isso é muito parecido com a prisão, ele é forçado a continuar em movimento. Todavia, se representasse trabalho para o abrigo, e o abrigo representasse comida boa para ele, a questão seria diferente. Os abrigos virariam instituições quase autossustentáveis e os mendigos, parando em um local ou no outro conforme suas necessidades, parariam de ser mendigos. Fariam algo útil, ganhariam comida e teriam uma vida estável. Se o formato funcionasse, poderiam até mesmo sair da miséria, casar e voltar a ter uma posição de respeito na sociedade.

Essa é apenas uma ideia inicial, e há problemas óbvios nela. De qualquer forma, é uma sugestão para melhorar a condição dos mendigos sem colocar mais ônus aos impostos. Já que, se a questão é o que fazer com homens subnutridos e ociosos, a resposta — fazer com que plantem a própria comida — se impõe automaticamente.

CAPÍTULO 37

Uma palavra a respeito das acomodações abertas para um morador de rua em Londres. No presente, é impossível conseguir uma *cama* sem que seja em uma instituição de caridade em Londres por menos de sete pêni por noite. Se não puder pagar sete pêni por uma cama, precisa aguentar os seguintes substitutos:

1. O Embankment. Eis aqui o relato que Paddy me ofereceu a respeito de dormir no Embankment:

"A coisa toda com o Embankment é ir dormir cedo. Precisa ter um banco às oito da noite, porque não tem muitos bancos e, às vezes, todos já foram pegos. E precisa tentar dormir logo. É frio demais para dormir muito depois da meia-noite, e a polícia tira você de lá às quatro. Não é fácil dormir, com aqueles bondes malditos passando por cima da nossa cabeça o tempo todo, e aqueles letreiros luminosos do outro lado do rio piscando na frente dos teus olhos. O frio é cruel. Quem dorme lá geralmente se cobre de jornal, mas não ajuda muito. É sortudo se conseguir dormir três horas."

Já dormi no Embankment, e descobri que corresponde, sim, à descrição de Paddy. É, por outro lado, muito melhor do que não dormir, que é a alternativa caso passe a noite na rua, em qualquer lugar além do Embankement. De acordo com a lei londrina, pode ficar sentado à noite, mas a polícia deve retirá-lo se o vir dormir; no Embankment, e em alguns outros cantos (tem um atrás do Lyceum Theatre) são exceções especiais. Esta lei é, evidentemente, um pedaço de ofensa deliberada. O objetivo, na teoria, é evitar que as pessoas morram de frio; mas, claramente, se um homem não tem casa e vai morrer de frio, ele vai morrer acordado ou dormindo. Não há leis assim em Paris. Lá, as pessoas dormem aos montes debaixo das pontes do Sena, diante de portas, em bancos de praças, ao redor dos poços de ventilação do *Métro*, e até mesmo nas estações do *Métro*. Não parece fazer mal algum. Ninguém passaria a noite na rua se pudesse evitá-lo e, se precisa morar na rua, deveria poder dormir, se conseguir.

2. O Twopenny Hangover. Está em um nível um pouco acima do Embankment. No Twopenny Hangover, os hóspedes sentam-se lado a lado em um banco; há uma corda diante deles, e eles se inclinam nela como se estivessem se inclinando sobre uma cerca. Um homem, chamado jocosamente de "camareiro", corta a corda às cinco da manhã. Nunca passei a noite lá, mas Bozo, sim, muitas vezes. Perguntei a ele como alguém poderia dormir em um local assim, e ele disse que era mais confortável do que parecia — ao menos, é melhor do que dormir no chão. Há abrigos similares em Paris, mas só cobram vinte e cinco *centimes* (meio pêni) em vez de dois pêni.

3. O Coffin, por quatro pêni por noite. No Coffin, pode-se dormir em uma caixa de madeira, como um caixão, com uma lona por cima. É frio, e a pior coisa de lá são os insetos, impossíveis de escapar, já que está trancado dentro de uma caixa.

Acima desses há os albergues comuns, com diárias que variam entre sete pêni e um xelim e um pêni. Os melhores albergues são as Rowton Houses, que cobram um xelim e oferecem um cubículo individual e banheiros excelentes. Também pode-se pagar meia coroa por um "especial", que é praticamente um quarto de hotel. As Rowton Houses são prédios esplêndidos, e a única coisa ruim é a disciplina estrita, com regras que impedem hóspedes de cozinhar, jogar cartas etc. A melhor publicidade para as Rowton Houses são o fato de que estão sempre lotadas. As Bruce Houses, que custam um xelim e um pêni, também são excelentes.

Depois delas, os melhores são, no quesito limpeza, os albergues do Exército da Salvação, que cobram sete ou oito pêni. Variam entre si (estive em um ou dois que não eram muito diferentes de albergues comuns), mas a maior parte é limpa e tem bons banheiros; é preciso pagar um valor extra por um banho, porém. É possível conseguir um cubículo por um xelim. Nos dormitórios de oito pêni, as camas são confortáveis, mas há tantas camas (como regra, há ao menos quarenta por sala), e tão próximas umas das outras, que é impossível dormir tranquilamente. As restrições numerosas fedem a prisão e caridade. Os albergues do Exército da Salvação só interessam pessoas que colocam limpeza acima de tudo.

Além desses, há os albergues comuns. Todos são sufocantes e barulhentos, sem importar se está pagando sete pêni ou um xelim, e as camas são igualmente sujas e desconfortáveis. O que as redime é a atmosfera de *laissez-faire*[110] e as cozinhas cálidas, como as de um lar, onde os hóspedes podem ficar a qualquer hora do dia ou da noite. São antros esquálidos, mas é possível ter vida social neles. Dizem que os albergues femininos são piores do que os masculinos, e há poucos lugares que aceitam casais. Não é

110 "Deixa fazer", em francês no original. Expressão que designa liberdade para se fazer o que se quiser. (N.E.)

incomum que um morador de rua durma em um albergue, e sua esposa em outro.

Atualmente, há ao menos quinze mil pessoas morando em albergues em Londres. Para um homem solteiro que ganha duas libras por semana, um albergue é de grande conveniência. Ele dificilmente conseguiria uma sala mobiliada por um preço tão baixo, e o albergue dá a ele fogo gratuito, uma espécie de banheiro e bastante gente por perto. A sujeira é um mal menor. O maior problema de albergues é que, sendo um lugar que se paga para dormir, é quase impossível conseguir dormir. Tudo que o hóspede consegue é uma cama de quase um metro e setenta por oitenta centímetros, com um colchão duro e convexo e um travesseiro que parece um bloco de madeira, coberta por uma fronha de algodão e dois lençóis cinza e fedorentos. No inverno, há cobertas, mas elas nunca são suficientes. E estas camas estão em um quarto onde nunca há menos do que cinco outras camas e, às vezes, cinquenta ou sessenta delas, todas coladas umas às outras. É claro que ninguém consegue dormir direito assim. Os únicos outros lugares onde as pessoas ficam assim são casernas e hospitais. Nas alas públicas de um hospital, ninguém espera dormir bem. Em casernas, os soldados ficam amontoados, mas têm camas boas e estão saudáveis; em um albergue comum, quase todos os hóspedes têm tosses crônicas, e muitos deles sofrem de doenças urinárias que fazem com que se levantem inúmeras vezes durante a noite. O resultado é uma algazarra constante que torna dormir impossível. Até onde notei, ninguém em albergues dorme mais do que cinco horas por noite — uma falcatrua imensa quando o hóspede pagou sete pêni ou mais para ter onde dormir.

Aqui, a legislação poderia ajudar em algo. Atualmente, o LCC fez todo tipo de lei a respeito de albergues, mas nada é feito pelos hóspedes. O LCC só se mete para proibir bebida, apostas, brigas etc. etc. Não há lei que determine que as camas em um albergue devem ser confortáveis. Seria algo fácil de colocar em vigor — muito mais fácil, por exemplo, do que restringir apostas. Os donos de albergues deveriam ser forçados a fornecer roupa de cama adequada e colchões melhores e, acima de tudo, dividir os dormitórios em cubículos. Não importa o quão pequeno for o cubículo, o que importa é que um homem possa ficar sozinho enquanto dorme. Essas pequenas mudanças, se impostas de maneira estrita, fariam uma enorme diferença. Não é impossível tornar um albergue confortável com o pagamento atual. No albergue municipal de Croydon, onde a diária é apenas nove pêni, há cubículos, camas boas, cadeiras (um luxo em albergues) e as cozinhas não são no porão. Não há motivo pelo qual os outros albergues que cobram nove pêni não deveriam seguir esse padrão.

É claro que os donos seriam contra qualquer tipo de melhora *en bloc*, já que seu negócio atual é muito lucrativo. O albergue comum fatura de cinco a dez libras por dia, sem calotes (é proibido pagar fiado) e, com exceção do aluguel, os gastos são baixos. Qualquer melhoria significaria menos gente, ou seja, menos lucro. Ainda assim, o excelente albergue municipal de Croydon mostra como poderia ser uma acomodação de nove pêni. Algumas leis bem orientadas poderiam tornar essas condições o mínimo. Se as autoridades querem se incomodar com albergues, deveriam começar por torná-los mais confortáveis, não em impor restrições bobas que não seriam toleradas em um hotel.

CAPÍTULO 38

Depois de sairmos do abrigo em Lower Binfield, Paddy e eu ganhamos meia coroa tirando ervas daninhas e varrendo o jardim de alguém, passamos a noite em Cromley e andamos de volta para Londres. Despedi-me de Paddy um ou dois dias depois. B. me emprestou mais duas libras esterlinas, pela última vez, já que eu precisava esperar outros oito dias, e meus problemas acabaram. Meu deficiente manso acabou sendo pior do que eu esperava, mas não ruim o suficiente para que eu quisesse voltar ao abrigo ou para o Auberge de Jehan Cottard.

Paddy foi para Portsmouth, onde tinha um amigo que poderia conseguir-lhe um emprego, e nunca mais o vi desde então. Pouco tempo atrás, ouvi falar que ele foi atropelado e morreu, mas talvez meu informante o tenha confundido com outra pessoa. Tive notícias de Bozo há três dias. Ele está preso em Wandsworth — uma pena de catorze dias por mendigar. Não acho que a prisão o incomode muito.

Minha história acaba aqui. É uma história bastante trivial, e só posso esperar que tenha sido interessante tanto quanto diários de viagem são interessantes. Ao menos, posso afirmar: este é o mundo que os aguarda se algum dia ficarem sem dinheiro. Às vezes, quero explorar esse mundo melhor. Gostaria de conhecer pessoas como Mario, Paddy e Bill, o vagabundo, não por encontros casuais, mas intimamente; gostaria de entender de verdade o que se passa nas almas dos *plongeurs*, dos mendigos e daqueles que dormem no Embankment. No momento, não acredito ter visto nada além da superfície da pobreza.

Ainda assim, consigo apontar para uma ou duas coisas que aprendi mesmo quando fiquei sem dinheiro. Nunca mais vou pensar que todos os mendigos são patifes bêbados nem esperar que um pedinte fique grato quando lhe dou uma moeda, ou ficar surpreso que homens desempregados fiquem sem energia, ou concordar com o Exército da Salvação, ou penhorar minhas roupas, ou recusar um folheto, ou aproveitar uma refeição em um restaurante chique. É um começo.